JN156170

詩人のエッセイ集
大切なもの

佐相　憲一　編

コールサック社

詩人のエッセイ集〜大切なもの〜

目次

Ⅱ

序文

序文

それぞれの道、ふたたび

佐相　憲一

随筆・エッセイという分野は、長い歴史をもつ広大な文章領域です。『枕草子』『徒然草』『方丈記』など古典文学をあげるまでもなく、現代では一般に最も深く親しみをもたれている文章形態かもしれません。日々目にする新聞や雑誌にもちょっとしたエッセイやコラムが花盛りで読者に愛読されています。随筆家という立派な専門執筆者も存在しますが、とりわけ人気があるのは、作家や芸能人やスポーツ選手や料理研究家や漫画家や記者など、本来ほかに自分の活躍の場をもつ人たちのエッセイでしょう。あの人がこんなことを言っていた、と巷の会話にも語られたりします。何かの世界に真剣に打ち込んできた人が肩肘張らずに語るエピソードや思いは、エッセイというジャンルだからこそ味わえるのかもしれません。

それなら詩の書き手だって、と思いつくより前に、全国各地の詩の雑誌を見るとエッセイがたくさん掲載されています。エッセイ集というかたちの書籍刊行も詩人たちによって毎年行われています。どうやら詩人という人種も、ざっくばらんに語れるエッセイの場を切実に求めているようです。読者も作者の人間性や人生背景にふれたいという関心が強く、かなり読まれていると言えるでしょう。

詩歌や小説などの創作文芸作品は、対象となる世界の森羅万象や自他の精神世界から独自の眼で切り取ったものを描写や文学的仕掛けを用いて加工構成し、想像力と創造性を駆使して切実なものを伝えます。

一方、専門理論などの論文は、論拠となる情報を提示し、自らの論を客観的な説得力に留意して慎重に積み重ねるもので、関心ある読者層に事の本質を伝えていく大事な役割をもっています。

この二つの領域は無関係ではなく、たとえば文芸評論というジャンルがあって、文学作品の特徴を世に知らせて冷静に分析しますが、その文体には論者の文学的嗜好が濃厚に出ていたりします。

そうした創作文芸と論文の双方がそれぞれの場を強く主張しているのに対して、ここにもう一つのジャンル、いま焦点を当てている随筆・エッセイという文章形態は、ふらりと何気ない感じを身にまとっているかもしれません。でも、それが人の心にふっと親しく入ってくるから不思議です。「小説よ、詩歌よ、論文よ、お疲れさま。ちょっと息抜きしていってね」と声をかけられるような感じがエッセイにはあるでしょう。
一昨年、エッセイ集『それぞれの道～33のドラマ』（コールサック社）という三三名のアンソロジーが刊行されました。オフィス・ヤマジャムという芸能プロダクションで活動される俳優・秋田宗好さんと詩の世界の佐相憲一が共同編者で、芸能界などで夢をもって苦労を重ねる青年や女子プロレスラー、声優やタレントさんなどと、新鋭からベテランまでさまざまな層の詩人たちが、人生の切実なものを語るエッセイで共演したものでしたが、おかげさまでご好評をいただきました。新鮮だったという感想や、生きることのそれぞれの道の喜怒哀楽にじんときたというような声がたくさん寄せられました。その本がきっかけで新しい人と人のつながりもできたようでご案内したわたしも励まされました。詩人の声が世の中の生の声の中にいることの意義も認識できたものです。

わたし自身この間「詩的散文」というものに関わってきました。フランス詩人シャルル・ボードレールが『パリの憂愁』で開拓した「散文詩」の世界は、いまや世界の現代詩に欠かせない魅力の形式となりましたが、じゃあそれなら「詩的散文」というのもあるだろう、というわけです。詩の心をもって散文を書く、ということです。やってみると、読み手にとって興味深いだけでなく、書き手にも深層よりわいてきて夢中にさせるものがあることに気づきました。

このほかに、手記や書簡形式、紀行文、箴言風、物語風、ルポルタージュ風、評論的随想など、諸詩人によって書かれる随筆は多岐にわたります。

こうした経緯を経て、詩人のエッセイを集めたアンソロジーを刊行することになりました。各自四ページのエッセイに加えて、詩を一ページと、プロフィール一ページ、それぞれの特集を計六ページ並べました。『詩人のエッセイ集　大切なもの』。いまを生きる人たちそれぞれの〈大切なもの〉が綴られています。

手にとって読んでくださるおひとりおひとりに感謝です。この本が、あなたの心の何かと響き合うなら、うれしいです。

詩人のエッセイ集 ～大切なもの～

I

勝嶋 啓太（かつしま けいた）

ゴジラが死んだ日

今年（２０１６年）の夏には、僕にとっては待望のゴジラ映画の新作『シン・ゴジラ』が公開された。

社会現象になるほどの話題を呼んだアニメ『新世紀エヴァンゲリオン』で知られる庵野秀明監督が総監督を務めたこともあり（この作品は通常の映画とは異なり、何人もの監督が人間ドラマの部分や特殊効果の部分をそれぞれ分担して演出しており、庵野監督はそれらを統括して、作品全体の方向性を決定し、まとめあげる役割を果たした）、特撮映画や怪獣映画のマニアだけでなく、普段は怪獣映画なんて見向きもしない一般の観客や批評家の間でも話題となり、作品的にも大変高く評価され、予想を遥かに上回る観客動員を達成する大ヒットとなった。今まで何かにつけて〈え？いいトシこいて、まだゴジラとか子供みたいなこと言ってんの？〉と冷たい視線を浴びせられ日陰の道を歩み続けて来た、僕のような怪獣マニアにとっては、長年愛を捧げて来た僕の〈ゴジラ〉が世間の怪獣差別主義者どもをひれ伏させたみたいに思えて（よく考えたら何の関係もないというか、ただの妄想なんだけど）ちょっと鼻高々な気分……というか、最高の気分……というか諸手を挙げて、『シン・ゴジラ』という映画を祝福したい気分になった……はずだったのだが……。

〈……はずだったのだが……〉というのは、つまり――僕の中で、実はそういう気分にはならなかったということだ。

はっきり言うと――

《僕は『シン・ゴジラ』が好きじゃなかった。》

といっても、僕は作品的にあれこれ文句をつけたいわけじゃない。『シン・ゴジラ』を見て僕も、わが生涯の絶対的な映画ベスト１だと信じている１作目の『ゴジラ』（１９５４年、監督＝本多猪四郎）に匹敵する、いや技術的には超えている、ＳＦ映画としては十年いや二十年に一本の傑作だと思った。その特殊効果技術のクオリティの高さだけでなく、〈東日本大震災〉や〈福島第一原発事故〉の再現的なパニック・シーンを巧みに織り交ぜ、〈ゴジラ〉にそのイメージを重ね合わせることで、人智を超えた〈自然の驚異的な力〉を前に人間たちはどう立ち向かっていくか、というドラマを緻密に組み上げていった演出にも感心したし、ゴジラが蒼白い放射能白熱光を吐きまくって東京を破壊してゆくシーンには、〈滅びゆく世界〉の美しさがあって、素直に感動した。

でも……それでも、僕は『シン・ゴジラ』がなんか好きじゃなかった。

この気持ちは一体、どういう事なんだろう？

その気持ちの正体を知りたくて、３回も劇場に足を運んだんだけど……それで思ったことは――

《やっぱ、あのゴジラ、愛せないなあ》

ということであった。

《ゴジラを愛する》――僕は、破壊され燃え上がるビル群の向こうに颯爽と仁王立ちしたゴジラのその孤高の立ち姿を、その孤独さ故にこよなく愛した。僕にとってゴジラは、世界一のスーパースターであり、絶対的なヒーローであり、カリスマであった。僕の中で、ゴジラは世界でいちばんカッコよく、美しかった。

僕は小学校低学年時代、学校に馴染めず、いじめられっ子で、登校拒否児童だった。家にこもって粘土で怪獣を作って遊ぶしか楽しみがなかった。ゴジラは、そんな孤独な僕の心の支えだった。

だから、それ以来、僕にとってのゴジラ映画は、ただただ愛するゴジラに出会うための場であった。作品の出来などどうでもよかった。ゴジラを見れればそれでよかった。（１９６０年代後半から70年代前半の正義の味方として子供に媚を売るようなキャラクターになってしまった頃の、正直カッコ悪いゴジラに対する複雑な愛憎については、また別の機会に）

だが、『シン・ゴジラ』のゴジラは――僕が愛した世界でいちばんカッコいいスーパースターじゃなかった。半分腐りかけたような、醜い、未確認巨大生物でしかなかった。特に初めて海から上がって来た時の幼体ゴジラは、ぐにゅぐにゅと這い回るような動きといい、エラからドス黒い血みたいな汚い汁をゲロゲロ出すのといい、あれをゴジラと云うのはあんまりだなあ、と思った。確かに生物としてゴジラが実在したらああいう生態なのかもしれないけれど（でも、いないし）、あの汚らしい振る舞いは僕らの〈怪獣王〉（＝スーパースター）のやることじゃないだろう、と思った。ゴジラを極限まで〈生物〉として描くという作品のコンセプトは理解できるが、長年ゴジラを愛してきた者としては、何故あそこまでゴジラが醜く描かれなくてはならないのか、納得は出来なかった。

ゴジラをあんなに醜悪な生物として身も蓋もなく描いてしまったら、今後、もうゴジラ映画を作れなくなってしまうんじゃないか……そんな風にも思えた。結果的に『シン・ゴジラ』は、僕らから〈ゴジラ〉を見る楽しみを奪うのではないか――庵野秀明にそんな権利があるのか、と憤りにも似た思いも抱いた。

そんな時、僕の第三詩集『異界だったり　現実だったり』の共著者で盟友である詩人・原詩夏至さんと『シン・ゴジラ』について話す機会があり、原さんは『シン・ゴジラ』にものすごく感動していて、かなり興奮気味に『シン・ゴジラ』について熱く熱く語っていたのだが、その中で原さんが「現代という時代にあって、実はもうとっくに死んでいる〈ゴジラ〉を生きているかのようにお茶を濁して作り続けるのではなく、ちゃんと〈ゴジラ〉を殺して葬る、ということが庵野にとっての〈ゴジラ〉愛だったんだよ」と語っていて、その言葉が僕の心に深く突き刺さった。

そう……〈ゴジラ〉は、すでに死んでいたのだ。

敗戦の記憶もまだ生々しい昭和29年、第五福竜丸事件にインスパイアされて、原水爆や戦争の〈恐怖〉のイメージを身に纏い誕生してから62年――かつて巨大な威容を誇った〈ゴジラ〉は、現代社会の在り方そのものがとてつもなく巨大に変化していく時代の流れの中で、次第に〈恐怖〉の象徴としての巨大さを喪い、リアリティも喪って、疲弊し、形骸化し、宇宙から飛んできた首が三つもある金ピカ野郎や東京タワーに繭を張る芋虫とプロレス的な格闘を繰り広げる、時代遅れで滑稽で矮小で哀れな存在として、すっかり人間どもに消費し尽くされてしまっていたのだ。

つまり、もう僕らの〈ゴジラ〉は死んで、半分いやほとんど腐っていたのだ。

そんな〈ゴジラ〉を、まだお前たちは〈ゴジラ〉だと言うのか――それが、実は『シン・ゴジラ』において庵野秀明から僕たちに突き付けられた〈問い〉だった。そして、庵野秀明はその問いに対する自らの〈回答〉として、決然と〈ゴジラ〉を殺した。いや正確には、もうすでに〈ゴジラ〉は死んでいる、ということを僕ら観客に宣言した。そして、その宣言は、僕の心の中の〈ゴジラ〉を確かに殺した。

『シン・ゴジラ』は、実はとっくの昔に死んでいた〈ゴジラ〉の〈葬式〉だった。

あのゴジラは、棺の中に横たわった〈ゴジラ〉の遺体だった。スター性もカリスマ性も剝ぎ取られて、〈ゴジラ〉はただの腐りかけた肉の塊のようだった。

原さんは「もう〈ゴジラ〉は俺たちの思い出の中にしかいない」と言った。

僕はその場では原さんに「それでも僕にはこれからも〈ゴジラ〉の新作があることが大事なんだ。〈ゴジラ〉がいることが大事なんだ」と言い張ってみたけれど、でもよく考えてみたら、『ゴジラ・ファイナル・ウォーズ』（２００４年、監督＝北村龍平）から『シン・ゴジラ』が作られるまで、僕たち日本人は12年間も〈ゴジラ〉を放ったらかしにしてきたのだ。（2年前にアメリカ人が作ったけど、あれは果たして〈ゴジラ〉だったのだろうか……）

僕にとってこの12年間、〈ゴジラ〉はすでに思い出の中にしかいなかったのだ。

《そうか……ゴジラは、もう死んでいたのか……》

僕は『シン・ゴジラ』を、いや〈ゴジラの死〉を受け入れることにした。

原さんと会ったその日の真夜中、僕は、僕の中の〈ゴジラの死〉を悼んで、「四丁目の角で かいじゅうが死んでいた」という詩を書いた。今までこんな哀しい気持ちで詩を書いたことはなかった。

その日は、僕にとって〈ゴジラが死んだ日〉となった。

僕にとって〈ゴジラ〉は、もう思い出の中にしかいない。

僕がゴジラ映画の新作を待ち望むことは、二度とないだろう。

四丁目の角に　かいじゅう　が立っていた

三丁目の来々軒で　ラーメンを喰った帰り
まだ午後2時27分なのに
随分　薄暗いな　と思ったら
四丁目の角に　かいじゅう　が　立っていた
今にも　泣きだしそうな顔をして
誰にも見られたくないというように
背中を丸めて縮こまって
建物の陰に隠れているけれど
身の丈が100メートルもあるから
頭も体も　こちらから丸見えだし
尻尾なんて六丁目の方まで伸びているんだもの
誰が見たって　気づくだろう
そもそも　こんな白いツルツルの町じゃ
お前の真っ黒いガサガサな体は
どこにいてもすぐにわかってしまうし
お前がちょっとむずがっただけで
あっちのビルは　壊れるし
こっちの道路には　穴があくし
急行電車は　ひっくりかえるし
お前の　小さくて　優しい眼は
真っ暗な夜が来るのを　ひたすら待っているけれど
夜は夜で　ここらへんは　ネオンサインだらけだから
お前の居場所なんて　ないと思うよ

※この本に収録する詩として、エッセイ文中で触れた「四丁目の角で　かいじゅう　が死んでいた」を収録したかったのですが、長くて文量オーバーでしたので、その前日譚である「四丁目の角に　かいじゅう　が立っていた」にしました。なお、「四丁目の角で　かいじゅう　が死んでいた」は、『コールサック』88号及び僕の第4詩集『今夜はいつもより星が多いみたいだ』（コールサック社・刊）に掲載されていますので、興味のある方は読んでみて下さい。

勝嶋　啓太（かつしま　けいた）

1971年8月3日、東京都杉並区高円寺生まれ。日本大学芸術学部映画学科卒業。映画撮影者として自主映画を中心に数多くの映像作品に関わり、また劇作家として舞台作品の台本も多数手がける。

詩人としては、詩誌「潮流詩派」「コールサック」「腹の虫」を中心に作品を発表。

2012年に第1詩集『カツシマの《シマ》はやまへんにとりの《嶋》です』（潮流出版社）、2014年に第2詩集『来々軒はどこですか？』（潮流出版社）2015年に第3詩集『異界だったり　現実だったり』（原詩夏至さんと共著、コールサック社）を刊行。

2017年1月には第4詩集『今夜はいつもより星が多いみたいだ』（コールサック社）を刊行。

熊倉 省三（くまくら しょうぞう）

「精神の美しい女性」を探しに

タイのロッブリーでバスを降りた日本人は、ぼく一人であった。

ここには、バンコクにあるような繁華な街並みもなく、極彩で飾った不夜の店もない。

ロッブリーを選んだのは、日本の古書店で見つけた「ある日本婦人」のことが知りたかったからである。「フォールコンの妻」と呼ばれる一人の女性である。

バスは市街のバスターミナルに止まった。ロータリーには、サムロー（「三つの輪」の意で、後部に幌付きの座席を付けた「人力三輪タクシー」である）が数台客待ちしていたので、人のよさそうなドライバーをさがした。「マイ・フレンド！」と声をかけられた。青シャツを着た痩躯の男で、四十歳代後半といったところだろうか。小さな目が誠実そうであった。料金の交渉を終えて、一日チャーターすることにした。

古書店で見つけた、昭和十七（一九四二）年の雑誌『歴史日本』には、こう書かれてあった。

「タイ国、以前の暹羅《シャム》国において活躍した日本婦人として近頃有名なのは、フォールコンの妻と称せられる婦人である」。彼女の夫であるフォールコンというのは、およそ三〇〇年前、アユタヤ王朝のナライ王の宮廷に入り、高官として活躍したギリシア人である。彼はキリスト教の宣教師のすすめで、キリスト教徒の美しい日本人少女と結婚したという。彼女の家庭は、江戸幕府のキリスト教禁制のため、難を逃れてタイに移住してきたのである。彼女は、「出自がはっきりしており、教養があり、精神の美しい少女」であったから、彼は喜んで迎えた。と、記されていた。しかし、彼女の名前、年齢、日本のどこからやって来たのかなど、くわしいことは何一つ書かれていなかった。「精神の美しい少女」とは、どういうことなのだろうか。

ぼくは青シャツのサムローで、ガイドブックにあったフォールコンの住居跡だという「チャオプラヤー・ウィチャエン・ハウス」に行った。もともとは、ナライ王が外国の使節のために建てた迎賓館で、のちフォールコンの住居となった。「チャオプラヤー・ウィチャエン」とは、フォールコンの官位名である。崩れかかった小さな門を入ると、目にまぶしい鮮やかな緑の芝生の中に、崩れかかった赤煉瓦の壁面がそびえる。屋根のない赤煉瓦の壁面には、アーチ状の石段が残っていて、ここからフォールコンと妻の「日本婦人」は出入りしていたのだろう。石段に座って、彼女のことを考えた。

「精神の美しい少女」は、結婚し、さらに夫が亡くなってからは、「貞節を守った」ことで知られている。彼女の話は、はじめに紹介した雑誌『歴史日本』に、もう少しくわしく書かれている。フォールコンの妻は、夫の死後、新しく即位した王に言い寄られたが、これに頑として応じなかった。すると王は、彼女にでっち上げた横領罪を着せ、拷問にかけ、財産を没収。そして親戚や子女の何人かが殺されたが、幸い彼女自身はフランス士官によって助けられ、残された子とともにバンコクへ逃れた。新王は彼女の引き渡しを強制し、アユタヤに連れ戻した。彼女は死を覚悟したが、予想に反して宮廷大膳職の女官頭を命ぜられた。彼女は宮廷に仕えたが、報酬などは一切国に返納したという。そして雑誌ではこう結んでいる。「彼女のもつ心構へ、精神即ち日本女性の美徳のもたらしたものである」

雑誌『歴史日本』では、フォールコンの妻を日本人であると決めつけ、戦前のことで、日本人の「海外雄飛」が話題になっていたこともあるのだろう、「海外で活躍した日本人の一人」として評価する。

ここロッブリーに来てみれば、彼女のことがもっとわかるだろうと思った。彼女の肖像なども見たかった。しかし、邸宅跡には、フォールコンの簡単な英文の説明パネルがあるだけで、彼女については一行の説明もなかった。翌日、ナライ王の宮殿跡のロッブリー国立博物館にも行ってみた。ここにはフランス使節団が王に献上した「ルイ十四世から贈られた鏡」や王の遺品などが展示されていたが、彼女のことはおろか、フォールコンについても何もなかった。係の人にたずねたが、フォールコンについては、邸宅跡が残っているだけだという話であった。ぼくの「ある日本婦人」の足跡さがしは、これですっかり行き詰まってしまった。

昼間の太陽はすっかり燃えつき、ロッブリー川からやってくるさわやかな風が、火照った肌に気持ちよくなごんだ。夕方になると、旧市街のメインストリートには、日本の縁日のような、さまざまな屋台が並ぶ。そのほとんどが麺類や菓子類、あるいは夕食のための屋台だが、ようやっと、焼酎のような地のウイスキーを置いてある屋台を見つけた。これを、ほのかに甘いソーダで割ると、さわやかなカクテルになる。ヤム・ウンセン（春雨のサラダ）を肴に気持ちのよいウイスキーを飲んでいると、あの青シャツが声をかけてきた。ホテルで客を降ろしたところだという。ウイスキーをすすめると、仕事中だからといって断った。ぼくは、彼にペプシコーラを頼んだ。青シャツに、フォールコンの妻のことを聞こうとしたが、やめた。ぼくたちは、日本で人気のある車だとか、タクシーの料金の比較だとか、日本にあるタイ料理店の話や日本の米をどう思うかといった、たわいのない話で盛り上がった。

ぼくは、気持ちよく酔った。屋台の勘定をすませて、ホテルに帰ろうとすると、青シャツは、自分のサムローでホテルまで送っていくという。ぼくは、ホテルまで歩いても五分ほどだからといって断ったが、青シャツは、自分も帰り道だから、ぜひ乗っていってほしいという。ホテルに着くと、ぼくは、青シャツを無理に誘い、宮殿の城壁が見える食堂で、一緒にビールを飲んだ。サムローは、ホテルで預かってもらうことにした。

城壁は、銃眼付きのいかめしい構えだが、城壁の内側からはこの銃眼を隠すように、日本の桜に似た花が咲きこぼれていた。おそらく、バンコクでもよく見かけるインタンニか、ガンラパプルックの樹の花である。ほのかな薄紅の花びらの純情さは、日本の桜を思わせる。

青シャツはよく飲んだ。ぼくも同じように気持ちよく酔ってきた。ぼくは、これといった意図もなく、近頃、商売はどうだい？と、かるく聞いた。すると青シャツは話し出した。意訳もあるがこんな話だった。タイは不景気でね、昔はそんなヤツはいなかったけど、この間、乗り逃げされたんだ。五十バーツだけど、腹が立ってそいつを追いかけ、家に乗り込んだ。そうしたら、小学生ぐらいかな、女の子がひとり家の中で造花の内職をやっているんだよ。親父はどこだと、怒鳴ろうとしたんだけれど、言えないよな。それにその子はいま、明日の学校の昼食代十バーツあるから、今日はこれで、残りは明日にしてくださいと言うんだ。それも受け取れないよな。オレにも小学生の子どもがいるからさ、かわいそうになって十バーツ置いてきたんだよ。そうしたら、翌日、彼女は、オレのところに十バーツ持ってきたんだよ。受け取れないよな。だからまた、十バーツあげたんだよ。

ぼくは、それじゃあ、七十バーツの損じゃないかと笑った。すると青シャツは、城壁の桜を見ながら、彼女が気持ちよければ、オレも気持ちいいんだよ、と言ってグラスに自分で残りのビールを注いだ。

青シャツはあまり、酒には強くないようで、飲み進むうちに、椅子に寄り掛かって眠ってしまったようである。

ぼくは、城壁の「桜の花」を眺めながら「美しい精神」を考えていた。

フォールコンの妻は、おそらくは日本人の二世か三世で、伝わる話の真偽のほどはわからないが、ぼくはもう、そんなことはどうでもよくなった。

それよりも、青シャツと、けなげな少女とのたわいのない、心なごむ話に酔っていた。「美しい精神」というのは、そんな大仰なことではなく、旅の中では、どこにでも出会うことができるんだなあと、ひとりごちて、城壁の「桜の花」をぼんやりと眺めていた。

そうして、眠っている青シャツにお礼の気持ちを込めて、小さく歌った。

「さくら　さくら　弥生の空は…」

真夜中のブランコ

Kさんは　颯と身を隠すように逝った
百日紅が熱をおびたように咲いたころ連絡が入った
その日のうちにみんなKさんが営む会社に集まった
なぜKさんが?どうしてなの?まだ四十八歳だよ?
受ける者がいないボールを投げ合うだけであった
Kさんとはよく酒を呑んで話をした
言葉は出口　とたん自分のものが他者のものになる
黄色い服のピエロのような満月の夜
Kさんは呑みながら、言葉なんか忘れたいと
こわれやすい言葉を吐き出した
この日　Kさんは月色の服の道化のように
したたかに酔った
Kさんをタクシーで家まで送っていった
Kさんは自宅の近くで降りようといって
近くの公園のベンチに座った
Kさんは立ち上がりベンチの前のブランコに乗って
Kさんと並んで真夜中のブランコを漕いだ
漕ぎながらKさんは回り道して言語を選んだ
オレなあ　娘のことで困っているんだ
Kさんは　徹底して自分のことを話さない人だった
ぼくは、きれいな奥さんがいるとは聞いていたが
娘さんがいることは知らなかった
娘さんは　軽い知的障害をもっていて
普通の小学校に行かせたいが
教育委員会に拒まれて困っていると話した
怒りながら哀しんでいる
拒みながら待っている
どうしたらよいのか
答えのないぼくのなかに谺する
Kさんはブランコに続きの話を置いていくように
おやすみといってブランコを降り
帰っていった
ブランコは　Kさんの深い悲しみを
小さな板に乗せたまま　どうしてよいかわからず
ただ行ったり来たり揺れているだけであった
自分自身を憎み　知らない誰かに愛される
Kさんは言葉から解放された

熊倉　省三（くまくら　しょうぞう）

敗戦の二年後、横浜市東南の磯子町で生まれ、小学校の四年生まで過ごし東京に移った。磯子の小学校の校庭の先には海が広がっていて、夏の体育の時間はその海で泳いだ。

クラスのY君は、当時通学路にあった「（美空）ひばり御殿」の海側の崖にある秘密の「宝の穴」に連れて行ってくれた。ここでは砂鉄がたくさん埋まっていて、磁石をもって取りに行き布袋に入れて持ち帰った。重かった。その砂鉄を何に使ったのかよく憶えていない。お礼にY君には、これも宝のちいさな水晶をひとつだけあげた。

学校、就職の制度のなかでは、団塊の世代と大雑把にひとまとめにされ、「負けて悔しい花いちもんめ」と挫折、敗残、慚愧に堪えず、堂と開陳することなし。幾時代かがありまして。

『病気にならない生き方』がベストセラーになった年。なにも予定のない、春の日のゆるやかな午後、マンション七階の窓から、ベイブリッジが臨める、かなたの東京湾を眺めていた。横浜の外れのマンションに個人事務所を構えた。窓を離れてトイレに行った。白い便座に腰かけた。突然、左腕がだらりと、前触れなく、落ちた。まったく持ち上がらない。気がついたら病院の集中治療室にいた。後遺症が残ったがリハビリを経て、現在に至る。

著書に『タイ四季暦』（東京書籍）『タイの屋台の物語』（BNN）『こだわりの小京都』（祥伝社）『ネコはみんな知っていた・ネコの生き方に学んだ日本の憲法』（作文社）などがある。

淺山 泰美（あさやま ひろみ）

祈りの竪琴を聴く

私が二〇〇〇年の秋のおわりに出逢い、今では教えもしている撥弦楽器『ライアー』は「琴」という意味のドイツ語である。それは、固有の楽器を表す名称ではなく、構造上からくる一つの楽器群の総称である。ゆえに、アイルランドの『アイリッシュハープ』や南米の『アルパ』なども、広義の意味では同属の楽器である、と言っても間違いではないと思う。ただ、明らかな違いもある。弦の材質と演奏法の違いである。ハープの弦が羊の腸（ガット）であるのと異なり、ライアーはライアーの為に作られた金属弦である。もっとも音楽療法に特化した『タオライアー』などは、チェンバロの弦を代用している。ハープは指で弾《はじ》いて音を出すが、ライアーは指の腹で弦を擦《こす》って音を出す。これは両者の大きな差違である。ともあれ、ライアーに出逢うずっと前から私はハープの音色に心魅かれ続けてきた。

五月の最後の月曜日の午後、私は『リラ・プレカリア』のハープの演奏を、かつて三年間学んだ同志社中学校のチャペルで聴いた。『リラ・プレカリア』とは、ハープの演奏と歌による「祈り」を届ける活動であるという。奏楽とお話をされたのは、キャロル・サック女史。アメリカ福音ルーテル教会宣教師でもある美しい婦人であった。彼女のプロフィールによると、一九八二年にアメリカから宣教師として来日され、二〇〇〇年から二年間モンタナ州ミズーラにある「安らぎの杯プロジェクト」にて音楽による死の看取りを学ばれ、音楽死生学の分野で資格認定を受けて日本に戻り、二〇〇六年、日本福音ルーテル社団が主催し、音楽死生学に独自の要素を加えて発展させた二年間の研修講座「リラ・プレカリア（祈りの竪琴）」を立ち上げ、終末期にある人だけではなく、心身の苦難にある人々にもハープと歌による生きた祈りを届けるボランティアの養成に励んでいる、とある。それはいわゆる音楽療法とは一線を画す、祈りの形であるという。

キャロルさんの奏でるハープの音色は、これまで私が聴いたどのハープの演奏とも明らかに質の違うものであった。揺るぎない強い信仰の礎《いしずえ》の上に生きる人が奏でるからであろうが、それだけではない。彼女の祈りの美しさがそのまま優しい音楽となって流れていると言えばよいだろうか。小鳥の羽毛のように柔らかで、暖かいのである。「言葉がなくても祈れるように、神様は音楽をくださった」という言葉が、何の疑問もなく腑に落ちる。

キャロルさんは、かつて吉永小百合主演の映画「おとうと」（山田洋次監督　二〇一〇年）で、ハープと歌により祈りを届ける人物「リラ・プレカリア奉仕者」として出演されている。その御縁なのであろう、今年一月二十一日長崎での映画「母と暮らせば」公開記念イベントで、吉永小百合の原爆詩朗読の伴奏者にも選ばれている。私も二〇一三年の春、同志社大学寒梅館のホールで吉永さんの原爆詩の朗読を聴いたことがあるので、このお二人のコラボレーションはさぞかし素晴しいものであったろうと思われる。

キャロルさんは私たちに、質問された。「我々にとって、どのような社会がより良い社会と言えるのでしょうか」と。彼女は中世フランスの修道院での死の看取りの伝統について言及しながら、良い社会とは最も貧しい人々の最期を手厚く看取ることのできる社会であると述べられた。その日その言葉を聴いて、忘れていたたいせつなものを思い出された気がしたのは、決して私ばかりではあるまい。

『リラ・プレカリア』の奉仕活動によって、医学的には、セッションを受けた患者さんの表情が穏やかになるばかりでなく、身体機能面として呼吸状態が安定したり、痛みが和らぐこと等が認められるという。また、今、生きていることや周りのものすべてに感謝したい、という気持ちが内面から自然に湧き上がってきたということを言う者もあるという。

又、ホスピス施設で、人生、いのちというものに希望を失っている人々が、自分の人生と和解をし、せまりくる「死」を受容し、尚、次の世界への希望を持つことへと心を解き放つ助けとなっているという。今生のいのちの瀬戸際で、劇的に感謝や愛を表現できるようになったという事例も多いという。身体の痛みや苦しみを取り除くだけでなく、平穏で安らかな終焉のために役立つものになっているとのことだ。

キャロルさんはこの日の最後に、あるホームレスの男性から届いた一通の手紙を宝物にしていると言われた。それは、彼女のハープを聴いたその人が、それをまるで天国の音楽のようだと感じたこと。長く思い出すこともなかった父親への想いがこみあげてきたこと。自分は今、楽園の入口に立っているのではないかと思ったこと。そう思えた自分を、「まだ捨てたものではない」と思えたのだと。
その手紙の朗読が流れるチャペルで、キャロルさんの奏でるパストラルハープの調べは彼女が語った、「この世と永遠が交わる空間」を作り出していた。涙がこぼれた。彼女のような存在がこの世に今あるということこそ「奇跡」なのではないか。私はクリスチャンではないけれど、昔から聖書にあるこの言葉が好きだった。「あなたがたは地の塩である」
『リラ・プレカリア』の活動に関わる方々の、ハープと歌による生きた祈りの奉仕が、これからももっと世に広く認知されることを切に願う。

参考図書　『ハープ・セラピー』ステラ・ベンソン（春秋社刊）

蚕を飼う日

今時の小学生は昆虫が苦手だという。あの『ジャポニカ学習帳』の表紙から、今では全ての昆虫の姿が消えたようである。蜘蛛《くも》や甲虫等はもちろんのこと、蝶も蜻蛉も駄目なのだという。かつては小学校のどの組にも一人や二人は、昆虫博士のように虫好きな男子がいたものだ。手塚治虫の子供時代のような。私の娘が小学生の時にはまだそんな男子がいた。しかし、うちの娘はと言えば、これが虫が大の苦手であった。夏の終わり路傍で転がっている死んだ蝉をひどく怖がった。

家の庭にひらひらと優雅に飛来する蝶々も駄目であった。部屋に小さな蜘蛛が出ても大騒ぎする始末。

私が昔住んでいた下鴨の家には、よく大きな蜘蛛が出た。大人の掌ほどもあり、歩くとカサカサッと枯葉が風に吹かれるときのような音をたてた。さすがにそこまでのものは私も苦手であったが、昨今そのくらい大きな蜘蛛をとんと見かけなくなった。

そういえば、このところ初秋の風物詩であった赤トンボを見ることが少なくなった。稲作用の農薬の影響であるという。ある研究者によるとすでにもうその農薬は特定できるとのことで、現にその薬剤を使用していない福井県では、今もあまたの赤トンボが群れ飛んでいるとか。その薬剤の使用さえ止めれば、赤トンボは強い個体なので、容易に復活するであろう、とも。名曲「赤とんぼ」の風景があたりまえに、このちもずっと存在していてほしいものである。

小学校三年生の初夏、理科の授業の一貫《かん》として、蚕の幼虫を飼った。今からすると信じられないことであろうが、ほんとうである。近所に蚕の餌である桑の木があったのである。どこの家にあったものか、毎日母がもらってきてくれていた。空気孔を無数にあけた灰色のダンボール箱の中で、蚕の幼虫は育っていった。体長は三、四センチ程であったと思う。その頃、『モスラ』という怪獣映画がブームになっていたので、そのイメージを重ねていた子らもいたであろう。二十日程すると幼虫は白い繭《まゆ》になった。箱の中は生と死が拮抗《きっこう》しているような静けさがあった。繭の中には不思議な時間が流れているのだろうか。九歳の私には伺い知ることはできなかった。

ある朝、何の前ぶれもなく、もぬけの空となった繭が箱の中に転がっていた。夜の明けぬうちにいずこへともなく飛び立っていったものの姿を、私は見ることがなかった。こうしてあっけなく「蚕の観察」は終わった。

今も時折、ふと耳に蚕が無心に桑の葉を食む音が甦えることがある。生命のたてる懐しい音を一生忘れることはあるまい。

淺山 泰美◈詩

棘のない薔薇

鏡のなかに映っている
昨日の庭に　咲いている
薔薇の花の色を憶えているでしょう　あなたも
一輪の棘のない薔薇を
天使は誰に贈ろうとしているのかしら

風が吹いて
風が吹いてね
扉が大きな音をたてて開く
ここには　もう誰も帰って来ないというのに

雑木林の
柔らかな腐葉土の下には
あなたの知らない固い秘密がいくつも眠っているの
だから　裸足になって
そおっと歩いてゆくのよ
注意深く呼吸に気づきながら。

真直ぐに歩いているつもりでも
いつの間にか道はゆるやかに曲がり
やがて　光と影は小声で真実を語りはじめる
森の外へと
髪をなびかせながら
嘘つきな子供たちは走り去ってゆく
いつまでも
わたしの知らない歌が聞こえていて
熟れた柘榴のような夕陽が木立ちのむこうに
ゆっくりと落ちてゆく

もう
あの薔薇は枯れたのかしら
天使の冷たい手の中で
棘のない一輪の薔薇は

淺山　泰美（あさやま　ひろみ）

一九五四年京都市伏見区に生まれる。

二歳の終わりに、左京区岡崎東福ノ川町に転居し、九歳の終わりまでを過ごす。昭和三十年代の日々の記憶はのちに詩集『月暈』として結実する。

同志社大学文学部文化学科美学専攻を卒業する。

一九八二年第一詩集『水槽』を出版。

以降、『玻璃の地誌』（書肆山田）『月と約束』（書肆山田）『月暈』（思潮社）『襤褸の涙』（思潮社）『ファントム』（思潮社）『ミセスエリザベスグリーンの庭に』（書肆山田）等の詩集がある。

一九八八年に詩誌「庭園」を創刊。二〇十二年に終刊。

エッセイ集に『木精の書輪』（思潮社）『京都　銀月アパートの桜』『京都　桜の縁し』（コールサック社）

小説集『エンジェルコーリング』（砂子屋書房）

＊

二〇〇〇年にルドルフ・シュタイナーゆかりの竪琴「ライアー」と出逢い、奏法を学ぶ。二〇〇八年「京都ライアーガルデン」を創設。ポエトリーリーディングを交えたコンサート活動を行なうとともに、指導も行なっている。

日本文藝家協会会員。日本現代詩人会会員。

ライアー響会会員。

音月 あき子（ねづき あきこ）

お月様の向こう側へ…

幼い頃、私は石を集めるのが大好きだった。コロンとした川石や、ごつごつした黒い石、お絵かきが出来る石など、気に入った石は何でも持ち帰らなければ気が済まなかった。持ち上げられない大きな石は、手で転がしたり蹴飛ばしたりして、何日もかけて家まで運んだ。駐車場に敷き詰められた砂利石の中から、キラッと光る石を見つけた時は、天にも昇る気持ちだった。

持ち帰った石はピッカピカに磨き上げ、一つ一つに名前を付ける。いびつな形をしたたまご色の石は、古びた紙のような色合いに、ヒビ割れた線が縦横斜めと交差している。私はその石に『宝の地図』と名付けると、心はもう宝探しに行く準備を始めていた。リュックに、ぬいぐるみやビー玉、シャベル、大切なものを詰め込むと、心の景色には大海が広がり、出港の時を迎えていた。

私にとって石は、ひとつの世界観だったのだと思う。絵かき石を持てば画家になり、黒々とした石を眺めればカブトムシを連想し、昆虫採取に出掛けるのだから。つるんとした丸い石が、青く輝いて見えた日には、私は『地球』にもなれたんだ。モノにも生き物にもなれる不思議な世界は、空想と現実の区別がつかない世界だった。

真夏の太陽に照らされて、家の前のアスファルトが「暑い暑い」と私を呼んでいる。私はじょうろにお水をいっぱい汲んで、アスファルトにかけてあげるのが真夏の日課になっていた。お水が遠くまでいくように、腕をめいいっぱい広げてクルンと回る。アスファルトは地面を輝かせて「ありがとう」と微笑んだ。

マンホールには念入りにお水をあげよう。すぐに熱くなって干からびちゃうから。マンホールには紫陽花の花びらを散りばめたような、模様が刻まれていた。お水をあげると、マンホールは濃い紫色に変わる。その瞬間、パァァっとお花が咲くんだ。

空想と現実の違いを知ったのは、幼稚園の時だった。私を見て笑い出す子がいたのだ。その子は私の空想世界を徹底的に否定し、いつからか現実世界を教えてくれる、私の先生になっていた。私は先生に怒られてばかりで、ふたつの世界を照合してゆく作業は、困難の連続だった。

マンホールがお花だと思っていた私は、マンホールが干からびて枯れてしまっても、お水をあげればすぐにお花が咲くと思っていた。現実のお花は枯れると、お水をあげても咲かない。という現実と向き合った時、悲しくてたまらなかった。

現実に在るモノ同士の、区別がつかないこともあった。私は初めてムカデを見たとき、「電柱が動いてる！」と衝撃が走った。ムカデが電柱に見えたのだ。電柱に付いている足場ボルトが、ムカデの足と重なって見えたのだろう。電柱は大きくて動かないはずなのに、小さい電柱が地面で動いている。地面で動いているものが、ムカデという生き物だと覚えると、今度はそびえ立つ電柱を見て、「動かなくなった。死んじゃった」と悲しくなってしまうんだ…。空想と現実世界の照合は、私にとって悲しいことだらけだった。

そんな私も小学生になる頃には、現実世界を見る、という感覚が分かるようになってきた。マンホールはもう、お花じゃない。電柱が動いているなんて言ったら笑われてしまう。アスファルトとは絶縁したんだ。毎日お話していた空も、花も、星も、お月様も、もう話しかけては来ない。ガラリと変わってしまった世界に、私は孤独感でいっぱいになった。


小学校に上がる年に、私は自然に囲まれた山あいに引っ越すことになった。山を切り開いた住宅地から少し離れると、熊が出没するような所だ。登下校は熊よけの鈴を鳴らしながら歩く。通学路には、たくさん楽しいことが待ち構えていた。

帰り道にみんなで山の中に入り、木のツルを見つけてはターザンごっこをした。私は木登りが得意で、みんなに木の実を落としてあげる重大任務があった。木苺が実っている秘密の場所で、パーティーを開いたり、山菜やキノコを採ったり。子供たちだけで、小川に丸太の橋を架けたこともあった。丸太の一本道を渡りきるには、バランスが命！で…重いランドセルがどうしても邪魔になった。そういう時は、ランドセルを向こう側に投げてから渡る！という、当たり前の常識があり、次々に真剣勝負の投げ込みが始まる。ポチャン！と、必ず誰かが失敗するんだ。川に落ちたランドセルをすぐさま木の棒で掴まえる、凄いことが出来る子はみんなのヒーローだった。桜の季節が過ぎると、道路に毛虫がうじゃうじゃする。蛇の抜け殻を持って追いかけて来るいたずらっ子もいた。冬は、氷が張った道でスケーティング。坂道では、ランドセルの肩掛けに脚を入れ、ソリにして滑るんだ。

こうして大自然の中で過ごした日々が、私の孤独を少しずつ癒してくれた。夢中で遊び、現実をめいいっぱい楽しむことで、私は空想世界を忘れようとしていたんだ…。

小学二年生の時、私は空想世界を葬った。大切にしていた石を、捨てたんだ。

石一つ一つが私の世界であり、私は沢山の世界を所有してきた。机の引き出しを開ければ、そこは石という星が散りばめられた宇宙…。毎朝ひとつだけ石を選び、その星で、私はなりたい自分になる。夢は叶うのが当たり前だった。空想世界を手放すのは自然な成長過程だろう。大人になるにつれて、空想世界は現実逃避の場所だとも言われるようになるのだから…。

すべての石を亡くすと、心の景色に闇というものが見え始めた。時に渦巻き、私を呑み込む。心の暗闇に似ている夜が恐ろしくなり、眠れなくなった。気がつくと毎日泣いていた。空想世界を葬ることは、本当の自分を押し殺し、周りから求められるままの、私に成り下がった瞬間でもあった。

中学、高校へと進むと、闇は益々深い霧に包まれていった。もう…本当の自分は見えやしない。別人格のように成長してゆく偽りの自分を、ただ見つめるだけの傍観者になった。鏡に映る自分の姿をみて、これは私ではない…と感じるようになった。それもそのはずだ。私は周りの顔色を窺い、周りの多くの人々の感覚に合わせて生きるようになっていたのだから。思考、感情すら、自分のものではなくなっていた。

全ての感覚に蓋をし、幽霊のようにこの世をさ迷う。そんな大人に、私は成長してしまった。ただ息をしているだけの自分に罪悪感を抱き、偽りの自分に、いつしか罰を与えるようになった。苦しみを感じている瞬間だけは生きていると実感することが出来たんだ。闇は、病みへとすりかわり、荒波を起こすようになっていった。

それでも何処かで、本当の自分は生き続けたのだろう。私は病みのなかで光を見つけた。初めて見たその光は、おぼろ月のような柔らかい光に…虹の輪が架かっていた。葬ったはずの空想世界が、鼻先の視界に広がってゆく…イルカが作るバブルリングのように、虹の輪がゆっくりと広がり…私に迫り来る……その輪をくぐり抜けると、私は本当の自分と再会することになった。

私は、美しい光を放つ人を見つけたんだ。その光を浴びると、偽りの自分は一瞬で吹き飛ばされた。そこには、純粋に自分と向き合い生きる、美しい人の姿があった。私はその人を見つめる度に、嫉妬心に駆られるようになった。

人は鏡のように、本当の私を映し出す。美しい人を見つめると、鏡には嫉妬に狂う醜い私が映し出された。私は思わず目を背けた。目を背けたくなる程の、不快な感情をみつけたのだ。それは、いつか何処かで傷ついた、あの傷痕が疼きだしたのだろう。その痛みを感じさせる相手こそが、私の敵だと思っていたんだ。

けれど…私は、美しい人から目をそらすことが出来なかった。無垢な光に、私は魅了されたのだ。私が敵だと思っていた相手は、敵ではない。闘うべき相手は自分自身だったのだ!鏡には、醜い私と向き合う、ひたむきな私の姿が映し出された。不快な感情と向き合わなければ、傷は永遠に癒されない。そう教えてくれたのが、美しい人の存在だった。

お月様の向こう側へ……
私は、イルカが大海を泳ぐように
虹の輪をくぐり抜ける。
そこで、本当の私を見つけた。

小雨模様

小雨模様の恋心
何の涙か分からずに
あなたの手を握りました
・・・・・・・・・・・・・・
探しモノは　形をもたず
似たモノでは　満たされない

目を瞑った隙間は　違和感で埋まる
わたしが狂い泣けば
あなたは怒り狂うのだろうか

隙間を赦せば
尽きてしまう愛に出逢う

わたしの心は
少しの隙間も赦さない

あなたを見つけた瞬間
わたしの心は完成したの

瞬きさえもゆっくり流れた
一瞬の出来事
・・・・・・・・・・・・・・
恋と呼ぶには寂しくて…
愛に触れた　手と手のひら
あなたが握り返すから
雨ざらしの愛　しとしとと……

音月 あき子（ねづき あきこ）

一九八二年、岩手県生まれ。文芸誌『コールサック』に参加。アンソロジー詩集『海の詩集』『少年少女に希望を届ける詩集』に参加。

アタマの充電器

この世でもない
あの世でもない
私は二重の世界にいる

この世に足を着けて
あの世に頭を浸して
私は二重の世界に住む

時々さみしい
時々・・・

知らなかったんだ
知らなかったんだ

二重の世界の住人は
しゃぼん玉の中の人

レモン月に虹の輪が架かると
しゃぼん玉は壊れて消えた

私の姿は見えますか？
私の姿は見えますか？

井上 摩耶（いのうえ まや）

インナーチャイルド「チビまや」の存在

私にとって大切なものとは、沢山ありそうで、そうでもないのかもしれない。始めに考えたテーマは、「人との出逢いとその中での心の絆」だった。しかし、思うように書き進める事が出来ず、色々テーマを考えるにつれ、最近気になっていた私の中の「チビまや」の存在について書くのはどうかと思うようになった。ここでいう「チビまや」は、いわゆるインナーチャイルドのことで、私にとっても、他の多くの人にも大切な存在だと思われる。皆の中にインナーチャイルドはいるのだ。

そもそもインナーチャイルドとは何なのか。私はそこからのスタートだった。アダルトチルドレン（ＡＣ）と診断された私は、このインナーチャイルドを癒す必要があった。以下「チビまや」と記すが、この「チビまや」は実に愛され、大切にされていた反面、とても寂しい思いをしていたようだ。その「チビまや」を何とか癒してあげたい。「大丈夫だよ」「一人じゃないよ」と言ってあげたい。私にとってとても大切な存在だからだ。この「チビまや」がいなければ、私は「詩を書く」事もなかったかもしれない…。

ここで少しインナーチャイルドの事を書こう。インターネットの文献で、このようなことが書いてある。

〈幼い頃の事をちょっと思い出してみてください。そこにはどんな自分がいますか？ いつも笑顔で毎日楽しく過ごしていた自分でしょうか？それとも、寂しい思いをしていた自分でしょうか？誰かにいじめられて泣いていた自分でしょうか？

私達の心の中には、いくつになっても傷ついたまま癒されてない自分が住んでいます。それを「インナーチャイルド」と呼んでいます。

そもそもインナーチャイルドの本質とは創造性、喜び、好奇心、親しみです。私達は小さい頃、想像性にあふれ、自分の気持ちを素直にそのまま表現していたのではないでしょうか？好奇心赴くまま自分の好きなことをして遊んでいませんでしたか？

でも、大人になるにつれ社会に適応するために、またやりたいことよりやらなければいけないことが増え自分自身をのびのびと表現する時間が減っていきます。〉（「インナーチャイルドの基礎知識」innerchild.money-pop.com）と、ある。これは、多かれ少なかれ、誰にでもある心の一部ではないだろうか？

「チビまや」に話を戻すと、今となっては、病を抱え、少し対人関係も苦手になっている私だが、もともと「チビまや」は、社交的で、活発な子供だったようだ。

幼いころも、母の膝で大人しくしているような子ではなく、いつも走り回って遊んでいたようだし、ウチにお客さんがいらした時や、飛行機の中、ペンション滞在中や、とにかく誰とでも仲良くなれた。フランス滞在中の朝市（マルシェ）には毎回通い、八百屋さんや、肉屋さんとおしゃべりしながら、おやつをもらっていたくらいだ。

しかし、一人っ子という事もあり、よく空想することで遊んでいた。一人でお人形を両手に二つ持ち会話をしたり、駅員さんと、客を一人二役でやったり…。そんな「チビまや」は、「両親の長期不在」を何度か経験している。外国では良くある事みたいだが、両親が旅行などへ出掛け、「チビまや」は修道院に預けられた事もあった。見知らぬシスター達と共に生活し、楽しくも、夜はなかなか眠れない日が続いた。

こうして「チビまや」を思い出していると、社交的で、すぐに誰とでも友達になれた「チビまや」は、ある意味自分を守ろうとしていた、あるいは、「愛されたかった」事がわかるようになる。両親から得られなかった「愛」を他人に求めるようになっていたのは、この頃からかもしれない。「チビまや」は子供でいる事の可愛さをわかっていたのかもしれない。笑顔で、ケラケラ笑っていれば、大人達は良くしてくれる。そんなふうに思っていたかもしれない。自分が大人になるにつれ、それが通用しなくなることまでは、考えていなかったのだろう。そして「チビまや」は、「拒絶」される事を非常に恐れていたと思われる。「いい子」でいれば、「愛される」と思い込んでいた。これは幼い頃に「拒絶」を味わい心に大きな「傷」を負っていたからだろう。しかし、私の中の「チビまや」は、「詩」という形でだけは顔を出してくれた。小学生の時の登校途中に出くわした、犬のひき逃げ事件を目撃し、自らまだ息をしていた引かれたその犬を歩道まで運んだ事を書いた詩。これが朝の朝礼で読まれ「チビまや」は、「詩」に目覚める。今考えれば、必死に防御していた心の「息抜きの場所」もしくは、「本来の自分」を表現出来るのが、「詩」という形になったのかもしれない。それを思うと、私は今「チビまや」に感謝の気持ちでいっぱいだ。一人で寂しかった。とにかく「愛されたかった」。そんな「チビまや」が必死に生きた証を、私の書く「詩」が証明しているのかもしれない。この傾向は、思春期までつづき、アメリカ留学中も、私は「チビまや」と対談しながら、向き合いながら、日記帳に詩を綴っている。

先に述べたように、私はACと診断されたわけだが、これはたまたま私が精神科に通っていたからだろう。多分、知らず知らずACの人はたくさんいるのだろう。私もその一人だが、大人になるにつれ、自分の中のインナーチャイルドの存在を忘れてしまう。心の奥に押し込めて、社会人として、あるいは、常識の範囲内で振る舞う為に、私たちは自分の本来の姿を消し去る。

そうでもしなければ生きては行けない状況があるのだが、幼い頃の自分、インナーチャイルドに目を向け、褒めてやり、慰めてやり、愛してあげることは、とても大切なことだと今私は痛感している。

私はたまたま精神の病を抱えるという人生を歩むことになったわけだが、どの親も不完全だ。親がACだったり、酒飲みだったり、うまい具合に愛情を注げなかったり。もしくは、ベストを尽くしたと思っていても、その子供の性格には合っていなかったり…

だからこそ、大人になった自分が、自分の中に取り残されたインナーチャイルドを癒してあげることが、本当の意味での心の平安に繋がるのではないかと私は考える。精神の病を抱えた今、より一層この「チビまや」が私に寄り添ってくれる。想像力の源になってくれたり、好きなこと、嫌いなこと、幼い頃どうやって時間を過ごしていたかなど、病んだ精神のバランスを取る為にも、「チビまや」は一生懸命大人になった私に訴える。「大丈夫！一人じゃないよ！」と。そして、私も「チビまや」に言いたい、「大丈夫！一人じゃないよ！」と。

私にとって、この「チビまや」が生きていてくれた事で、今の私の「詩」はある。この「チビまや」の存在をこれからも大切にしたい。想像から、創造し、豊かな心で人と関わりを持ちたい。この「チビまや」と共に成長し、これからの創作活動に活かしたい。

私がいた

眠れぬ早朝に
抱きしめてくれる人はいなかった

木枯らしの夕方に
コートをかけてくれる人もいなかった

車の後部座席から
ただただ景色を眺めるだけのドライブ

自分よりずっと背の高い人の
顔色を窺う日々

そう思ってきたけれど
私には「私」がいた

眠れぬ夜も
狂気の中でも
「私」は私を見つめ
抱きしめてくれていた

一人なんかじゃないんだ
愛されていなかったわけではないんだ
ただ少しすれ違っていただけ
そうでしょう?

早朝の
木枯らしの夕暮れの
寂しさに耐えてこられたのも
きっと「あなた」がいたから

私の中の「私」が「あなた」となって
ずっとずっと私を見守ってきた

今までも
これからも…

私は「あなた」に愛され
生き抜いていく

井上　摩耶（いのうえ　まや）

１９７６年横浜に生まれる。

シリア系フランス人の母と日本人の父の間に産まれ、アイデンティティに悩みながらも、17歳の時に単身渡米、舞台美術や、フランス語などを勉強。留学期間中の作品も含め、２００３年にミッドナイト・プレスより『Ｌｏｏｋ ａｔ ｍｅ―たとえばな詩―』を刊行。同社より、２０１０年に母に捧げる詩集として、『レイルーナ―はかない愛のたとえばな詩―』を出版。

２０１４年、詩人・編集者の佐相憲一さんと出逢い、翌年にコールサック社より詩集『闇の炎』を刊行。季刊誌コールサック81号より詩を掲載。

エッセイアンソロジー『それぞれの道～33のドラマ～』、詩集アンソロジー『平和をとわに心に刻む三〇五人詩集』、『海の詩集』、『少年少女に希望を届ける詩集』（いずれもコールサック社刊）に参加。

２０１６年、神月ＲＯＩさんとのコラボレーション詩画集『Ｐａｒｔｉｃｕｌｉｅｒ《パルティキュリエ》～国境の先へ～』（詩：井上摩耶　絵：神月ＲＯＩ　コールサック社）を刊行。

私にとって、詩を書く事は「呼吸をする事」に近いと感じていて、つらくても毎回書いて行くたびに自分を見つめる瞬間にもなっています。

神月ＲＯＩ（かむづき ろい）

俺の最も暗い時代

「左目の視力は今後、回復することは無いでしょうが、リハビリしていきましょう」

　ドクターからそう告げられた。とうとうこの日が訪れたか。俺の左目は一夜にして光が喪われてしまった。左目の見えない世界は、ある意味新鮮だった。目に付かない自分の鼻が視界に入って邪魔だ。消失点も重要だ、両目の視力があってこその空間認知能力、立体感覚など、人間の身体の構造は良く出来ていると思った。俺の見える世界は限りなくフラットになってしまった。だが右目が見えているなら生きていける。そう必死に言い聞かせながら訓練し続けた。

　難病宣告を受けた時、俺は23歳だった。正直なところ然程ショックは無かった。ボンヤリと、まるで他人事の様な感覚で将来の不安を漠然と抱えたのは覚えている。それから五臓六腑を患い、入退院を繰り返し続けた後に会社を馘《クビ》になってしまった。俺は26歳でサラリーマン人生の幕を閉じた。無情だ、だが仕方が無いとも思っていた。即戦力になれない人間はリストラの対象になる。それが世の中の現実だ。それを嘆いたところで何も変わりゃしない。そう気持ちを切り替えて趣味でずっと描き続けていた絵を応募したところ、驚いたことに俺はプロの絵師として認められた。『捨てる神あれば拾う神あり』か。先人の教えは上手いことを言うものだ…そう痛感しながらも、俺を認めてくれた方々や応援してくれる友人達、そして自分自身を諦めなかった情熱と渇望の心、総てに感謝した。作家としても活動を始め、元々洋裁師と和裁師でもありデザイナーでもあった俺は、幅広くトントン拍子にマルチクリエイターとして自分のやりたかった仕事を楽しくこなしていった。勿論、決して楽な仕事では無い。辛いことも沢山あった。だが、支えてくれる皆がいたから頑張れたのもあった。

　…その支えてくれる皆が鬱陶しくなって全部拒絶す

る様な、俺にとって死ぬより辛い絶望が訪れることなど、その時は考えもしなかった。

ある朝のことだった。ベッドから起きようと左手をベッドマットに着いた。が、ちっとも起きられない。「あれ？」と思い、左腕に力を込めて動かしたが、全く動かなかった。一瞬にして血の気が引いた。

「嘘だろ？嘘だろ‼」半狂乱になりながら、右手で左手を掴んだが、俺の眼の前にあるのは麻痺して動かなくなった左腕がブランと垂れ下がっていただけだった。

俺の利き手は左だ。絵筆の握れない画家なんて聞いたことが無い。左目だけならまだしも俺の左腕まで持っていくのか⁉何でだ！俺が何をしたって言うんだ！誰か助けてくれ、神々が駄目なら鬼でも悪魔でも何でも良い…！俺の左腕を返してくれ！返してくれ‼

言葉にならない想いが溢れ返り、俺は怒り狂った。そして途轍《とてつ》も無い虚脱感に襲われ、泣くに泣けずベッドに転がっていた。その日はずっと起き上がれなかった。もしかしたら夢かも知れない、こんな現実あって堪るか！と、そこまで俺は追い詰められていた。ケータイの電源を切り、仕事もしなかった。夜中の二時過ぎだったと思う。誰かが家に来た。チャイム連打しながら「アンディ！大丈夫か！」と叫ぶのはバンド仲間であるサトシの声だった。そうか、今日はスタリハの日だった。アンディと言うのはバンド仲間が付けた俺のアダ名だ。サトシは俺が難病に罹《かか》っていることを知っている数少ない友人の一人だった。俺の左目失明も右耳失聴も知っている。朦朧として、憂鬱な状態で何とか起き上がり、慣れない右手で玄関のドアのチェーンを外し、鍵を開けた。

「倒れてるんじゃねえかって心配になって。電話も繋がらねえし。焦ったぞ、心配するじゃねえか、連絡ぐらいしろよっ！」俺の顔を見た途端、安堵の溜め息を吐《っ》いてから、バッキングギターを担当しているサトシが捲し立てるような弾丸トークを炸裂させていたが、俺は上の空だった。

「悪い、帰ってくれ」俺はその一言だけ告げてドアを閉めようとした。

「おいおい、そりゃあんまりだろ！俺が心配して来てんのに…」その言葉を遮って俺は叫んだ。

「誰も頼んでねえっ！俺がいなくたってセッション出来るだろ！」

「無責任なこと言うな！リードギタリストがいな

かったらセッション出来ねえだろっ！」

「下手くそなレフティよりマトモな右利きのギタリストでも探せば良いじゃねえか！」俺は歯痒さから、心配してくれているサトシに八つ当たりしてしまった。

「何だそれ！」怒ったサトシは俺に食って掛かってきたが、一旦冷静になって俺を見た。

「…病気の具合が悪いのか？今から病院行こう」

「無駄だよ！どうせ無駄なんだよ！もう駄目なんだ！俺の左目と一緒だ！」そう叫んで再び遮りドアを無理やり閉めようとした時、ガンッという音がした。俺の左腕が挟まっていた。サトシは俺の左腕を掴んでいた。全く気が付かなかった。玄関のドアの向こうで、か細い声が聞こえた。「オマエ…左腕…気付かなかったのか？嘘だろ？何で？動かないのか？」サトシも大概酷い人生を歩いて来た人間だから、分かち合う部分は沢山あった。それでも分かり合えない、こればかりはどうにもならない。

「左腕も俺の人生も終わりだ、悪い…もう放っといてくれ」それしか言えなくて、暫くしてからサトシは黙って帰って行った。そして俺は全ての人間関係を絶った。ずっと暗い部屋で押し黙って、一日が終わるのを待っていた。毎日、毎日、そんな日が続いていた。自分で人間関係を絶った癖に、苦しくて辛かった。独りぼっちになってしまった。馬鹿げたオーヴァードーズをした。

…消えたい。こんな役立たずは死ねば良い。どうせ誰にも必要とされないし立ち上がったところでまた倒れてしまう。こんな虚しさを繰り返す人生なんて生きるに値しない。やはり母親の言うように『産むんじゃ無かった』存在なんだ。俺は睡眠薬の過剰摂取の中で激情なのか失望なのか夢現つなのか判らない気持ちの中で鋸《のこぎり》を取り出し、「こんな左腕なんか要らねえ!!」と叫び、切断しようと力一杯、前後に刃を動かした。肉を削ぐ感触が右腕に伝わってきた。夥しい血飛沫の中で俺は悶えた。

「いっ、痛い！痛い……！グッ、アァァ!!」骨の辺りまで刃が達したのだが、その時に信じられない激痛に襲われ、血溜まりの中で呻いていた。何で痛いんだ？麻痺してる癖に……!!

次に気がついた時は病院だった。死んでいないし、グルグル巻きに吊された左腕を見た時、「切断出来なかったのか」と安堵した途端に恥ずかしくなった。何で俺は病院に居るんだろう?と不思議な気持ちでボーッとしていたら、ICUの看護師に手紙を渡された。

『落ち着いたらまた会おうや!ところでヴォーカルやってくんねーかな?え? いいの?サンキュー!』その筆跡を見て涙が落ちた。サトシ達、バンド仲間の汚い字だった。俺を勝手にヴォーカルにしてしまっている。

ICUから一般病棟に移った時、ふと散歩がしたくなった。看護師にそれを伝えて、「敷地内なら問題無いです」と言われたので、敷地内にある中庭を歩いてみた。

なんて眩しいんだろう。それが俺の率直な感想だった。俺は絶望していたのに、何処もかしこも眩《まばゆ》く見えた。みんなが笑って楽しそうに生きている。病院内だから大半が病人、怪我人なんだろうが、明るく煌めいて見えた。ズンとした灰色を想像していたが、どうやら絶望というモノは世界中を眩しく彩るらしい。…なんだ、俺が勝手に落ち込んで世界から自分を切り離しただけだったのか。死にたいんじゃ無くて、生きたいと心が叫んでいたのかも知れない。あの時、混濁する意識の中で俺はサトシに呻きながら電話したらしい。非常にダサいマヌケな自分を再び恥じた。そして気が付いた。痛みが有ると言うことは、可能性は0では無い。ドクターも言っていた。「日常生活に支障が出ない程度には回復すると信じましょう、根気よくリハビリ頑張って下さい」と。完全復帰が出来ないのは俺の運命だと思って受け入れることにした。そしてまた気が付いたことがあった。当たり前の話だ。右腕が有ると。右利きの画家に転向すれば良いだけだ。まだ俺は頑張れる。諦めるんじゃなくて、切り替えるんだ。戻りたいんじゃ無くて変わりたいと頑張ることが、俺にとっての正しい道なんだろう。

そして40手前になった今、こうしてエッセイで過去の戒めとして書き記させて貰っている。

もう直ぐサトシの六回忌だ。事故で突然この世界から居なくなったサトシ、あの時はごめん。会いたいよ。いずれ与えられる【死】まで【生】を全力で走りきれたら、また会えるかな。そして【今】を大切に生きる意味を教えてくれて有り難う。今の俺が有るのはサトシのお陰でもあるんだ。本当の感謝の気持ちを忘れずに、今を頑張って生きていくから。

それが俺にとって大切なことだと気付いた時、世界中は更に輝きを増した。

幽郷《ゆうきょう》の華《はな》

暗い水の底　私は頭《こうべ》を擡《もた》げる
目に映るは　遙か彼方の蒼い水面《みなも》
反射を繰り返す眩しい陽《ひかり》は
波打つごとに銀河を造る

茫然《ぼうぜん》と眺めた
私の知らない異質の世界
遙か彼方に広がる世界
でもここは　静かに淀《よど》む水の底
停滞した時の狭間《はざま》
いつまでも　碧く…暗く…

手を伸ばす
触れたくて…求めたくて
祈りにも似たこの想い
誰に届くことも無く　それでも手を伸ばし

いつしか祈りは願いに変わり
あの場所を強く求め　私の中で何かが変わり

絡む水草《もぐさ》を振り払い
幾度も幾度も挫《くじ》けては
不様に足掻《あが》き立ち上がる

私は私を見捨てなかった
あの場所へ…と
直向《ひたむ》きに目指し続けた

夢で思い出す
私はあの頃を思い出す

私は睡蓮《スイレン》
人々は言う　私のことを水面《みなも》で咲き誇る
尊厳を持つ慈悲深い御仏の華だと

でも生まれは腐った泥の中だった

神月　ＲＯＩ（かむづき　ろい）

１９７７年生まれ。蠍座。Ａ型。マルチクリエイター。

季刊誌コールサック82号より『秘められた神話』シリーズで組詩を連載中。エッセイアンソロジー『それぞれの道～33のドラマ～』、詩集アンソロジー『平和をとわに心に刻む三〇五人詩集』『海の詩集』『非戦を貫く三〇〇人詩集』（いずれもコールサック社刊）に参加。

日向暁小説『覚醒～見上げればオリオン座』の表紙絵担当。

井上摩耶詩集『闇の炎』表紙絵担当。

２０１６年、井上摩耶×神月ＲＯＩ詩画集『Ｐａｒｔｉｃｕｌｉｅｒ《パルティキュリエ》～国境の先へ～』（詩：井上摩耶　絵：神月ＲＯＩ　コールサック社）表紙絵を含むすべての画を担当。

作家、画家として頑張っていましたが、利き腕の左腕が難病から来る麻痺を起こし、ドン底の中で右手に転筆して現在に至ります。昔のペンネームは総て封印して新たなスタートを切りました。無上の喜びを掴み取る為に、神仏は試練の布石を人生の道程に投げてくる。そう考えることが出来た時、己の幸せを感じることが出来ました。

門田 照子（かどた てるこ）

六十五年前からの手紙

数学と英語が苦手だった。高校一年生の夏休み。それなら教えてやるから、と言われてT叔父の赴任先、長崎県O炭鉱従業員の職員寮を訪れた。海沿いの木造二階建ての寮には、単身赴任の中年男性が二人、あとは独身の若者たちが六、七人居ただろうか。T叔父の部屋は二階廊下の突き当たり、海に面しているというか、その部屋だけが海の上に突き出て建っていた。

T叔父は炭鉱の診療所のシンマイ内科医で、朝の九時から午後五時までは働きに出かける。その間、私は数学と英語を克服する予定だったけれど、叔父の座り机に向かうと、窓からは青い空と入道雲が私を誘いに来て、床下に打ち寄せる波の音は心地よく優しく、私は何にもしないで青畳の上に寝ころんでばかりいた。

昼寝に飽きると、寮の食堂に降りてゆく。そこには将棋盤があり、新聞や週刊誌があり、誰かが横溝正史の単行本を置き忘れていたりする。ラジオからは灰田勝彦の甘い声が流れてくる。私はドキドキ嬉しくて、男の人の世界を覗いている気分になっていた。

半ドンの土曜日になると、T叔父は新しいポロシャツに着替えて恋人とのデートに出かける。恋人は診療所の受付の美しい女性だという。そして私も朝の洗面所で出会った若い男性と親しくなった。毎晩のように、ベランダでギターを弾いている青年だった。私は十六歳になっていたが、四歳の頃から祖父母と三人の叔父たちに育てられ、子供っぽく痩せた小さな娘だった。シンマイ先生の妹らしいと思われていた私は、すぐにこの男性を「おニイちゃん」と呼んで仲良くなった。

その人は、昼間は炭鉱の事務所に勤めながら夜は定時制高校の四年生で二十二歳、ということは何か家庭の事情があるのだろうと想像できた。実家は職場から少し離れた長崎だったので、もしかしたら原爆に遭っていたのかもしれない。私も福岡大空襲で家が焼けて無くなっていたが、互いにそんな話は何もしなかった。

今は夏休みだから楽しく遊ぼう。T叔父は恋人に夢中だったので、私が数学と英語の勉強を怠けていても大丈夫なのだ。小柄な私は、おニイちゃんの自転車の荷台に乗ると、がっしり逞しい腰にしがみついて、映画、魚釣り、花火大会、お盆には精霊流し見物と初体験がいっぱいだった。平日は、寮の食堂で大勢一緒の夕食が終わると交替で入浴。夜はベランダでおニイちゃんのギターを聴いておやすみなさい。

いつも弾いてくれる近江敏郎の〈湯の町エレジー〉を私も習いたくて初めてギターに触らせてもらった。私にギターは大きすぎて、まるで私がギターに抱えられているようだと笑いながら、その人は私に根気よく左手の指使いを教えてくれた。何日かして、やっとイントロの伴奏が弾けるようになった晩、大喜びの私をその人はふいに抱き寄せると、私のおでこにキスをした。驚いて固まってしまった私を、その人は顎の下にすっぽりと抱きしめて「好きだよ」と、私のおかっぱ頭を撫でてくれた。別れの日はすぐにきた。

二学期になると、数学はやはり難しく、祖父母を助ける家事は次々に増え、祖父の恩給が頼りの家計は苦しく、私は勉強どころではないと思うようになる。

「電気が勿体無いので夜更けまで本を読むなどもってのほか」「早寝早起きをして祖母の家事を助けること」「勉強は学校で真面目に先生の話を聞いておけばそれでいい」「映画館に行くのは不良のすること」「高校を出たら働いて料理でも習って嫁入り支度をしなさい」こんな祖父の言葉に私はことごとく反撥していたのだが、難解な数学のある高校より、祖父の家計を助けて働く方がいいのでは?と考え始めていた。

二学期の半ば頃、私はT叔父に宛てて手紙を書き、高校を辞めて働きたいと申し出た。T叔父からは「お祖父さんに反撥する気持ちは解るが、話せば解る人だから、お祖父さんとはよく話し合いなさい。そして高校だけは何としても卒業するように」との返事が間もなく来た。私は自力でお金を稼ぎたかったので、冬休みからデパートでアルバイトをすることにした。

初めての慣れない接客業と朝から夕方までの立ち仕事は楽ではなかったが、一日百六十円の日給が稼げる。大晦日も新年の初売りも働いて百円の大入り袋のご祝儀をもらったりした。纏めて入ったアルバイト代で、私は祖父に下着を、祖母には草履をプレゼントし、自分のためには岩波の国語辞典と英和辞典を購入した。

分厚い辞書を胸に抱くと喜びが込み上げてきて、高校を絶対に卒業したいと思うようになる。春、夏、冬の休みにアルバイトをすれば何とかなると目途もついた。そのようにして、やっと高校を卒業した。


二〇一五年の十一月、T叔父は九十九歳になった。

白寿のお祝いに他の従妹たちと訪ねる予定だったが、十月の下旬頃T叔父から電話が掛かってきた。「夏に体調を崩して入院をしていたので、その後遺症のリハビリ中で、だいぶ治《よ》くなってはいるけど未だ車椅子生活だから、もう暫らくして、よかったら正月過ぎにおいで。そんなら又ね」といつもと同じ元気な声だった。

暮れの二十九日の朝、回復しているはずのT叔父の心臓が弱ってきて、昨日からリハビリも中止になっていると叔母から連絡があった。驚いた私は従妹の運転する車で一緒に駆けつけた。T叔父は意外なほどはっきりしていて「よう来たね」と笑顔を見せてくれた。

夕飯時になりベッドから起こしてもらって、自分の手で食事をしている姿は、それほどの重病には見えず、私たちは安堵して「正月過ぎたら又来るけんね」と別れてきた。それが最後になった。その夜の八時五十五分、臨終には誰も間に合わなかったという。

T叔父の葬儀は大晦日だった。

生前に用意していた戒名があり、本人が選んでいた写真は、九十七歳まで現役で働いていたことの証のような若々しい姿である。T叔父の希望通りの家族葬は、妻と娘夫婦に一人きりの孫娘、そして私たち姪と甥が三人、それだけで華やかにひっそりと営まれた。

棺の中のT叔父はやつれも見せず生前のままに、新しい黒いスーツに銀色のネクタイを締めている。百歳の祝いに備えて誂えていた仕立て下ろしだった。私は「ねえ、起きてよ」と揺すってみたい気持ちを抑えて、皆と一緒にT叔父の周りを花で満たした。足下には愛読書だった子規と茂吉の本が添えてあり、私はその下に、私のエッセイ集『ローランサンの橋』を置かせてもらった。


T叔父の百ヶ日が済んだ初夏、娘婿のSさんからメールが届いた。「義父の遺稿から照子さん宛の長い長い手紙が見つかりました。清書して別に出したのか、出さなかったのかわかりません。当時受け取ったかどうか覚えがあれば教えて下さい」というものでSさんがデジタル化したものと、原紙の写しが送られてきた。

それは、37行罫線付きA4用紙に、T叔父の懐かしい旧仮名遣いの文字がぎっしり詰まった十四枚に及ぶ長文の手紙だったが、私には、もらった記憶がない。

「御手紙有難う」に始まり、畳を這っていた赤ん坊の時からの私の成長記録、T叔父の高校生活、大学時代に結核に罹っての闘病の話、回復後十年遅れて工学部から医学部に転入したこと。貧しかった学生生活、青春時代異性にもてなかった孤独感や虚無感。子規、漱石、寅彦、龍之介、武郎、牧水、啄木を耽読したこと。倉田百三の「絶対的生活」の思想の影響、親鸞の教え。キリスト教の話は、アダムとイヴから人間の性について「性に於ける男女の分担は男に軽く女に重いといふのは不公平ながら事実です」「二人きりの交際はしない方がいいでせう」と私への性教育もある。

私の進学については、「経済的自立性の獲得といふことが第一番の要件だと思ったので…薬剤師にでもなっておけば…と大学進学をすすめたわけで…照子の進学の経済的な面も僕が見てゆくつもり…これは照子がその気にならねばむりにはすすめません。今は健康を損なわぬやうにして、高校だけは出て下さい」

私の苦労の家事については、「僕は父母と一緒に生活したいので結婚出来れば、この望みもかなえられることと思っている」そして尚、と続き、病中の自分を救ってくれたのは倉田百三の思想の他に、短歌だったと、読書をすること古典を学ぶ大切さも教えてくれている。


T叔父が何故この手紙を私に出さなかったのか？当時の私には、この文章を読む力がまだ無かったのだと思われるが、たぶん私は自分の都合のいいように解釈してT叔父が学費を出してくれるなら、と甘えたのではないだろうか。目の前の暮らしに押し潰されていた私は、祖父に相談することもせず進学を諦めていた。

もし憧れの大学生になっていたら、私の運命は全く違っていたことだろう。今更ながらに少し悔しく残念な気もするのだが、この手紙を書いた翌年の春に結婚をしたT叔父も又、両親と一緒に生活したかった念願は、ついに叶わず一生故郷にも戻ってはいない。

海辺にて

あのひとの傍らにいるとき
わたしは幸せで苦労知らずの娘

夏休み　独身寮の階段の下で
自転車を止めて待っていたあのひと
後ろの荷台に横座りして腰にしがみつくと
炭坑で働く男の背中は広く逞しかった

明るく陽気で野放図な少女を
演ずる怪しい快楽
ささいなことで大仰に笑ったり
怒ったり泣いて見せたり
休暇が終われば
それぞれの運命に縛られるわたしたち
遊び疲れた海辺で別れのときは迫り
水平線に沈む手の届きそうな夕日に向かって

ふいに　わたしは歩いて行った
追ってくるあのひとから逃げる
あのひとがわたしの肩を摑む
引き戻されてあのひとの腕の中
企み通りの展開に
わたしたちは波しぶきに洗われながら
初めての抱擁をした

十六の夏　その日わたしに
太古からの遅い潮がおとずれ
大人になるときめきと恐れを　わたしは
誰にも告げなかった

あのひとは追って来てくれたのに
底知れぬ海の鹹《から》さに身を竦《すく》め
ついに　わたしは泳ぎが覚えられない
水際には
大人になりきれない少女が
かなしい贈り物を抱えて佇んでいる

門田　照子（かどた　てるこ）

一九三五年　福岡市生まれ。
一九三八年　父相羽守義病死、母藤は私を連れて実家に戻り、祖父母、叔父たちとの暮らしが始まる。
一九四五年　福岡大空襲で祖父母の家が全焼、戦後も復興出来ないまま貧困生活が続く。闘病中の母は俳句を、T叔父は短歌や詩を書き回覧雑誌『止里可比』の同人だった。子供の私は俳句や詩は病人のものだと思っていた。健康で働きたいと願っていた。
一九四六年　母相羽藤病死、句集『藤翳鈔』を遺す。
一九五五年　高卒後、九州電力に就職、十一年間勤務。
一九六〇年　門田保慶と結婚、長男陽と長女麦野に恵まれる。一九六六年退職して子育て専業主婦となる。
一九七〇年　テレビ番組小川宏ショー『私のイメージ』の詩に応募、入選、葦原邦子さんの朗読で放映される。それは年末にアンコール放送となり家族で招待を受けテレビ出演する。旅費や出演料、東京見物など好待遇に詩は儲かる？と誤解する。川柳を始める。
一九七三年　川柳誌「番傘」同人、一九七六年まで。
一九七四年　高田敏子主宰「野火」会員、終刊まで。
一九七八年　岡部隆介主宰「木守」同人、終刊まで。
一九九〇年　本多寿主宰「火盗」同人、終刊まで。
一九九三年　柳生じゅん子主宰「えん」同人、終刊まで。
一九七九年　第一詩集『巡礼』上梓。以後現在まで『アレルギー前線』『満酌』『過去からの返信』『抱擁』『桜桃と夕日』『終わりのない夏』『門田照子詩集』『ロスタイム』エッセイ集『ローランサンの橋』など上梓。
二〇一〇年　夫門田保慶病死、闘病の同志であり詩を愛好した理解者を喪い寂寥感に浸される。
二〇一六年現在、詩誌「東京四季」「花筏」同人。福岡県詩人会、日本詩人クラブ、日本現代詩人会、日本文藝家協会、福岡文化連盟各会員。

小さなお話

秋野 かよ子（あきの かよこ）

人は、たまに夢をみる。それは人間だけではないともいわれている。犬や猫、カラスやイルカなども夢をみるらしい。もっと多くの生き物も夢を見ているのかもしれない。と考えると楽しいものだ。また「夢」の話と言えばフロイトやユングの心理的精神分析を思い浮かべるが、ここでお話するのは私がウトウトと「レム睡眠状態」で見た夢である。他人の夢など面白くないものだが、もしかするともっと不思議な夢を皆様も見ているかもしれない……。

第一話

あれは、もう十年余り前のことである。私が退職して次の日に母は大きな脳出血で寝たきり言語無しになった。しばらく入院して家で介護することにした。最重度になった人の介護は、私としては転任のような気持ちでプロ意識がはたらき、「老いた母と熟女になった娘」の世によく見られるやりきれない確執がフッと溶け、母にこの上なく優しく接することができた数年間であった。その間に不思議な夢を一つみた。

ある夜、夢のなかで私は家の近くの山際に立っていた。その山際が人には知られていない森のようになった空間にお墓があった。階段の左に大きなシキミの木が一つあり私はその木の側に立っていた。すると、急に大勢の人たちが白い服を着てシキミの際の洞穴から地下へどんどん下りていく。驚いてその洞穴を覗いて息を呑んだ。地下に続く階段を白い服の人たちはワイワイ言って笑いながら下りて行くのである。よく見ると昨日私が劇団で会った人たちや、親友や、近くの人、見知らぬ人などが元気よく下りて行く。階段を少し下りると踊り場がある、その踊り場まで下りて私はまた呆気にとられ立ち竦んでしまった。そこには果てしなく続く滑らかな土だけでできた見渡す限りの大きなドーム状になった世界が広がっていた。父が向こうの方に居た。しかも相変わらず書物をしていた。母は大勢の人の輪のなかで有頂天になって都々逸など歌って宴会を仕切っていた。果てしなく続く世界は何処にもライトも無いのに、夕暮れの最後に魅せる柔らかい琥珀の黄色い光が全てに行き渡っていた。突然下から声がする。「もう、ここへ来たら安心だ」「もう何も心配することもない……」みんなを迎える人たちや、新参者も口々に言う言葉だった。

私は「死後にこういう世界があるのだろうか……これは夢なのだ」と自分に言い聞かせながらも遠くの方の見知らぬ国の人々の笑顔が嬉しかった。

「おい！早く行かないか？」ポンっと肩を叩かれて振り向くと、もう既に昔、地下へ行ったはずの恋人だった。「まだ居たの！」と思わず言ったが相変わらず忙しそうに取材の道具を担いで下りて行った。

「お～い！そこで突っ立ってる人、早くおいでよ～」誰かが私を大声で呼んでいる。「こんないいところ無いんだよー」と私を優しく駆り立ててくれた。向こうの方では大工の仕事をしていた人が、土で自分の好みの家を創っていた。ここは屋根を作る必要が無くそれだけでも楽で部屋の間取りを凝りに凝っていた。延々と続くこの地下の世界はどこまでも広く霞がかかっていた。私は友人や愛する人にも誘われながら、階段の踊り場で何故か一歩も足が動かなかった。こんな思いは前にもあった。幼いころ高熱を出して、あまりに熱が高かったものだから譫言《うわごと》を言ったのを覚えている。目の前に真紅と漆黒が斜めに色付された鳥居が立ち並んでいた。果てしなく鳥居の前で何処からかくぐって歩けと声がした。が足が止まったまま動けず、朦朧としながら派手な鳥居の前でうずくまっていた。今回もあのときと同じことになっている。

それは、生に潜む死が「踊り場」という猶予期間に、夢に訪れてくる幻のようなものなのだ。

元来、私は「死後の世界」というものを信じてはいない。しかし死へ向かうとき、あの柔らかい「地下の世界」を何処かで見ているのかもしれない。弟が死の直前に言った言葉は「今、何時だ？」であった。時を告げると手を振って瞬時に見たものは何であっただろう。

私は不思議な死後とも現実とも付かぬ夢を見たのだ。久しぶりに会えた人たちの姿は、生き生きとして昔と変わらぬ様子で何故かホッとしたものを感じた。それはシキミの木の精霊だったのか……太陽はもうすっかり昇り、ふくよかな気分で遅い朝を迎えた。

第二話

昼寝も含めレム睡眠というのはいろいろの場に起こる。手術からの麻酔の覚め際もその一つである。私は生きていく上で三回も大きな手術をしている。全身麻酔や脊椎麻酔など麻酔こそありがたい魔法の力をもたらすものだ。近世初期には麻酔と抗生剤が無かったわけだから、多くの人々は苦しみながら命を落とした。その手術中の強い麻酔の覚め際こそ、レム睡眠になって思いもよらぬ夢を見るものである。

一度目は会議中、私が発言をしていたとき脳出血を起こした。その頃、暇を見つけて私は万葉集の枕詞の不思議さの本を幾つか読んでいた。ある本は古代韓国語と枕詞の研究をしていた人の本で、隠語となって一致していくという内容だった。当時日本の古い国文学者は反対する人も多かった。脳出血で頭の手術を受け、全身麻酔で何も解らなかったが、覚め際には頭がわ〜んと切り刻まれるように痛く、私は大勢の中で万葉集について議論をしていた。こんな夢のときにまで議論を吹っかけているのか?と後で友人に笑われたものだった。頭は何か鋭利なもので次々刻まれていく。私はよく塩鮭の頭をもったいないから刻んで酢と昆布と生姜に漬け「氷頭なます」を作る。あれだ……あの鮭の頭と万葉集がかき混ざり、「私は誰でしょう」……ぼ〜っとしたまま、視覚と言語の不思議な苦痛に滅多に体験のできない年数を重ねることになった。

＊

肉体の痛さというものはいろいろある。皮膚の極表皮が破れても痛いものである。普通筋肉より更に強く最高の痛みに骨がある。そこは血液を作る場所であると共に、あらゆる神経を張り巡らしている場でもある。骨折をすると言い知れぬ痛さを感じた人も多いと思う。私は人間で一番大きな骨の大腿骨の骨頭を切り骨髄に挿し込み受け皿の骨盤を削り受け皿をビスで留めるという人工股関節全置換術を二本とも受けた。二十年前左脚をやったとき、麻酔から覚めると震えるような痛さが数日続いた。どれだけ痛み止めの注射や薬を飲んでも追っ付かない。戦場で大腿骨や骨盤を撃ち抜かれる人たちを思っていた。地獄のような尋常のものでない痛みと高熱のなかで耐えるしか無いのだ。強い痛み止めを飲んでウトウトするとき決まって大岡昇平の「野火」が出てきた。それにしても私は何と恵まれた「銃傷」なのだろう……。人は不思議なものなのだ。あの強烈な痛みが癒え、一月ほどで立つようになり、もう一本の右脚も悪くなると、やっても良いと思うのだった。「物理的な痛み」の記憶はこんなにも消え去るものなのか。と驚くとともに痛みの記憶を無くすことで生命は維持されているのだと思った。

＊

二十年後、つい先日私はもう一本の右脚に同じく人工股関節全置換術を受けた。術式も完備の仕方も変わっていたが、やることは以前と同じだった。筋力を落とさないように、メスで表皮を切り、後はヘラで筋肉を選り分けて大腿骨と骨盤を切ると言う。「全身麻酔にしますか？　脊椎麻酔にしますか？」とオペ看護師の人が説明と希望を聞きに来た。解らなかったのでどっちが良いですか？と尋ねると脊椎麻酔のほうが遥かに患者さんには楽なのだと言った。脊椎麻酔はなるほど……温泉に入ったように腰から下がポカポカ温かい。そのうち意識も失くされる。手術中、軽い意識の中で体が動かされ、ここは何処だろう……ドイツの森だ、キコリの人がいる。時々チェーンソーのような音が聞こえる。森に響く木の音がする。何より喩えようもない森の香りがしている。これは……もしかして私の脚を切っているのだ……この香りは私の血の匂いなのだろうか……木の香りだ。あのグリム童話の場所だ……脊椎麻酔は手術が終わっても直ぐに覚めない。三時間ほど私の腰から下は輪切りにされても解らない。

しかし、やがてじわじわと、更に甘味なミルクと蜂蜜の流れる地獄の痛みの「野火」へ時が私を誘いに来た。

痛みも癒え歩けるようになった今、フッと痛みに対する女の滑らかさが命でもあったかのように、あの森で打ち込む木の音響や香りが忘れ難く、また聴いても良いと思うのであった。

顕微鏡

隠されたものを引き剝がしていくのは
欲望なのか

華麗に悲しげに虹の世界を映し　鱗粉に
蝶も我が身を知りはしない
そして
ここは風がない
羽ばたく大空もない
宇宙からきた片割れが　切られて横たわっている
留まった先に　更に別のものが見えるのではないか
ミクロへ馳せるとき
電子の色に取り憑かれ　妖しい思惑になる
遠い銀河からきた　虫の羽たちよ
見なければよかった
わたしは心の貪欲さに　詫び入ってしまう

＊

生きることを願ってやまない
管理された　天国と
苦しみに這いつくばって
いまを思う　自由な娑婆と
人は　どちらを願うのだろう

冬へ

大空に
ゆうゆうと
鷲がとぶ

息ひそめ
山の佇まい
艶やかに

秋野　かよ子（あきの　かよこ）

一九四六年、和歌山市生まれ。

詩集
『台所は　詩が生まれる』
『梟が鳴く――紀伊の八楽章』
『細胞のつぶやき』

文芸誌「コールサック」などに詩やエッセイを発表。
日本現代詩人会、詩人会議、関西詩人協会、各会員。
好きなことは料理、音楽ほか。

若宮 明彦（わかみや あきひこ）

僕は石の夢をみる

あなたは普段どんな夢をみるのだろうか。ここでいう夢とは、未来の夢ではなくて、睡眠中にみる夢のことである。フロイトや明恵上人のように夢診断をするわけではない。ただ単純に自分の夢を振り返ってみたいだけだ。

僕のみる夢は、大きく三つに分けられる、ひとつは、他愛のない日常の延長の夢で、その中に登場するのは家族か知人か同僚である。たまに憧れの女《ひと》が登場したりしてどぎまぎするが、夢でも相変わらず振られている。次にはいじめられているか、小突かれているか、襲われている夢。このような夢の時は、自分で悲鳴をあげて、思わず目覚めている。

そしてもうひとつは、まぎれもない石の夢。岩壁や海岸での石の採集は仕事の延長だが、時々石と旅をしたり、居酒屋で飲んでいたりする。また、いつのまにか自分が結晶のひとつになり、他の結晶と地球の創生を議論していることもある。ここでは僕の長年の友である幾つかの石（鉱物）を紹介しよう。

めのうの磁力

イーハトーブの詩人・宮沢賢治は、科学にも精通した作家として知られているが、めのう（瑪瑙）は彼の作品にもしばしば登場する。たとえば、賢治の少年時代の短歌に次のようなものがある。「鬼越の山の麓の谷川に瑪瑙のかけらひろて来りぬ」。岩手県北部、鬼越山の麓の〈紫土堤〉は、めのう産地として有名で、ここでめのう探しに熱中したという。

めのうは、半透明で非常に細かい石英（SiO_2）の結晶が集合して塊状になったものである。赤や黄の縞模様が馬の脳を連想させるのか、漢字では瑪瑙と書く。鉱物学的にみると、半透明の石英は一般に玉髄（カルセドニー）とよばれている。色が比較的一様なものを狭義の玉髄、縞模様があるものをめのうと区別する場合もあるが、両者をまとめてめのうとよぶことが多い。ただし酸化鉄などを含んだ不透明なものは碧玉（ジャスパー）として区別される。

あれは、僕がまだ小学校に入る前の、六歳頃のことだろう。家庭の事情で母の実家である美濃の田舎に預けられていた僕は、近くの子供たちと毎日のように山野を駆け回っていた。その頃、祖父は勤めていた学校を定年退職し、普段は畑仕事に精を出していた。遊び疲れた僕は、縁側に寝ころがって、お気に入りの図鑑を眺めていた。すると、祖父は「いいものをやろう。これはめのうといって、宝石にもなるやつだ」といって、泥のついた手拭いから、小指の爪ほどの石ころを取り出し、僕の手のひらに乗せてくれたのだった。その小さな石ころを裸電球に透かしてみると、オレンジの光がぼうっと浮かび上がり、なんともいえないやわらかな眼差しが感じられたのだ。その日からこのめのうは、ビー玉や色タイルとともに僕の大事なコレクションとなった。

人一倍元気だった祖父も、僕が高校二年の時に亡くなったが、めのうを見るたびに優しかった祖父の笑顔を思い出す。後年、僕が地質学を専攻することになったのも、祖父からもらっためのうがきっかけなのかもしれない。めのうは平凡でありふれた鉱物だが、あの柔らかな石感には誰もが親しみを抱いてしまうのだろう。めのうには、なぜか人を魅了する不思議な磁力があるような気がしてならない。

水晶への憧憬

めのうの次に夢中になった鉱物といえば、〈鉱物の王〉といわれる水晶であった。この透明で鋭利な結晶は、その大きさいかんに関わらず、人を魅きつける力がある。古今東西の人々を捉えてきた水晶は、古代ローマの大プリニウスの大著『博物誌』にも登場する。「水晶の生成は、地熱とは正反対の原因、すなわち厳しい寒さによる凍結によって起こる。冬、雪が非常に固く凍りついてしまう場所でしか発見されないことを考えると、これは明らかに氷の一種であるといえるだろう。よってギリシア人はクリスタロス（水晶または氷の意）と名づけた（後略）」（第三十七巻第九章）。

水晶とは、石英という鉱物の中で単一の結晶をもつ透明なもので、ロック・クリスタル（Rock Crystal）ともよばれている。石英の中で透明度の高いものを水晶、やや落ちるものを石英（狭義）と大別する。水晶には紫水晶（アメシスト）、黄水晶（シトリン）などが、石英には紅石英（ローズクォーツ）などがある。めのうや玉髄（カルセドニー）も鉱物学的特性からみれば、石英の仲間である。

　少年時代の僕が夢中になって手に入れた水晶には、次のものがあった。まず河原や道端で拾った石英の塊を割って、その中に並んでいる水晶（最大五ミリ位）を採集した。しかし、それは結局石英の中の脈に並ぶ水晶に過ぎなかった。その後、岐阜県中津川市の大叔父から、白水晶や黒水晶の良い結晶（五〜六センチ）をいただいた。このような標本を手に入れると、やはり自分で採ってみたくなる。

　やがて大叔父に頼みこんで、中津川市の水晶が採れる小沢に連れて行ってもらった。そこは地元の人のみが知る穴場で、風化した花崗岩からなる川砂を篩《ふるい》にかけると、二〜三センチの黒水晶がわんさかと採集できた。小粒だが、岩から分離した完全な結晶に小躍りしたものだ。ここでは黒水晶に加え、小指の爪位の透明なトパーズ（黄玉）も見つかった。

　中学生になると行動範囲も広がり、恵那市周辺の石切り場を訪ね歩いた。石切り場の花崗岩のペグマタイトの晶洞《ガマ》から、二十センチを超える黒水晶や青みがかったトパーズを採集したが、黒水晶を採集した時の感動には及ばなかった。これらの鉱物コレクションはすべて失くしてしまったが、今でも博物館に並ぶ水晶を見ると、少年時代の水晶への憧憬が鮮やかに蘇ってくる。そして、稲垣足穂の「何にしても人間よりは樹木の方が偉い。樹木よりも鉱物、それも水晶のようなものがいっそう偉いのだ」（『水晶物語』）という文章を反芻する。

蛋白石の魅惑

宮沢賢治の代表的な童話に「貝の火」というのがある。かいつまんでいえば、命がけでヒバリの子を助けた子ウサギのホモイが、天の神様から不思議な力をもった宝珠〈貝の火〉を授けられる。しかし、悪徳キツネにそのかされ愚行を重ねてゆくうちに、やがて宝珠は砕け散ってしまい、その罪としてホモイは盲になってしまうという哀しい物語である。

ここで話題にしたいのは、この〈貝の火〉が何を意味しているのかということだ。鉱物である蛋白石を登場させて、〈貝の火〉＝蛋白石説として話を進めてゆく。蛋白石（オパール）とは、水を含んだ非晶質のSiO2であるが、鮮やかな遊色（干渉色）がでることで特徴づけられる。また、十月の誕生石としても知られ、日本人には好まれる宝石である。次に〈貝の火〉＝蛋白石説の根拠をみてみよう。

ひとつめは、火山岩中に含まれる蛋白石に関連するのではということだ。東北地方では、福島県西会津町宝坂《ほうさか》産のものが、流紋岩中の球顆に含まれている産状を示し有名だ。宝坂産のものには、稀に虹色がでて宝石級のものもあった。晩年は採石技師として、東北各地を歩いていた賢治のことだから、この産地のものを手に入れていても不思議はない。

ふたつめには、蛋白石のなかでも、真っ赤にもえるようなメキシコオパールからヒントを得たのでないだろうか。別名ファイアオパール（火蛋白石）とよばれたりもする。たとえば、オーストラリアオパールは、大きくブラックオパール、ホワイトオパールおよびボルダーオパールにわけられる。このうち、最も美しいブラックオパールには赤みが強くでるものもあるが、火のような情熱的な赤さではやはりメキシコオパールに軍配があがるだろう。

三番めは、〈貝の火〉そのもの、つまり蛋白石化した貝の化石から思いついたのではないかということだ。これはオーストラリア産が有名で、貝オパールともよばれている。化石の貝殻が溶けた空洞をオパールが埋めたもので、本場のオパール鉱山では美しいものが産出する。私見では、最後の理由が有望かと思っているが、果たしてどうであろうか。

僕の長年の友である幾つかの石を紹介してきた。夢の記録『夢記』で知られる明恵上人は、紀州湯浅の二つの島から拾ってきた二つの丸い石を、生涯手元に置いて愛玩したという。彼も眠れない夜には、掌中に丸い石を握りしめていたのだろうか。来世こそは石に、できれば鉱物に生まれ変わることを願って、しばしの眠りにつく。今夜も僕は石の夢をみる。

小石少年

父は本当にいなかった
母もいないようなものだった
どうして人はこんなに醜いのか
いつも小沢のせせらぎに尋ねていた

光はなかった
明日もなかった
道端にころがる石だけが
僕の唯一の友だった

三億年前の赤チャートは言った
俺はやさぐれた深海の出だが
今は山脈の峰々を造り
火打石として火花さえ出せる

二億年前の石灰岩はつぶやいた
サンゴ礁育ちのビーチボーイさ
はるか太古の赤道をまたいで
黒潮に乗ってやってきたのさ

一億年前の花崗岩も語った
地殻の奥深くで沈思黙考して
私は完全な結晶体となった
透明な結晶は時間の化石だ

かじかんだ手の赤い石
悔し涙で濡れた白い石
孤独な背中を押したみかげ石
石に支えられ五十年生きてきた

引っ込み思案で口下手で
オロオロした背中の少年
うつむいたまま地面を見よ
こんなに多くの小石が君の友なのだ

若宮　明彦（わかみや　あきひこ）
（本名　鈴木明彦）　北海道教育大学札幌校教授。理学博士。専門は地質学・古生物学。北海道大学大学院理学研究科博士課程修了。漂着物学会編集委員長（二〇一〇年〜）。
詩集『掌の中の小石』、『貝殻幻想』、『海のエスキス』、詩論集『北方抒情』。アンソロジー『海の詩集』。北海道詩人協会賞（一九九八年）、札幌文化奨励賞（二〇一二年）受賞。北海道詩人協会会長（二〇一六年〜）。

大久保 真澄（おおくぼ ますみ）

回廊のみち

雪解けの冷たい水が広い河床の砂利の上をきらきらと光を放ちながら流れていた。山々の白い頂の方から、絶え間なく、光のさざめきのようにつづくその流れを、私たちは無言で見つめていた。小高い丘の上から一望できる石狩湾の方に、真っ直ぐに続く発寒川の流れだった。

三月の末、平地では殆ど雪解けも終わる頃だった。高校が終わりもうすぐ別れがきて、仲間達は別の道に進まなければならなかった。

札幌と小樽の間には手稲山を中心とする山塊が海にせり出している。その山と海の間の狭い回廊のような土地に発寒、手稲、朝里等の集落が続いていた。その辺りは若かった私たちの散策の場であった。生涯にいくつか忘れられない光景があるとすれば、あの川面のきらめきと冷たく明るい春の陽射し、そして雪解けの滴の奏でる透明な響きを、まずあげなければならない。（後年ロシアのピアニストのリサイタルでスクリャービンの小品の中にこの響きを聞きつけて驚喜したことがあった。）

＊

あるいは野幌の原始林が私たちの遊び場であった。五月の芽吹きの頃、楡やイタヤからあふれる新芽の輝き、強い柏の香り。夏の、遠い雲の流れ、きまぐれに訪れる驟雨。秋の荒野の遠景を彩る、濃い黄葉の白樺。晩秋の葉を散り尽くした木々の壮絶な寂しさ。

それらは、遠く上川盆地の方まで一気に続く平原の光景の一部だった。そしてそれぞれに孤独な魂を抱え込んだ仲間達のお気に入りの場所だったのだ。

＊

あの存在の基底を揺さぶる自然の美しさ（それは同時に厳しさと言い換えてよい種類のものだが）のなかに過ごしたことの意味を私はいまだに考えずには居られない。

人間のために存在するのではない、自然の中で、私たちの存在を支えるのは都市という名の、サンゴのような共生空間であり、あるいは自然と我々人間との縁戚関係を虚構する神話なのだろう。けれどもそのような都市そのものが自然の中に遠慮がちに存在する北限の領域に於いては、町はずれのあの森を一歩超えたところにはもう人間の集落はないという圧倒的な事実によってそのような虚構が突き崩され続けるのだ。「初めに言葉ありき」「言語がなければ人間の認識もない」などという人間の大脳の側から世界が作られたとする虚構にとってこれほど都合の悪い状況はあり得ない。言葉以前、皮膚感覚の存在領域があるということを感じ続けて育った人々にはそのような文化の了解事項が笑止な物にしか感じられないだろう。はじめにあったのは人間ではなく自然の方なのだ。その前提なくして語られるすべての言辞は、サンゴの中の自己憐憫に過ぎない。私に虚構を虚構として以上に認めさせない評価の基準は、サンゴの中にぬくぬくとしてはいられなかった十代の体験に根ざしている。

あの遠く青い空の下で、あの丘陵の続く原野のなかで、人が生きて行くにはある種の才能が必要なのだと、今にして思う。もし本当にあの自然のきらめきと移ろいゆく表情が見えたなら、それはあらゆる人間の虚構を剝ぎとって、存在の意味を問うてくるに違いないからだ。

＊

数十年を経た九月のはじめ、空知の夕暮れの中で、私は上川の方から来る四両ほどの急行列車を待っていた。秋が間近かった。紅葉を始めた大雪の山々、限りなく続く空知の丘陵の耕地。きのうから歩き続けたそれらの光景が私の中でまだ鳴り響いていた。本当はそこに立たなくてもよかったのだ。何も変わってはいなかった。冷たい風が私の体内を吹き抜けていった。

夏の終わりの風が、この急行のように上川から石狩に向かっていくのだ。あの波打つ耕地と川べりのヤチダモの林、そしてトドマツの黒い森を超えて。私はそれを追ってゆくのだ。

小樽には友人が待っている。しかし私の中で、或る終末の予感が消えることはなかった。

付記

十数年前の夏、病に倒れた友人を見舞い、北に帰った。友を失うことは、共有した空間と時間を失うことだ。この文を書くことで、わずかでもその記憶を留めたかった。それは自分の育った風土を再確認することでもあった。

静まりかえった午 Ⅱ（抄）

冷たくて
春は過ぎた
六月になった
湿気の多い日雲の向こうに
青空が透けて見える　この
遠くから来る淋しさに
林檎畑にさまよい出す
白い花びらに　憂える
ミーガンの季節だ
忘れることは
あきらめなければならない
微かであることは
美しい
存在の条件だ
この淋しさは微かだ
林檎の木々の下に

牧草は広がり
その上を
たんぽぽの綿毛が
流れている

淋しい日々にも歩き続けなければいけない
歩くのは喪心へのプレリュード
だが
歩き始めるのは
何故だろう
雪が溶けても
葉は出ない
青空も来ない
水の音だけが
青い影の季節が去った
のを告げる日もあった

子猫をだいて
フキノトウつみ
微かな存在へ

生命の一次発生を送る

湖畔の夜へと迷う
夜光虫
波
水
足を打つ
あしをうつ
……（46行略）
麦畑の片すみに
一群の菜の花が
風に揺れていた
その微かな芳香
黄昏の誘い出す
淋しい遠くから
きたパラドクス

大久保　真澄（おおくぼ　ますみ）

1951年東京に生まれる。

多摩川と深大寺が遊び場だった。

1959年秋札幌に移住。夕暮れに原野の空を埋めつくす赤トンボの群れが山に帰っていった。

初雪の前には雪虫の群舞がきた。

「静まりかえった午」は十八才のときに書いた。オパーリンの「生命の起原」に触発された記憶がある。

神原 良（かんばら りょう）

浴室AtoZ

（1）フィリップ13は浴室を出て、そのままヴェニスへ向かい、相変わらず身勝手な生活を続けるが、迎えに来たパリの恋人の額に手持ちのダーツで穴をあけそれでも訴追されない。
（2）それより70年近く前になるが、或る朝、何の脈絡もなく逮捕されたヨーゼフは丁度その一年後「犬のように！」刺殺される。
（3）また同じような或る朝、グレゴールは毒虫に変身するが、本人はその事をあまり気に病んでいない。彼が気にかけているのは「時間に遅れること」で、これは、初めてサリンに遭遇した現代のこの国のサラリーマンと全く同じ反応である。
（4）高名な詩人の娘Bは、13の浴室を隣室［台所］に変えて小説を書く。これは明らかな意匠の剽窃だが、すべてに曖昧なこの国では訴追されない。
（5）Bが予感について書いた小説の中で、年若い叔母が、連続殺人鬼の話がとても好きだという。「いつも同じ人が出てきて、安心だから」と。本を読んで声を出して笑ったのは、あの時が最初であれ以来ない。
（6）黒い笑い。ポーランドのシュルツの伯母は、談笑中、突然台所の棚の上に駆け上がり、紙の燃えカスのような物になってしまう。
（7）前出のグレゴールの場合を含めて、古来、変身譚は枚挙に暇がないが、にもかかわらず、彼らは生存を持続していく。が、シュルツの伯母の場合、紙の燃えカスはすべての波動の停止であり、ほとんど死に等しい。
（8）13の心理的特性をひと言で言えば、自己にのみ異様に忠実である事。その分他者は看過され、全く気遣いの対象とならない。それなりに魅力的な人物らしく、教授からは可愛がられ、ヴェニスでは医者夫妻から厚遇される。が、パリから迎えに来た恋人がダーツ浸りを咎めると、「自己を侵害された」と感じた13は、振り向きざま矢を投げつける。恋人の額に向かって。
（9）こういった心理的特性は、現代のこの国の若年層には珍しくない。むしろ、有り勝ちである。80年代のヨーロッパではまだ、それが文学に成り得たのだ。
（10）この種の「余計者」の系譜はロシアに源流を求められがちだが、そうでもない。かの国で、彼らはむしろ他者への愛に満ちみちている。この系譜の掉尾に連なるドクトルZなど、他者への愛ゆえに、その精神の彷徨は、ほとんどいたましい。
（11）シャルルによって近代文学の祖に祭り上げられたPが、他者を裏切る事によって究極は自己を裏切ってしまうその特性によって、2世紀後の13に近いかも知れない。猫と間違えて愛する妻を殺してしまうあの有名な話の中で、訪れた捜査陣に対して、彼はこう叫ばずにはいられない。「この壁の中には何もありません！」と。黒猫が答える「ニャー」と。
（12）オルハンが創造した詩人のカーは、亡命先のドイツ「このドイツとトルコとの関係が、ファー・イーストの人間である我々には今ひとつ良く解らないのだが」から帰国して、辺境の町へ行き、彼らしく誠実に奔走するが「愛ゆえに」反体制派の大立者を死に至らしめる。恐らくはその結果、彼も暗殺される。善意にみちた余計者のその当然の末路として。
因みに、現在ではその反体制派が、トルコでは強権を握っている。
（13）余計者であろうと、そこから他者性が剥離した「何者か」であろうと、所詮「男の世界」の話である。女性は関知しない。が、彼女ら自身が陥穽に嵌まった時、事態はいっそう深刻である。ヴァージニアは第二次大戦時まで生きていた。達者な泳ぎ手だった彼女が、外套いっぱいに石を詰め込んで、早春の川べりに立った時、大袈裟でなく、一つの文学が死んだのだ。
（14）シルビアがガス・オーブンに頭を突っ込んだ朝、僕は半ズボンで詩を書いていた。僕らはこの星で幾年か、同じ時間を暮らしていたのだ。
（15）テグジュッペリについて語ろう。彼が落ちた飛行機も死体も見つからなかったのだから、彼がそのまま、どこかの星に移行したと考えて、いけない理由はない。
（16）余計者の系譜から他者性が剝落したその分岐点は、やはりアルベールのあの作品ではないか。彼ではなく、彼が創作した異邦人＝ムルソー。母親が死んでも涙を流さず、アラブ人を意味もなく射殺した男。いや、意味はあった。太陽のせいだ。
（17）ベルギー人であってもフランス語圏の作者である13は、ほとんどその延長線上に立つ。が、訴追されない。
（18）同じ事情がJとイギリスの間にはある。大英帝国の掉尾を飾る大作家J。が、彼はその書名にもある通り『ダブリン市民』である。被占領地の出身であり、終生その地を愛した。私淑したのは同郷のイェーツであり、青年時代の憧れは北欧の小国・ノルウェイのイプセンだった。
（19）時代は変遷する。イプセンと同時代のスウェーデンの作家・ストリンドベリは「女がくるぶしを見せる時は、注意を怠るな！」と看破した。今、この国では［草食系］が闊歩し、女性がくるぶしより70センチ上を見せても、何も起こらない。
（20）Nが「神は死んだ！」と叫んだのは、ある種のロシアン・ジョークのさきがけだったと思われる。即ち「ブレジネフは馬鹿だ！」と叫んだロシア人が、「国家機密漏洩罪」で逮捕されたというアレ。
「神は死んだ！」―その事には、誰もがとうに気がついていたのだ。世界がもはや「何ものにも守られていない」という事には。
（21）今、世界は危機に瀕している。カードが核のボタンを握ろうとしている。
（22）予兆は既に現れている。大地震、そして大津波として。ジュンパが創造した極めて魅力的な人物［恐らくは彼女が愛した唯一の男］は、突然、中途の死を迎える。二〇〇四年クリスマス明けの朝、スマトラ沖で発生した大地震─それに伴う大津波は、22万の人命を奪った。無論、概算で。実際は無数。旅行者だった彼の死も、おそらくはカウントされていない。
(23) 彼女［ジュンパ・ラヒリ］も彼［死んだ男］もインド人だ。美しく幻想的な『インド夜想曲』を残したTは、数年前に死んだ。インド生まれのイギリス人ロレンス・Dは、世紀末近くまでは生きていた筈。『A四重奏』とか『a五重奏』とか不思議な小説群を残している。
(24) 13が出奔した先がインドだったら、また別様の物語ができたかも知れない。が、もともと浴室にこもるような男が行けるのはせいぜい隣国イタリア。魂の冒険は、求めるべくもない。
(25) 最後に、モデルの問題にも触れなければならない。ダルジュロスと若い日のコクトーは生き写しだと思うが、ムルソーはアルベールに似ていない。Aに似ているのは、あの疫病を描いたもう一つの主要作品の中の勇敢な医師達。その点、本編の主人公は13本人で間違いない。ほぼ等身大である。
(26) パリのオルリ空港に着いた13はそこでも悶着を起こす。女性入国審査官が携帯する拳銃に眼を留め、質問にろくに答えない。僕なら即拘束だが［理由は後で何とでもつく］、女性は我慢する。彼は無事恋人の部屋へ帰り、また浴室にこもる。で、この物語全体の最後の一行が「再度「僕は浴室を出た」である。こういうのを詐欺師の戯言という。

X（イクス）

どこか　宇宙の果てのステーションで　X（イクス）
僕たちは　もう一度　会えるかも知れない
夜空に　幾千万と鏤められた星の一つ　そのどこか見知
　らない街で
僕たちは　もう一度　すれ違うかも知れない

僕はいま　ほとんど再生を信じる
僕たちは　程なく死に　焼かれ　一握の炭素となり
この星の終焉の爆発とともに　宇宙空間にまき散らされ
　て　やがて
不可思議な意図のもとに凝集し　もう一度生命を形成し

そして　幾百というそういった繰り返しの中で
かつて邂逅したふたりの魂は　必ずや互いを求め合い
いつか　この星に似た青い大地で
僕たちは　もう一度よみがえり　まみえるだろう
その時　僕は　おまえに告げる
僕は　X（イクス）　おまえを本当に愛している　この
　永劫の宇宙の中で

神原　良（かんばら　りょう）

詩集
『オタモイ海岸』（コールサック社）
『ある兄妹へのレクイエム』（コールサック社）
『X（イクス）』（書肆山田）
『オスロは雨』（書肆山田）
『小樽運河』（書肆山田）
『迷宮図法』（書肆山田）
『彼――死と希望』（書肆山田）
『アンモナイトの眼』（書肆山田）

山野 なつみ（やまの なつみ）

青いダイヤ

我が家は、城山湖から続く山を切り崩して造った住宅地にあり、５分ほど歩くと八王子市と町田市に、窓から見下ろすと、緑豊かな村風景を見ることが出来る。

春になると周囲の山々は盛り上がり、新芽の緑は、毎年みている人でも目を潤ませて
「美しい」

とうっとりする。

「やわらかい若緑のソフトクリームよ」

まず食べ物の発想が浮かぶ私、口の中でスーと消える春味は、どのソフトクリームに負けず、やがて来る山々を彩る花の色味の隠し味も感じさせる。

この地で植物の恵みを花の時代から見ているのに、あの誰でも知っているおいしい銀杏の実「ぎんなん」の花を知らない。不覚である。友人たちに
「銀杏の花を見たことある。どんな花かわかる」

もちろん知らないとの答えが返ってきた。これは捨ててはおけない。

一年がかりで花の咲く季節を待ち、おいしい「ぎんなん」の花を確かめることにした。

この住宅地の大通りと言っても７００ｍ位のバス通りが銀杏並木、観察するには最適な場所、ちなみに数えてみたら１０４本の銀杏の木があり、確率実験としては申し分ない数である。

「銀杏の木は雌雄異株、ここは並木だから、雄株だけ植えたと思う、いままで、ぎんなんを見たことないわ

よ。花を探しても時間の無駄かも」

友人の親切な忠告にがぜん闘志がわいた。

「なら雄株でも雄花が咲くはず、まず雄花から見つける」

ほんとうはちょっとだけ確信があった、去年一本の木の下に匂い、いや臭いがあり、たった一粒「ぎんなん」らしい実が落ちていたのを発見している。

それにしても、並木だから雄株だけ植えたとの情報は気になる。雄株と雌株をどのようにして見分けて植えたのだろうか、

「袴の葉が出るのは雄株、スカートなら雌株よ」

との意見、袴とは葉が真ん中に切れ目があり、スカートは切れ目がない事らしい、袴葉とスカート葉を確認するために朝の散歩は銀杏並木へ、ずっと上を見続けながら歩いた結果、その意見は間違いであるとわかった。枝先に出る葉はどの木も袴の葉で、だんだん枝の太い方に行くとスカートになる木が多い、雌雄異株なら、同じ木には同じ葉がでるはずで、葉の形で雌雄の株を見分ける仮説は間違いかもしれない。

朝の散歩は首と目を傷めながらもひとつの仮説を崩すと、満足し楽しくなった。

もしかしたら、秋にはこの104本もの銀杏の木からたくさんの実を拾えるかもしれない。

「ぎんなん」と言葉にすると、臭いが伴うけれど、銀杏の実というと金色の黄金がうかぶ、言葉は不思議なものである。

花の季節になった、植物なら、銀杏も春である、若葉の中に花が咲くにちがいない。

散歩時間は、まさに働く人の通勤時間、ボーと上ばかり見ている老婦人は徘徊そのもの、おいしい黄金の実を見つけるためには苦にならないが、さすが104本の木を見続けるには老眼とひざ関節痛にはこたえる。

その上、この時間帯は働き手の壮年・青年の男女たちが通勤バスに乗る時間帯である。町から離れた緑豊かな住宅地は働く場所から離れているために、通勤者は朝早い、バスの中からはボーと上を向いて歩く老婦人を時々怪訝そうに見、目が合うと首をちょっと傾げる、お互いに戸惑いながら頭を下げて挨拶する、ちょっと恥ずかしい出会いにもなった。

「もしかしたら」

いい加減にあきらめてやめようかと思った時に枝から出ている二つの葉の間に尻尾を見た。栗の垂れ下がった花をずっと小さくした茶色のもやもやとした尻尾である。

「インターネットで見た雄花の形」

見つけた。しかし、実のならない雄花、食べる実にはならないが、雄花を見つけたことで、観察散歩を続ける気力が出た。

年寄り時間は一日が長く、一カ月は何をしたか忘れるうちに早く過ぎ、花の季節は瞬く間に過ぎ、若葉が濃くなり青葉の季節になってしまった。

雄花は見つけたけれど、雌花はわからない。やはり、並木道は雄株しか植えてないのかも、樹木になった銀杏並木は日蔭を感じる季節となった。

「あれは、もしかして、いや、そう、ぎんなん」

少し太め木の下の枝が垂れ下がり、その葉の陰に青い丸いものを見つけた。

「青いダイヤ」

まさにダイヤだった。３か月の観察はダイヤモンドを発掘した。

１０４本の木の８本から青いダイヤを見つけ、中には今までどうして気が付かなかったかと思うほど、鈴なりの木まである。

「８本に実がついて、鈴なりが３本ありよ」

近所の友人を捕まえては宣伝した。

しかし、雄株と雌株との見分け方がわからない、実のなっている木となっていない木をみても、雄株と思う葉の色が濃く幹がごつごつしていても青いダイヤがなっている。もちろん嫋やかに見える木にもダイヤモンドは輝いている。

「えっ」

何と簡単な事だった。

「だから、雄株だけ並木に出来るのよ」

ほんとに簡単なことだった、雄花の咲く雄株から枝を取り、挿し木をして育てるとか、ウオーキング仲間の太めのおばさんが何気なく教えてくれた。

では、ここの並木道はその手間も省いていい加減に植えたのか、「ぎんなん」のおいしい魅力を住民に分けたかったかは定かではないが、雌雄の株は青々と育ち、来年の課題の雌花発見の楽しみまで残してくれた。

８本の青いダイヤの鈴なりの木は、これから迎える秋の匂い、いや、臭いを通勤時間のバス停に流す。みんなの驚きと困惑と迷惑な顔を思い描き、少し素直でない私は、にやりと、朝の散歩を秋の収穫時まで続けようと思っている。

エピローグ

並木道が黄色に染まり、久しぶりに「ぎんなん」の行方をと寒さ対策をして、朝の散歩、靴の下に柔らかな秋の感触、「ぎんなん」を踏まないようにと、足の下を丹念に見た。

「ない」

匂いもない。きれいに「ぎんなん」は消えている。

収穫は済んでいた。

8月の連帯

若い人の間に　そっと身を置いた
8月19日　金曜日の夕闇
黒い雲が国会議事堂から垂直に上がる
　狼煙《のろし》の叫びを伝えたのに
　声は垂直に上がり
　高尚の矢は　宙に吸い尽くされた

背中で露と汗の川がつながる
　今年も雨　昨年の雨　膚をえぐる
　みんな同じく黙ってカッパを出す
　多くの人の沈黙が雨となる
沖縄の19日のボランティアの声
　今日は裁判の論争中、翁長知事を支えて
東村高江の山原《ヤンバル》の森に寝起き
美しい朝を見た　機動隊に囲まれて
福島の高校教師　進路指導の声
　高校生が自衛隊に入りたいと
　貧しいけど進学したいから
　震災の時のように人を助けたいから
NPO のスーダンからの便り
　若い自衛隊員が内戦の中に
　彼らは人を殺すかも　彼らは殺されるかも
　どんな理由も　どんな命令も許されない

小雨になった国会議事堂前
必要なかった歩道のバリケードを取れば
静かな帰宅の波が曳く
　暗い空と地上の間から
　We shall overcome
　We shall overcome
　We shall overcome someday
叫びより強く　柔らかく
水平に広がる霧のような合唱

連帯の声　8月19日受けとめた

山野　なつみ（やまの　なつみ）

長野県長野市生まれ。

現在、神奈川県相模原市に居住。

詩誌「いのちの籠」「まひる」の同人。

著書『時間のレシピ』『自由時間・主婦時間』『街角のビートルズ』『動く画面　とうさんさようならまた逢う日まで』『上海おばさん日記』など。

日本児童文学会員、東京都民美術準会員。

堀田 京子（ほったきょうこ）

迷える老羊　今日も行く
失敗は成功の母

草も木も迷わない。花は置かれた場所で精いっぱいに咲く。虫たちも厳しい生存競争の中で自然のおきてに従い暮らし、一生を終える。言葉も持たないが魚類や獣達も意思疎通は十分できる脳を持っている。

人間だけは前頭葉の発達とともにますます、煩悩を抱え悩みと共に生きる。水面は何事もないように緩やかなさざ波を立てているが、湖底には妬み嫉み憎しみなどのマイナス面がドロドロになりよどんでいる。自分以外は敵に見えて怖いという人もいる。時代の進化に伴い精神面はついてゆけずに様々な病も生まれつつある。さらに一部にはサイコパスタイプ（自己中心的）人間も多いようだ。生きにくさを感ずるこの時代。病的な苦しみを抱え込みがんじがらめに陥り、自死まで追いつめられることもある。殺人など凶悪な犯罪なども発生している。いかに生きるかを改めて問われる、アドラーの心理学の本が人気らしい。人生、救いを求めてわらにもすがりたい時もあるものだ。そんな時はやたらと世の無常が哀しくて涙にくれてしまう。音楽で癒そうなんて思ったら、ますます深みに入りこみ泥沼に足を取られそうだ。

仕事での悩みで、追い込まれ退職を考えた事もあった。過ぎたことはさっぱり忘却の彼方へ葬ってきた。高齢者はどなたさまも、悟りを開かれる年齢かと思いきや、ますます頑固になり石頭の方々によく出会う。ストレスから万引きというケースもあるらしい。突然、手のひらを反すように人格が変貌する人も確かにいる。いつも「迷える子羊」である人間は闇を抱えながら一人では生きられない存在。しかし一方でとても良い方もおり救われていることも事実だ。人間の持つ優しさや愛や絆が失われつつある今もう一度原点に戻り、幸せな生きかたについて考えてみたい。人間とは読んで字のごとし人の間と書く。「親しき仲にも礼儀あり」の諺が語っている。たとえ夫婦・親子であっても個人の人格は尊重されなければならない。尊厳を認め合えないから問題が起きるのだ。なぜなぜと問うてみても相手の本当の心の中の闇は見えないし分からない。

お恥ずかしい私の体験を語るのもみっともないが、天の与えたもうた試練を乗り越えてきた今、記録にしてみよう。

『随ずいずっころばし』の本ができた頃のこと。友人が地域の会館でお披露目をしてくれるという。主催者は私の知らない民主的な方らしい。準備万端、しかし前日になってハプニング。第三者が入り込み企画者に文句をつけたとか。なぜもっと広いところでやらないかと、意見を述べたらしい。企画者に火が付いた。カンカンに怒り狂いなだめようがない。私は間に入りどうしようもなくオタオタするばかり。結局チラシも出してあることだし、当日はことなく会を終えた。そのあとがひどかった。仕返しである。企画者は口出しした方の所属する事務所に怒鳴り込み。感情むき出し。女の闘いが始まった。政党事務局にまで苦情が届きそうになった。企画者は私を同じ穴の狢とみて、にらみ殺すような視線。ご迷惑を詫び、気持ちを届けると、顔も見せない。そしてお届け物は私の自宅に返却。すれ違っても冷ややかな視線でいたたまれない私。どちらさんとも縁を切る決断をした。信じていた方々に煮え湯を飲まされた感じだった。地雷を踏んでしまった。人間不信になった。時間のたつのをひたすらに耐えた。ちょっとした行き違いが大きな問題となることを学んだ。良かれと思いやってくださったことが大変なことになった。人には頼らない。信じられるのは自分だけと思った事件だ。後味が悪い。よくない縁は切ることも時には必要。

また「素晴らしいご本、感動です」なんていいながら、翌日には豹変される方もいる。自分を強く持って、何があっても驚かない。束縛は御免だ。

好奇心で何でもやりたい自分、コーラスでも苦い経験をした。その先生は私のことを少し頼りにしていたらしいが……。私は都合で続けられなくなり、ご挨拶とお礼のお菓子を持参。ころりと態度が変わり、クリスチャンとおっしゃるその方は冷酷なまでに冷めた。店であっても「ふん」という感じでどこの馬の骨かと鼻先であしらってきた。以前は立ち話され困っていたのに信じられない。やがてその会はみんな抜けて消滅した。みんな逃げてしまったのだ。私は自分に非がないから、辛く出られてもくじけなかったが、いやな気分が続いたものだ。体の毒になる。

「昨日の友は今日の敵」猫なで声で親友ぶっていた方が、ある日突然切れた。

私が彼女の私的な問題を書いたためらしい。わずか数行、名前も出していない。物の貸し借り、金の貸し借り問題の例としてたとえに出したことがプライバシーの侵害だという。人生相談を受ける。世の中には同じような問題を抱えている人間がたくさんいるし気にしないでいいとのこと。「あなたってそういう人なのね」の電話で友人関係は終わった。別に惜しくはない、それまでのこと。しかし、情けなかった。大変良い勉強をした。

思えば夫は亡くなる前に私に無断で、取引先の同郷の社長に大金を貸した。返却を迫ると、ぺこぺこであったが、ドロンした。最後の言葉は「返さないうちは、俺は死ねないよ」であった。その一言に彼を許せた私であった。貸すということはあげることと心得るべしと悟った。まずお金の貸し借りはしないに限る。物があふれお歳暮もお中元もお付き合いは減少。「うちはこういうものは食べません」はっきりしている。見舞いでさえ「お返しが面倒だからしないで下さい」だって。いつから心が亡くなったのだろうか。すべてが金でなんとでもなる時代は寂しい。

ニジマス事件もあった。奥様は欲しいとおっしゃったからあげたニジマス。「中毒を起こしたらどうしてくれる」と電話で怒鳴り込みのご主人、閉口した。彼は魚嫌いだったらしい。すぐ切れやすいのはやはり病気かもしれない。そっとごみ箱に処理してくれたらいいのに。唖然とした。そして情けなかった。

口があっても、怒鳴ることしかできない人もいるのだな。可愛そうに、きっと幸せでないんだとは思ってみたが腹の虫が騒いだ。物をあげる時は考えるべし。

挨拶といえば朝の散歩などで知らない方でもかわすことが多い。気持ちいい。好き嫌いの激しい方は、頭さえ下げたくないらしい。挨拶しても金がかかるわけじゃあるまいし、言葉が減るわけでもない。常識は最近消えたのだ。それまでならまだ許せるが、人の顔を見て逃げる方もいる。何を考えているか怖い。寂しい時代になったものだ。触らぬ神である。祟りは怖いから。危うきには近寄らないほうが良いと心得ている。自分の気持ちを逆なでするような行為はやめようと決心した。自然体で行こう。トラブルはつきもの、私は無所属。噂話には介入しないという原則を守ろう。そんなことでうじゃうじゃしている場合ではない。人生は短い。人の失敗は「蜜の味」というが、どんな妬み嫉みがあるのか、最新の機器でひそかに人の心を覗けたらスッキリするだろうなー。しかし推測することさえばかばかしい。人は人百人百色。昔、私のあだ名は「仏のホッタ」だった。噂話については知らぬふり、これが一番。「みんな違って　みんないい」みすゞの精神が生きていたら問題は起こらない。お互いを認め合うところから人間の関係は始まる。尊厳を守るどころか、滅多切りしたい人間もいるから怖いなー。切られたほうはたまらない。角隠しを外した般若の面は見たくない。傷口に泣く。どんな怪我よりも心の傷は痛いものだ。くよくよしていると命が縮まりそうだ。自分を大切に自分で治すより仕方ない。しかし失敗の痛みから、人にやさしく寛大になれる心を学ぶ。「自分が幸福でないと人を幸福にすることはできない」といわれている。人のために何か力になった時ほどさわやかなことはない。生きている喜びがある。

「良薬は口に苦し・出る杭は打たれる」こともあるであろう。時と場合によってはね。でも意地悪人間はやがて誰からも相手にされなくなり淘汰されることだろう。悩まし悩まし。文明の進歩に反比例して、心が崩壊しつつあるのはなぜだろうか。金・第一主義の競争社会のためばかりではないようにも思われる。デジタル時代を生きぬく知恵は何だろうか。人間、生きている間は「すったもんだ」の繰り返しなのかもしれないね。三角関係はもう心配ないけれど、ご近所とは助け合っていくものだ。健幸生活をモットーに、遠い親戚よりもまさに近くの他人だね。

日常の些細な出来事に一喜一憂している間に、時代は流れてゆく。福島・環境汚染や温暖化、これからの私たちの暮らしはいかに?高齢者社会、日本はどこへ向かって歩いてゆくのだろうか。世界はテロに揺れている。孫や若者たちの未来に思いをはせる。立ち止まって考えることを肝に銘じてゆきたいものだ。

ニワトリとタマゴ

私が子供だった頃　ニワトリはニワットリ　ヒヨコは
　ヒヨッコ　だった
卵が先か　ニワトリか　なんて問題は　よくわからな
　いけれど
ニワトリは　三羽でも　ニワトリ
三歩　歩くと　物を忘れてしまうと言われ　鳥目でも
　メガネいらずのニワトリさん
日がな一日　のほほんと暮らしてきた
一番鳥　真夜中に月を眺めて　トトケッコー
二番鳥　明け方の星を眺めて　ココケッコー
三番鳥なけば　朝ですよー起きなさい‼　おひさま
　おはようございます
その昔　ニワトリは　放し飼い　ときめく恋の季節を
　楽しんだりしてね
自由に人生を謳歌して暮らしていたものだ
穀物やミミズ・菜っ葉など　好きなように食べて
腹いっぱいになれば　砂に潜り込んで涼んでいたね
葉鶏頭のように真っ赤なとさかのおんどりは　はばた
　いて高い木にとまる
とさかの小さいめんどりはちょっと控えめ　好きなと
　ころに卵を産みおとす
名古屋コーチン赤卵　産みたて卵は温かい宝物　もみ
　殻の中の卵は病人の薬だ
明日の弁当楽しみだ　砂糖の入ったこんがり卵焼き
ビンかけを石っころで砕いてあげたっけ　丈夫な卵の
　殻になるんだと
トトトトと呼べば　集まってくる　一番星のでる前に
　ねぐらに急げ
ニワトリさんは子供に抱っこされ　小屋へ帰る　暗く
　なったら見えなくなるぞ
母さんニワトリ　ひたすらに卵あたため21日　ぴよ
　ちゃん誕生　おめでとう
油断大敵　蛇に見つかりませぬように　かくれんぼ
歳をとったら処分の運命　首を落とされて疾走　やに
　わに羽をむしられ　目を伏せる

いつの間にか鍋でぐつぐつ　丸ごと一匹　いただき
　まーす
見たくないものを見てしまった　私は肉の嫌いな子供
　でした

お前は昔から庭の鳥　いつからか　飼い殺しの刑務所
　に　悪い事なんかしてないお前
人間に産めや太れと命令されて　ゲージの中でこっく
　りさん
卵を産む機械にされてしまったお前　悲しむでもなく
　コッコッコ
恋なんかすることも知らないで　産めや太れやの暮し
　時々抗生物質まで餌にされる　昔貴重品だった卵
　は　今はスーパーで大安売り　１０８円だって
役立たずになれば　肉にされ　チキンはキッチンへ
今日も幾万羽のニワトリの命が消えて　商品になって
　ゆく
食べるのは三歩も歩かないのに　物忘れをしている人
　間様だ
不気味な鳥インフルエンザの蔓延

堀田　京子（ほった　きょうこ）

一九四四年、群馬県生まれ。
一九六三年、上京。
私立保育園10年、公立保育園30年勤務。
主に、わらべうた、リズムの指導。
合唱やオカリナサークルで活動の傍ら地域のボランティア活動などに参加。
著作『人生・ドラマ　私の２００９年』（私家版）
『随ずいずっころばし』（私家版）
『なんじゃら物語』（文芸社）
『随ずいずっころばし』（文芸社）
『花いちもんめ』（文芸社）
『くさぶえ詩集』（文芸社）
『大地の声』（コールサック社）
『旅は心のかけ橋―群馬・東京・台湾・独逸・
　米国の温もり』（コールサック社）
『畦道《あぜみち》の詩《うた》』（コールサック社）

星野 博（ほしの ひろし）

映画館の暗闇で

父の仕事場は東京郊外、立川市の映画館だった。昭和四十年代半ば、保育園児の僕は大映映画の怪獣ガメラや妖怪ものを母、妹と見に行った。僕たち家族は無料。映画館は子供の頃から馴染みの場所になっていた。

当時立川市には駅の北口にも南口にも映画館がいくつかあった。収容人数三百人弱の小劇場。他の映画館の入場券も父が手に入れてきてよく見に行った。東映まんがまつり、東宝ゴジラシリーズなど。しかし華やかだった映画業界もテレビに押され下降気味に。大映が倒産して父は退職することになる。

五年生の時、母と新宿の映画館に行った。新宿プラザ劇場という千人入れる大劇場。館内の広さとスクリーンの大きさに驚いた。初めて見る外国映画。『大地震』というパニックもの。スケールの大きさに圧倒された。洋画が好きになった僕は、六年生になると一人で立川から新宿まで電車に乗って映画を見に行くようになった。まだ映画館で働いていた父の友人が立川の劇場の無料券を毎月何枚か送ってくれたこともあって映画館通いの回数が増えた。中学生になると銀座、有楽町あたりまで足を伸ばした。高校、大学時代の思い出も映画と共にある。

当時の興行は、まず新宿、有楽町などの繁華街で最新作がロードショー公開され、地元の立川で公開されるのは半年から一年後だった。その代わり料金が安くなり二本立てになっていた。話題の作品を早く見たいなら電車で出かけ、先でもいいなら待つのだった。また豪華で広い映画館で見るか、固い座席の地元の映画館で見るかの選択だった。

上映中の喫煙が許されていた時代。劇場内の数か所から煙が立ち昇り、映写機からの光が当たるとキラキラ輝いた。休憩時間にはアイス売りが場内を歩いていた。大体はモナカアイス。スクリーンと客席の間は厚いどん帳で仕切られていた。表には何かしらの広告。上下に開閉するタイプが多かったが大劇場では真ん中から左右に分かれるものも。

映画館に着いて目に付くのは職人が描いた看板。派手な配色のタイトル。切符売り場に並びながらしげしげと眺めた。スティーブ・マックイーンの眉はこんなに太かったか？ これまさかオードリー・ヘプバーンじゃないよな？

劇場かテレビ放送でなければ映画が見られなかった時代、人気の作品は立ち見になった。新宿の千人以上入るところでも立ち見客でぎっしり埋まった光景を何度か見た。真ん中の白いカバーの席は指定席。ほんの数回だけ贅沢をしてここに座ったことがある。

入れ替え制の劇場はほとんどなかったので、気に入った映画は繰り返し見ることができた。スターウォーズ、００7シリーズは大抵二回見た。友人と『宇宙戦艦ヤマト』を三回見たこともある。一回目はど真ん中の席、二回目は全然違う席に座り、見え方、音の聞こえ方の違いを楽しんだりした。

新宿では毎日オールナイト興行を行なう劇場があった。酒が飲める年齢になり、飲み会で終電に間に合わないと分かるとみんなで映画館に向かった。一回目はちゃんと見て二回目以降はぐっすり眠る。ホテル替わりだった。

初めて女性と見に行ったのは大学時代、中井貴一主演、市川崑監督の『ビルマの竪琴』。地味な作品を選んだものだ。それ以降、数人の女性たちとスクリーンを見つめた。思い出の残るそれらの映画館が現在ほとんど閉館していることに気付く。

洋画の字幕は、かつてはスクリーンの右端に縦で二行打ち込まれていた。70ミリ作品など画面サイズの広い時だけ現在のように下に横書きで表示された。独特の書体、略字が多くて読むのに苦労したこともある。

ロードショー館の他に、名画座と呼ばれる映画館が各地に存在した。数年前に封切られた映画を二～三本立て、場合によっては五本立てで上映。料金も三～五百円ほど。レンタルビデオのない時代、とても有り難いものだった。どこで何を、時間、料金などが雑誌「ぴあ」に詳しく載っていてよく持ち歩いた。中学一年の夏休み、立川名画座での『エクソシスト』で始まる恐怖映画五本立てに入り、四本まで見て帰ったことがある。同じ頃に飯田橋佳作座で００７二本立てを。大学生の時には池袋文芸座で『ゴッドファーザー』パート1、

２を一気に鑑賞。今も営業中の早稲田松竹では中学生の時に『猿の惑星』を。懐かしい名画座の名前の数々…。まれに古い作品だと途中でフィルムが切れて上映が中断することも。『風と共に去りぬ』『ウエストサイド物語』で突然音声が消えて画面が真っ暗になった時の観客たちの「あ〜あ」の声が耳に残っている。

社会人になり、しばらく外回りの営業をやっていた。会社から一歩外へ出たら自由の身。今のように携帯、スマホで呼び出されることのなかった頃。こっそりと映画館で過ごした事が何度かある。僕と同じスーツを着た男たちがちらほら。映画館はサラリーマンのオアシスでもあったのだ。ある日の夕方、隣の席の後輩が社内に戻ってきて耳元で「今日『ターミネーター２』見て泣いちゃいましたよ。」

世間はバブル経済と言われ、ビジネスマンのほとんどがダブルのスーツを身に着けていた平成の初め。上映前のＣＭに「彼女にプロポーズするなら給料三か月分のダイヤモンドを」と促す作品が話題に。本編に入るまでのＣＭの時間が長かった。それでも仕事を終えて最終回前の劇場に入り、座席に体を預けた時の充実感は何とも言えなかった。

ほどなくしてポケベルというものが登場し、多くの人が利用した。映画の途中でピピピと音がするようになったのはこの頃。さらに数年して携帯電話が現れ、館内はさらに賑やかになった。マナーモードのまだ付いてない機種。ラストシーンの静まり返った最高の見せ場。急に間の抜けたメロディの着信音が鳴り響き感動がぶち壊しになることも。

平成四年、地元立川市の映画館がすべて閉館した。かつてあれほど立ち見客で賑わった映画の街の終わり。時代は変わってゆく。

しかし銀幕への想いは消えず。二年後、最後の劇場があった跡地にシネコンと呼ばれる新しいスタイルで立川に映画が帰ってきた。一つのビルの中に、小劇場から最新の音響設備による重低音が鳴り響く劇場までが揃っている。

平成二十年秋、母と初めてハリウッド映画を見た新宿プラザ劇場閉館。最終日に仕事を終えて駆け込んだ。いったい何度ここを訪れただろう。ラストの上映は『タイタニック』。終映後、満席の観客の大きな拍手。ロビーや壁、外観を見るのもこれが最後。しっかり目に焼き付けて帰った。

平成二十六年大晦日、その向かい側にあった当時国内でただ一つ千人以上を収容できた新宿ミラノ座も閉館。ここも小学生時代から何度も来た場所。最後の上映は『ET』。大学生の時に友人とここで見た作品。立ち見客で溢れんばかりになった最終日の場内。こんな光景を見るのは約三十年ぶりではないか。上映中、観客の息づかいが聞こえてくるようだった。みんな自分の思い出と重ね合わせてスクリーンを見つめている。エンドロールが流れ、満場の拍手の中をどん帳がゆっくりと降りて最後の務めを果たす。支配人の挨拶に続き、全員で入場前に手渡されたクラッカーを鳴らした。外に出た観客たちはなかなかその場を離れようとしない。ひとりでじっと建物を見上げる人。友人、家族と記憶を語り合う人。多くの人が写真を撮り続けていた。カメラに収めるというよりも自分の心に刻み付けるように。何枚も。何枚も。

かつて銀座にあったテアトル東京の巨大な湾曲したスクリーンで『2001年宇宙の旅』を見る事ができた自分は幸せ者だと思っている。新宿プラザ劇場で『未知との遭遇』を、新宿ミラノ座で『アラビアのロレンス』を見られた事も。広々とした大劇場で鑑賞する機会はもうないかもしれない。いま見終わった映画を繰り返し見ることもできないかもしれない。職人が手をかけて描いた看板を微笑ましく眺めることもないだろう。

それでも僕は映画館の暗闇の中で過ごすはずだ。何度でも。シネコンでは多くの作品から見たいものを選ぶ事ができる。ショッピングモールのシネコンなら買い物ついでに映画を見る事も可能だ。立川の劇場では爆音上映といってライブ会場並みの大音量での上映を行なって大勢の客を集めている。登場人物と一緒に歌ったり、ペンライトを振って掛け声を出しながらのイベント上映も各地で盛んになってきている。往年の名作特集もある。

これからも泣いたり笑ったり、深く考えさせられたりするだろう。映画館の暗闇の中で。ストレスを解消させてもらったり、ある時は人生観を打ちのめされたり。そしてずっと後になって映画の場面を思い出すたびに、訪れた映画館とその頃の自分の記憶を心のスクリーンに映し出していく事だろう。

星野 博◈詩

ロードショー

シナリオが書かれた
配役が割り振られた
スタッフが集められた
撮影場所が決まった
機材が運び込まれた
セットが組まれた
衣装が選ばれた
小道具が揃った
役者が入った
エキストラが配置された
照明が当てられた
カメラが設置された
「ヨーイ　スタート!」
芝居が始まった
セリフが録音された
「カット　OK!」
録画がチェックされた

フィルムが繋げられた
効果音が入れられた
音楽が加わった
作品が完成した
上映館が決定した
宣伝が始まった
公開初日を迎えた
観客が座席に着いた
明かりが消えた
そして
何人もの人が関わったひとつの芸術が
スクリーンで命を与えられる瞬間

さあ　映画の始まりだ!

星野　博（ほしの　ひろし）

一九六三年生まれ。東京都在住。営業職勤務後、芝居にも関わる。

約三〇〇本のテレビドラマ、映画にエキストラ出演経験あり。

二〇一五年詩集『線の彼方』刊行。「コールサック」誌、アンソロジー詩集『海の詩集』『非戦を貫く三〇〇人詩集』『少年少女に希望を届ける詩集』などに参加。

なおエッセイ本文は私の記憶に基づくものです。事実と違うところもあるかもしれません。ご了承下さい。

原 詩夏至（はら しげし）

タイタニックの楽士たち

豪華客船タイタニック号が沈む時、甲板上で最後まで演奏を続けた楽士たちの話は有名だ。その姿は、レオナルド・ディカプリオ主演の映画「タイタニック」でも、幾つかのシーンで、印象的に描写されている。

まず最初に、船が氷山を擦った直後の、いつもと同じ食堂での演奏シーン。この時点で「船がまもなく沈没する」という情報を握っているのは船長・船の設計者他ごく一部の責任者だけだ。客たちは、船が氷山に衝突した事実も、その際に生じた震動ももちろん知っているが、まさかそれが僅か二時間後の沈没に繋がる致命傷とは想像もしておらず、「おい、今の見たか？」「いやあ、残念、見そびれた」等と、至って能天気だ。

だが、楽士たちも、この時点では、彼ら客たちと同じ情報しか得ていない――つまり、何一つ知らされていない。客たちはいつものように食事をし、お喋りをし、たまには音楽にも耳を傾けて、楽しむ。他方、楽士たちはいつものようにヴァイオリンを弾き、チェロを弾き、客を楽しませ、或いは少なくとも客の楽しみを妨げないよう無難にその場の雰囲気を維持して、最後に金を貰う――少なくとも、契約書にはそう記されている。とはいえ、そんな「いつも」は、実はこの時、既に命脈を絶たれているのだが。

次のシーンでは、いよいよ沈没の事実が明らかになり、乗客の避難誘導が始まった時、彼らの不安を鎮め、無用のパニックを回避するため、雇用主の命を受けた楽士たちが、甲板上で演奏を始める。

それは、確かに、思いつきとしては悪くない――と言っても、思いついたのは楽士たちではなく、あくまで雇用主サイドだが。

実際、この時点で、船内の人間は、大きく「客」と「客以外」に分類される。「一等船客」と「三等船客」？――なるほど、重大な違いだ。だが、それは、ここでは、あくまで「客」内部の単なる下位分類に過ぎない。「船長」と「罐焚き水夫」？――もちろん、両者を一緒には出来ない。それでも「船の安全な運行に責任を負っている」という意味で、やはり彼らは一つの「クルー」なのだ。それでは、「楽士」はどうか。彼らは、確かに「クルー」ではない。といって、尚更「客」ではない。とすれば、ここでは「客以外」――即ち「クルー」と同じ側の人間――なのだ。要するに、広義の「スタッフ」だ。

迫り来る沈没。不安におののく乗客。

非常事態だ。猫の手も借りたい――そう、船の操縦はおろか、単純な力仕事すら向かない、繊弱でか細い、楽士の手も……。

かくして、彼らにもミッションは下る。そして楽士たちは、それを受けて立つ。何故か。

もちろん、どのような立場の人間にも自然に備わっている「ボランティア精神」も、幾許かはあっただろう（ちなみに、「客」たち同士の間にも、それはあった――それ以外の、或いはそれと正反対のものも、沢山あったけれど）。だが、それ以上に、彼らの心を方向づけていたのは、この時点では「金を貰って仕事を引き受けた以上、どのような状況下でも雇用主の要望に応える」という、一種の「プロ意識」ではなかっただろうか。（ちなみに、「クルー」たちの行動を貫いていたのは、これは明らかに「プロ意識」だ――もちろん、その底流に人間としての自然な「ボランティア精神」やその反対物が一切ないということはあり得ないにせよ）。

実際、いよいよ現実に水没が始まり、喧噪と混乱が本格的になって来ると、甲板上での音楽演奏によるパニックの鎮静など、全く効果はない――所謂「焼け石に水」だ。「もうよそう。誰も聴いていない」――堪りかねて、楽士の一人が演奏を止める。雇用主の構想は、予想を凌駕する現実の前では、所詮は「絵に描いた餅」だった。これは、或る意味、妥当な判断だ。だが、彼らのリーダーは、こう答える――「それを言うなら、俺たちの演奏など、食堂でだって誰も聴いていなかったじゃないか。それより、弾いていた方が、自分の気が紛れる。どうせなら、楽しいやつがいい」。これが第三のシーンだ。かくして、楽士たちは演奏を再開する。曲目はオッフェンバッハの「天国と地獄」。

これは、やけくそなのか？　目の前の「大騒ぎ」に対する一種のアイロニーなのか？　それとも、彼らが意識の表層で紛らわそうとした、目の前の群衆と同じ、彼ら自身の心の中の「大騒ぎ」が、彼らの演奏――「表現行為」――を通じて意図せざる「自然のアイロニー」を現出してしまったのか?
いずれにせよ、この時、彼らを演奏に駆り立てていたのは、既に「契約書」でも「プロ意識」でもない。彼らの心はとっくの昔に逃げ惑う「客」たちと同じ恐怖と混乱に呑み込まれている。「客」たち――「プロ」の「ミュージシャン」「アーティスト」に屢々対比される所謂「パンピー」たち――は、今、彼らの演奏には耳も貸さず、ただめいめいの恐怖と混乱から、走り、喚き、他人を押しのけ、或いは坐り込んで泣いている。そして、その「大騒ぎ」の一点景として、彼らも又、狂ったように「天国と地獄」を奏でている――切迫した恐怖と混乱から逃れるため、誰のためでもなく、ただ自分のために。だが、この時、逆説的にも、彼らと「客」の間を隔てていた壁は溶解し、彼らの無我夢中の「自己表現」は、そのまま(「破滅」という)「世界」のありようの、見事な表現となったのだ――とはいえ、だからと言って、この修羅場の中で、誰がそれに喝采を送ってくれるわけでも、それどころか耳をとめてくれるわけでも、ましてやよりよい条件で雇用契約を更新してくれるわけでもないのだが。

そして、第四の、最後のシーン。

状況はますます逼迫し、そろそろ演奏を切り上げて避難しなければ自分たちの身も危うい。「じゃあな!」「グッド・ラック!」――そう言って、楽士たちは立ち去る。だが、最後に、突然、先ほどのリーダーの楽士が、ただ一人、ヴァイオリンを弾き出す。曲目は讃美歌320番「主よみもとに近づかん」――アニメ「フランダースの犬」最終回で主人公の少年ネロが天国に召される時に流れる、あの歌だ。他の楽士たちも足を止め、引き返して、再び演奏に加わる。その曲をバックに、死を覚悟した船内の何人かの人々の姿が、次々に、静かに映し出される。

例えば、傾きゆく船室に一人留まり、腕時計を見て、置時計の数分の遅れを正すタイタニック号の設計者アンドリュース。今さら時計の針など直して、何になろう? 彼が本当にしなければならなかったこと――それは、もっと丈夫で安全な船の設計だ。だが、今となっては、全ては手遅れだ。それが分かっているから、彼は、避難者の群れに加わらなかった――加わり得なかった。そして、それでも、いや、或いはそれだからこそ、彼は人生の終わりに、せめて、船内の置時計の数分の遅れをそっと正さずにはいられなかったのだ。或いは、船室のベッドで、小さな二人の子供におとぎ話の最後を語って聞かせる母親――「そうして、彼らは、この先三百年も幸せに暮らしました」。だが、そうすることによって、彼女は船の沈没を止められるのか？　子供たちを救えるのか？　そうではない。今、彼女は絶望的に無力だ。だが、それでも、いや、或いはそれだからこそ、彼女は自分の出来る全て――見ようによっては無に等しい全て――を、最後に、子供たちに注がずにはいられなかったのだ。或いは、「私は紳士だ。紳士らしく死ぬ」と、正装をして、従僕と共に、ホールの踊り場に陣取った老人。その目の前の階段下まで、濁流は押し寄せる。驚愕と恐怖に歪むその顔。だが、彼を打ちのめしたのは「死」ではない。むしろ、彼に今割り振られようとしている「死」の余りの無造作さ、あっけなさ、無意味さ、十把一からげさ――一言で言えば「尊厳のなさ」だ。「これは違う！　これは紳士の死ではない！　しかも、この死を、私は避けられない！」――老人は、そう叫びたかったのだ。だが、だからと言って――いや、だからこそ、彼は、今更、理不尽な己の運命から逃げ出すことなど出来なかったのだ。

楽士たちの最後の演奏は、たとえ実際の耳には届かなくても、そんな彼ら・彼女らと共にあった。何故なら、彼らの演奏それ自体が、いわば無意味に直された時計の針であり、語り終えられたおとぎ話であり、人生最後の盛装だったからだ。無意味に？――そう、確かにそれは「無意味」かも知れない。だが、その代わり、確かに「無償」でもあったのだ。

「君らと演奏出来たことを光栄に思う」――楽士のリーダーは、最後にそう語る。そして、恐らくは、他の仲間と一緒に、氷の波間に消えてしまったのだろう――あの、滑稽な、だがやはり悲劇的な、踊り場の老紳士と同じように。

だが、それでもやはり、私は問いたい――彼らが真に「芸術家」であり「詩人」だったのは、以上四つの「シーン（＝状況）」の内、果たしていつだったのか、と。それから、自分自身にも問いたい――結局、以上の全てを踏まえて、おまえは「詩人」というものをどう捉えるのか、と。

私にとって「大切なもの」――それは、例えば、こうした「問い」のことだ。何だか、話が、妙にしんみり「黙示録的」になってしまったが。

ヴィッツ

かみさんが
かの地で暮らしたのは
ほんの四年あまり。
旦那と
旦那の弟と
旦那の弟の妻と
舅と
姑と
慣れない習慣と
口さがない近所の農婦たち。

或る日
大きく深呼吸して
離婚したい、と言った。
旦那は泣き
それでも
一緒に届を出すために
役場まで
車を走らせた。

それはね
赤いヴィッツだったんだよ。
かみさんは
ぽつりと
俺に言う。

多分
今でも
走っているんだ。
そいつは
役場までを
火のように。

原　詩夏至（はら　しげし）

1964年、東京都中野区に生まれる。父母は学生結婚。生後暫くを母の実家で過ごした後、父の故郷・和歌山県和歌山市に移る。その後、各地を転々。

早稲田大学第一文学部（西洋哲学専修）中退、放送大学教養学部卒業（専攻は臨床心理学）。

現在は再び東京都中野区に在住。

日本ペンクラブ・日本詩人クラブ・日本現代詩人会・日本詩歌句協会・日本短歌協会・現代俳句協会各会員。「風狂の会」（現代詩）、「現代短歌舟の会」（短歌）、「ZOWV」（小説）、「花林花」（俳句）各同人。「神楽坂詩の会」運営委員。

著書は、次の七冊（2016年9月現在）。
・詩集『波平』（2013年、土曜美術社出版販売）
・コラボ詩集『異界だったり　現実だったり』（2015年、コールサック社。勝嶋啓太氏と共著）

☆

・短編小説集『永遠の時間《とき》、地上の時間《とき》』（2014年、コールサック社）

☆

・句集『マルガリータ』（1997年、ながらみ書房）
・句集『火の蛇』（2013年、土曜美術社出版販売）

☆

・歌集『レトロポリス』（2014年、コールサック社）
※第七回日本詩歌句随筆評論大賞（短歌部門）受賞。
※第十回日本短歌協会賞次席。
・歌集『ワルキューレ』（2016年、コールサック社）

畑中 暁来雄（はたなか あきお）

星になった父

その日は仲秋の名月だった。西ドイツへ医学の勉強のため一年間留学していた父・畑中生稔が一九八二年に兵庫県西宮市に帰って来ていた。父は私の勉強部屋に入って来て「暁来雄、天体望遠鏡で満月見てみいへんか」と言った。私は吉川英治の『三国志』を読書中だったので少々おっくうな気分になったが、（折角お父さんの方から声をかけてくれたのだから、少しは親孝行も必要かな）と肚で思いながら、笑顔を作って「うん、そうしよう」と応じたのだ。四十六歳の父は顔をしわくちゃにして喜んでいたのが思い出される。中学一年生の十三歳の誕生日に、中学受験でいわゆる進学校に合格したことも合わせて祝ってくれて買ってもらった天体望遠鏡だった。中学時代は二階のベランダで月はおろか、土星の環を父や弟と代わる代わる望遠鏡でのぞいては歓声を上げていた。まだ父に甘えていた子どもだった。しかし高校一年生、十六歳の私は父の「ガリレイが天体望遠鏡を発明したおかげで、木星の衛星のことが分かって来たんやで」といううんちく話の一言一言にうんざりしていた。

半年程前、高校に進学した私は早速念願の野球部に入り、泥にまみれて汗を流しては〝高校球児〟を満喫していた。高校も中学と同系列だったので、「甲子園目指して猛練習」ということはなかったが、それでも授業終了後七時まではランニング、キャッチボールなどで家に帰るとくたくたになり、自室のベッドに直行し朝まで爆睡していたものだ。授業にも集中できず、数学の時間などうつらうつらとしてしまい、教師に当てられても解答できず劣等生へ堕落していく毎日であった。

そんな日の繰り返しが続いたある日、ハンブルクの父から国際便で手紙が届いたのだ。内容は（野球部の練習が厳しすぎて、勉強に手がついていないそうだな。お母さんも心配している。高校時代の勉強は大切だから野球部をやめるように）という趣旨だった。私は海外から「高圧的な」手紙で子どもの選択に干渉してくる〝父〟という存在に反感を抱きながらも、我を張らず野球部を退くこととした。同期のエースは京都大学法学部、キャプテンは慶應義塾大学商学部に合格しており、〝文武両道〟を実践した友達もいたではないかと今でも〝青春時代の願望〟を挫いた父を恨む感情が湧くこともあるのだ。しかし、この出来事を境に私は読書人間に変わり、「帰宅部」でもなく一日の授業が終われば図書室へ一人で赴き、至福のひとときを過ごすようになった。夏目漱石の『こころ』『三四郎』に感涙し、上田敏や萩原朔太郎の詩集に心を震わせていたのだ。特に朔太郎の『月に吠える』や『氷島』は私の胸を掻き乱すものがあった。「地面の底の病気の顔」「ばくてりやの世界」「見しらぬ犬」など繊細な描写が新鮮であった。また三木清の『語られざる哲学』や亀井勝一郎の『読書論』『恋愛論』などの評論文に触れて、マルクス主義への淡い憧れを抱くようになった。

閑話休題。一九八二年十二月上旬の日曜日、久しぶりに休暇を取ることのできた父は家族四人で京都の美術館で開かれていた「フランス印象派展」に行かせてくれた。館内は大勢の観客で溢れていて熱気がプンプンしていた。中へ進んでいくと奥の壁に展示されていたひときわ目立った、モネの「睡蓮の池」は私を感動させた一品だった。父のコレクションであった、河出書房の『現代世界美術全集』（全十六巻）で以前見ていたモネの作品以上に私に迫って来るものがあった。それでも帰りの阪急電車の中で父が隣りの席から「今日の美術展はどうやった」と話を向けて来たとき、私は「ああ、良かったんちゃう」とつっけんどんな口調で応えたものだった。父は気分を害したようで、顔を前に戻したがその横顔は淋しさが漂っていた。私も（モネの「睡蓮の池」が素晴らしく良かった）と言えばよかったのだが、父におべんちゃらを言うような気がして、〝父権〟に対して反抗心を抱いていた高校一年生の私には選ぶべき言葉が見つからなかった。父の悲しそうな横顔が今も思い浮かばれる。しかし西ドイツ帰りの三ヵ月余りの間、私の勉強を見てくれて、中でも苦手な「化学」と「生物」に関しては、三重大学医学部出身の医師であった父には〝お茶の子さいさい〟だった訳で丁寧な説明には感謝の気持ちでいっぱいだ。一方「生物」の参考書に「ＤＮＡの螺旋構造」が取り上げられており､父は「今では高校でＤＮＡを習うのか」と幾分驚いていたけれど、そこから親子の会話が発展する訳でもなく、私も「ありがとう」の一言も伝えられなかった。

　大晦日も近いその年の暮れ、父は三重県の或る病院に仕事で出かけた。その朝母が「夕べ気になる夢を見たので、休めるなら休んだほうがいいんとちがうん」と心配声で父を引き止めていたが、「何やねん。大丈夫、大丈夫」と口元に微笑を浮かべて玄関を出て行った。その時の深緑色のコートの背中が家族の見た生きた父の最後の姿だった。

　翌日早朝に鳴り響いた電話の音で目を覚ました私は、「本当ですか。本当ですか」と受話器に問いかけている母の態度で一瞬に不安を覚えた。起き上がって行った私に「お父さん死んだって……」と母の震えた声が返ってきた。それからは中学生の弟をたたき起こして現地へ直行した。訃報が入った時刻が「午前六時二十八分」であったことを、起き上がる際に枕元の時計で確認していた私はあまりにも冷静で、親不孝であったのかもしれないと今も苦しむことがある。

　近鉄特急に乗りながら流れゆく車窓の景色を見ていると、そこで初めて（お父さんはもうこの世にいないんだ）と実感して涙が溢れて来て、窓の外が曇って見えていた。小学生のとき、父とキャッチボールをしたことや、父の故郷―三重県尾鷲市―での盆踊りでいっしょに踊ったことなどの記憶がよみがえって来た。

　父が宿泊していた三重県四日市市のビジネスホテルには既に父方の親族が枕元に集まっていた。母が白い布の覆いを取り除くと、そこには父の〝笑顔〟―正に安らかな笑顔―があった。誰ともなく「苦しまずに亡くなったのがせめてもの救いね」と言っては嗚咽が静かに流れた。検視した医師の診断書には「心不全」と書かれてあったそうだ。

　兵庫県に遺体を運んでからは、通夜、告別式と年末の慌ただしい中、母を中心に親族が走り廻っていた。高校生の私はまだ子どもということで事務手続きや弔問客の接待は免除されたが、「長男の務め」として遺体の枕元で「番」を任せられた。白いハンカチで覆われた父の顔の部分を見つめながら、私は心の中で父と〝対話〟していた。「親戚の方々は長男の私は医者となって後を継ぐことを当然視しているように感じられるが、自分にはむいていないように思う。それよりも患者さん第一で、社会保障の貧弱さや労災認定のために何年も裁判をしなければならない日本の制度を変革するために行動していた社会運動の方で後を継ぎたいんだ。そのために弁護士になって政治家を目指したい。お父さんは整形外科医として患者さんにメスを入れていたが、暁来雄は〝汚職のはびこる腐った日本社会〟にメスを入れるような政治家になりたい」と誓いめいたことを〝語って〟いた。

その後、母は看護師として職場復帰し、私たち兄弟を一所懸命に育ててくれた。高校三年生で選択科目として受けていた「国語表現」では萩原朔太郎の『月に吠える』を題材にした卒業レポートを書いたものだった。

一年浪人して公立大学の法学部に運良く合格することができた。ここでは入学試験のあった一九八六年三月四日に政治的青年団体に加盟し父の後を継ごうとマルクスやレーニンの本を色々読んだ。サークルは「文学論研究会」に参加し、プーシキン、チェーホフ、ゴンチャロフ、ドストエフスキイなどに親しんだものだった。ただ本職の法律の勉強は遅々として進まず、三回生の時に司法試験を諦めてしまい、「法哲学」笹倉秀夫ゼミを専攻し、J・S・ミルの『自由論』やJ・J・ルソーの『社会契約論』など法律の根底となるものに興味を持ったものであった。弁護士から政治家への道をやめてしまい父との「約束」を守らなかった私を父に叱ってもらいたかったが、今は「詩を書く」という形で社会貢献をしているつもりなので（ゆるしてもらっているかな）と甘い採点を自分で付けている。

今年（二〇一六年）で五十歳となった私は、父の享年を四つも越えてしまったが、亡父の背中を追っているばかりだ。西ドイツから帰って来てから亡くなるまでの三ヵ月余りが父との大切な日々だった。その日々を反抗期で迎え、あまり会話をしなかった自分を反省するしかない。京都の美術館の帰り、電車の中で気付いた父の寂しい顔が忘れられない。お父さんごめんなさい。

科学者で唯物論者だった父には嗤われるだろうが、夜空を見上げ〝星になった父〟を天体望遠鏡で探してみたい気持ちも起こるものでもある。

天体望遠鏡

ポツネンと天体望遠鏡が一台
ボクの部屋の片隅で
ほこりのかぶったカバーで覆われて立っている

ボクの中学一年生のときの誕生日プレゼント
父が買ってくれたものだ
二階のベランダに出しては父と弟と三人で
土星の輪などを観察し楽しんでいた
月も明るく大きく見える
月の表面がゆらゆらカゲロウのように
波打っているのも初めて見た

ボクは高校一年生だった
父は一年間のドイツ留学から帰っていた
一年間の〝空白〟は思春期のボクには長く
父のかけてくる声の一言一言がうんざりする

仲秋の名月を父と一緒に見たときは
中学時代のような楽しさもなく
ボクはしぶしぶ顔で見ていた
隣りで父ははしゃぐように
木星の衛星とガリレイの話をするのだ
ボクは知らんぷりをして月を眺める
望遠鏡の先には
〝波打つ〟月がゆらゆらと反映していた

それから三ヵ月
父は天に昇り星となった
会話さえろくにしなかった自分を責めに責めた
月の表面が揺らいでいたのは
ボクの涙目を天帝が予言していたからか

父が亡くなって三十四年がたつ
天体望遠鏡はその後使われることもなく
ボクの部屋の片隅にポツネンと立っている

畑中　暁来雄（はたなか　あきお）

一九六六年七月　三重県三重郡楠町（現・四日市市）出身
一九七三年三月　父の転勤で兵庫県西宮市へ引越す
一九七九年四月　大阪教育大学教育学部附属池田中学校入学
一九八五年三月　大阪教育大学教育学部附属高等学校池田校舎卒業
一九八六年四月　大阪市立大学法学部入学
一九九一年三月　大阪市立大学法学部卒業
一九九一年四月　東京の会社に入社
一九九一年十二月　統合失調症発症
一九九四年三月　東京の会社を退職
一九九四年九月　神戸の医療団体に入職
二〇〇四年七月　同右退職
二〇〇六年十一月　精神障害者をサポートするＮＰＯ法人のメンバーとなり現在に至る

現在　兵庫県西宮市在住

二〇〇四年六月
詩集『青島《ちんたお》黄昏慕情』（文芸社）出版
二〇一三年五月
詩集『資本主義万歳』（コールサック社）出版

Ⅱ

すずき じゅん

新潟中越地震　もう一つの闘い！『命と愛のリレー』

２００４年10月23日17時56分
新潟県中越地方でマグニチュード６・８
最大震度７の直下型巨大地震発生！
この災害の裏で、もうひとつの闘いと感動の物語が有ったことは殆ど知られていない。
これから語ることは、おそらく私の人生で一番、人対人の、愛と命の尊さを感じた実話の物語である。

【地震発生】

10月23日夕方、ドラマの撮影を終え自宅のある品川へ帰るため私鉄に乗っていた。ある駅に着くと、客の乗り降りに激しい揺れを感じた。すると車内アナウンスが入る「ただ今地震発生のため、当駅でしばらく停車します。」

自宅へ着きテレビをつけるとどの局も地震のニュースをやっている。『おいおい！新潟凄いことになってるぞ！』と、くぎづけになった。そんな時、レポーターがある避難所を取材していた。


【母親の訴え】

インタビューに答える主婦「この子のミルクがないんです。粉ミルクを、この子の粉ミルクを誰かお願いします！」乳飲み子を抱えた母親。激しい揺れに何も持たず、赤ん坊を抱え逃げてきたのだろう、必死な叫び！その映像は繰返し流された。翌日になっても！

気になった私は、日本赤十字に連絡を取った。すると、粉ミルクを含む物資は既に新潟へ向かっている。しかし道が途切れているなどで中々現地につけない。という回答だった。確かに、ニュースで流れる映像にも、崩落したトンネルや、地割れ崖崩れで閉ざされた道が映されていた。その時思った。


【決断】

「俺がやるしかない！」そう決断できたのには理由

があった。当時私は自家用で、配送用のバイクに乗っていたからだ。『これなら車の通れない道も少しの道幅があれば通れる！』そう考えたのだ。私は仲間からカンパを集め、新潟へ向かう準備に入った。そして地震から三日後午前、被災地のひとつ、新潟県小千谷市をめざし品川を出発した。
埼玉に入る頃雨が降りはじめた。私のバイクは屋根付きデリバリーバイク！腕が多少濡れるだけ！ところが間もなく11月というこの季節、夜になると冷える。

【思いがけない出来事】

群馬に入ると薬局の入ったホームセンターが見えてきた。ここで粉ミルクを買うことにし店内へ入る「これで買えるだけ粉ミルクをください！」と金を出す。真っ青な顔をした革ジャン姿の怪しげな私を見て、店員は「そんなにどうするんですか?」と問う『新潟の…』私は事情を話した。すると「ちょっとまってもらえますか！」そういうと店員は奥へ行き、しばらくすると重たそうに大きなダンボール箱を運んできた。「これも一緒に届けてもらえませんか?」と、風邪薬や胃薬そして「こんな時女性は困るのよ！」と、生理用品などをつめてくれたのだ。さっきまで私を疑っていた店員しかし今は…！この意外な展開に私は、人と人の絆《きずな》を見ながら冷えた身体に暖かさを感じたのだ。「気をつけてくださいね！」店員はそう言い見送ってくれた。バイクのトランク上に物資を何段にも重ねブルーシートでくるみ、緊急物資輸送中！と書いたプレートを張り出発した。時間は18時か19時位だったと思う。外はすっかり暗くなっていた。

【想定外の事態】

新潟に入るとガソリンスタンドはやっていない！その情報は知っていた。とりあえず被災地の小千谷市に着ければと出発したのだが、いやな話を聞くことになったのは、常に燃料を満タンにしておくため立ち寄っていたスタンドでの事だった。店員は言った「原付のタンクで三国峠は越えられないよ！」予想外の情報！しかし私の肩には沢山の人々の善意がかかっている。ここで引き返すわけにはいかない！とりあえず行けるところまで行き、止まったら力づくで押してでも届ける！そう考えるしかなかった。
峠が始まり最後のスタンドで給油を済ますと凍りつ

くような寒さが始まった！かなりの厚着そして皮ジャンを着ていたものの震えが止まらない。暗闇の中、街灯とヘッドライトの心細い明かりだけの峠道！怖い！

【応援】

そんな時だった。交差点の信号で止まると隣に一台の車がやってきた！「新潟にいくんですか？頑張ってくださいね！」乗っていた人達が声をかけてくれた。この言葉が不安で折れそうだった私の心を支えてくれた。そしてなんとか頂上を越え下りに入ると、いつもなら追い越し時幅を寄せて意地悪する大型貨物が大きく追い抜きクラクションを二回ならした。オオー！大型も応援してくれてる！荷台のブルーシートに張り付けた『緊急物資輸送中』の印籠が効いているのか？みんな気持ちはひとつ！新潟の被災者を助けたい！そうなんだ！私もその一人のはず！しかし今は闘っている私を皆が応援してくれてる！よーし！何がなんでも粉ミルクをあのお母さんへ届けてやる！そんな思いが私の中でグググーっと燃え上がった。

【天の助け】

そんな想いで走っていると何と、きつい三国峠を越えていた。天も助けてくれたのだろう！そして検問所が見えた。一般車両はここで戻されるらしい。私はここで戻されたら元も子もない！キリッとした顔で検問所へ！すると、すんなり通してもらえた。やはり印籠が効いたのか？そして何とさらに進むとスタンドが開いていた。これも天の助けか、私はそく給油。燃料計はＥのひと目もり前まで減っていた。冷えきった身体をコーヒーとスタンドの石油ストーブで温めさせてもらい出発させた。しかし既に新潟。日本海からの風はハンパなく冷える。少し進むと身体は直ぐ冷え出す。身体は震えが止まり、指先は感覚がなくなっていた。完全な低体温症！このままでは私自身が危ない！その時だった！目の前にラーメン屋が現れたのだ！

【鍋のチャーシュー】

バイクを入り口横に止め中に入り味噌バターラーメンを注文した。店員は「品川からきたの？どこまでいくの？」と聞いてきた。バイクのナンバーを見たらしい「小千谷まで、粉ミルクを…」と答えると、店員は私のラーメンに、鍋の中のチャーシューを全部入れて「気をつけて、頑張ってくださいね！」とエールを！

この時は、応援してくれている人達への感謝と、辛さと不安に負けないように！と、はりつめていた気持ちが込み上げてきて我慢ができず、涙が溢れだした。
でも、ラーメンの湯気と、鼻水をぬぐうふりをして隠した。そして会計後、店員はコンビニの袋を出し「これ、俺らのおやつなんだけど、途中で食べて！」と、お菓子や缶コーヒーなどを渡してくれたのだ。私はありったけの笑顔でお礼を言い店を出た。が、外に出ると嬉しくて嬉しくて我慢していた涙がこぼれ落ちた。ここまで何人の人に力を貰ったろう。そう思うとあんなに冷えていたのに涙は流れたのです！

【激しい揺れ】

走り出すと国道脇の民家の被害が少しずつ見えてきた。そして間もなく小千谷市と言う頃、トンネル崩落現場近くまで来ていた私はガードマンに止められ、迂回するようにと案内を受けていた。その時だった。地面に敷かれた沢山の部厚い鉄板がぶつかり合いガシャガシャいい、その奥にある倉庫のシャッターもバタバタ鳴り出したのだ。私が感じる激しい揺れの始まりだった。

【最後のバトン】

私は指示通り迂回をするのだが、しかしその迂回路も地割れだらけで何度も落ちかけながらも慎重に進んだ。道は崩れていて夜中は危険だと、明るくなるまで仮眠させていただいた消防団員の家族。倒壊家屋など被害の大きさが見えてきた頃、最後のバトンを繋いでくれたのは、危険なのでと市役所まで車で先導していただいた小千谷市平成の皆さんだった。そんな沢山の方々に繋いでもらった『命と愛のリレー』私はそのおかげで、無事、粉ミルクを被災地の小千谷市に届ける事ができたのです。
世の中では、他人の命を何とも思わない人々もいてその者による犯罪が多く報道されている。
しかし、このような命と愛のリレーがあった事も是非知って欲しいと思います。

暮らし

田田田田田
田田田田田
田田田田田
田田田田田
田田田田田
田田田田田
田田田田田
田田田田田

（この詩は、３Ｄ動画の理論を元に製作しました。文字と画像と言う、風変わりな詩に仕上げました。田を横向きでスマホで撮影し、横の状態で四行目五行目が重なるように見ると有るものが立体に見えます）

地球は生命体

地球は悲しんでいる
自然を壊し 地面に大穴を開け
毒物を流し 生態系を壊している人間
地球は私たちの家ではない人間と同じ生き物
地球を人間に置き換えるならば
細胞一つ一つが生き物であり
地球から見たらその細胞一つ一つが人間である
人間は暴走し地球を痛めつけ
その身体を壊している
ガンとまったくかわらない
地球はその一部で人間を初め自然を作った
うまくバランスを保つことで良い生態系ができた
しかし今、人間がその生態系のバランスを壊している
まさにガンと同じだ
縄文時代の狩猟と弥生時代の農耕が私たちを育てた
地球上の生態系のバランスを壊さない暮らし
これこそが地球の一部としての人間の役目である
宇宙移住を考えるなら
地球の再生の方が簡単である

すずき じゅん

昭和37年1月29日宮城県仙台市生まれ
仙台でタレント活動中、稲川淳二氏のマネージャーに誘われ上京。ビクターレコードより『DANGANCLUB』のメンバーとしてCDデビュー。その後キングレコードよりソロシングルを発売。番組司会、俳優として活動。その後、放送作家、監督などマルチに展開。紙面では連載、インターネットが普及すると怖い話のサイトも持つ。その後、頑張る人応援放送局、しながわてれび放送にて災害等を取り上げた報道風バラエティー番組を開始。そのきっかけとなったのが、新潟中越地震での色々な体験であった。

今回の話はすべて私の体験した事であり、被災地に粉ミルクを届けるという人助けをするはずの私が、被災地につくまでの苦悩で、何度も心折れていたそんな私を逆に多くの方々の応援により助けていただいた事に感謝と生きる希望を感じ書き上げた作品である。

この災害から12年後に被災地、新潟県小十谷市に向かい、市役所や小千谷市平成のお世話になった方々に再開し、当時の問題点、復興等の話を聞く事ができた。

この災害の後、東日本大震災という広範囲の大災害と福島原発事故が起こり、その後も、長野の御嶽山噴火熊本地震が起こる。日本は今、地震の活動期となっている。そして大雨、台風上陸という異常気象なども！

私は今、取材で得た情報と調査を参考に、防災、災害復興アドバイザーとしても活動を始めた。

しながわてれび放送 http://usotv.com/sinagawa

うおずみ 千尋（うおずみ ちひろ）

その日（二〇一一年三月十一日）

その日の午後三時頃である。コールサック69号へ送る為の原稿を印刷し終えホッとしていた。月曜日に再度チェックし投函すれば締め切りには充分間に合う筈だ。封筒と切手を揃えて机の上に並べる。視覚障害の私はメモを読む事が出来ない為に、常に頭にインプットしたカレンダーと予定に合わせながら、急ぐ順にこうしておくのである。

一仕事済ませた開放感に何気なくラジオのスイッチを入れた。〈悪夢〉は、いや夢などではない恐ろしい現実がその瞬間から始まったのだ（実際には二時四十六分既に始まっていた）。東北と関東にかけてかなり激しい地震があったらしい。茨城が震度六弱との報道に驚いて実家の兄にメールを入れると「大丈夫。だけどこんなの生まれて初めてだ、家の中はメチャクチャ」との返信、私はギョッとして郡山の姉にもメールを送ったが返事が無い。慌てふためいた時には既に電話は繋がらず、夕方ようやく無事の確認がとれたのだった。

普段はほとんどテレビを点けない視覚の無い者が、その時から見えない画面の前に座り込んだ。刻々と伝えられる被災地の惨状、信じられぬ被害の凄まじさ、想像を超えた大津波の恐怖、更に肝を潰したのは何と、我が故郷福島県の原発事故である。静かな海辺の町に建てられた巨大なコンクリート建造物を私はどうしてもイメージする事が出来ないのだ。ましてや一般人の眼から完璧に遮断された内部構造など理解出来る筈もない。だがその時震える驚愕の中で、私は数年前に手にして読んだ鈴木比佐雄詩集『日の跡』を思いだしていた。正にこの大事故を予見し警告する衝撃的な一連の詩作品に、私は金縛りに遭ったかのごとく硬直して何故か涙が止まらなくなった事を覚えている。氏のご両親にとっても掛け替えのない故郷であるいわき市からそう遠くない距離にそそり立つ福島原子力発電所。

その計り知れない危険性と現代人の生き方暮らし方を鋭く指摘し、警鐘を鳴らす作品であった。失明してしまった私の脳裏に今も鮮やかに焼き付いている故郷の風景、取り分け太平洋大海原と白砂青松の輝きは、今の私の想像力と色彩イメージの原点となって詩作を助け支えている。その海辺の事なのである。煌々と闇を照らしあたかも美徳のように電力を貪り消耗する大都会の畏れを知らぬ現代社会と私達人間の営み。それをあの素朴な地方の小さな海沿いの町が引き受け被災し爆発した事実に、私は萎縮し虚脱しそして心底憤った。

　あまりのショックと喪失感に込み上げる想いを抑え切れず、声を出して幾度も泣いた。せっかく書き上げた原稿も送る気力を失い数日ぼんやりしていたのだが、鈴木氏からの「原稿未だ間に合います」の言葉に促され我に返ったのだった。福島県生まれ福島県育ちの私がこの現実から眼を逸らし縮こまっていて良い訳がない。そう云えばアンソロジー『命が危ない　３１１人詩集』に今回私は参加していなかった。そうだ、たとえ一篇でもこの事実を詩に書かねばならない。書く努力をしなければならない。正に今〈命が危ない〉のだ。

海沿いの町

　電話のベルが鳴った。「どこかの誰かさんが『状況が判らなくて詩が書けそうもない』なんて言うものですから、行って来ましたよ」。ちょっぴりいつもと口調を変えた声は茨城の兄である。「えーっ！」、私は跳び上がりそうになった。大災害と原発事故の虚脱状態から気を取り直して、とにかく故郷の詩を書く事に決めたのだが、何しろテレビは見えない、新聞は読めない、ましてここ金沢から遙かに遠い東北である、日々の歩行も不自由な者が駆けつける事など出来る筈もなかった。思案に暮れながらも被災者である兄に様子を聞いてみようと思い立った。ところが、兄の家も電気も水道も止まり、長い時間待ってようやくパンと卵だけが買えた、との事。度重なる余震でブロック塀も崩れたらしい。今日の前の生活が破壊している被災者に、かつて暮らしていた故郷の事など聞いてはいけなかったと少し後悔しながら、それでも私の詩作の資料を送ってくれたり調べてくれたり何かと協力的である事に又も依存してしまったのである。案の定「そんなこと俺に聞いたって無理だよ、但し、いわきの海岸沿いは四倉から勿来まで全滅だと友人からは連絡は入ったけどな」、さすがに兄も私達の故郷がどうなったのかとても心配そうだった。取り合えず現状を知る事は諦め、記憶の中の懐かしい風景などを想い巡らしていたところだった。まさか現地へ行くなどとは想像もしなかったのだ。

考えてみると、故郷を離れてから既に半世紀にもなるから驚きである。当時いわき市は未だ幾つかの市町村に分かれていて、私は南端の勿来市から平市に在る高校まで汽車通学をしていたのだった。そこは阿武隈山脈が迫り出した起伏地を、常磐線と国道六号線そして太平洋が南北に並列した地形で、トンネルと海辺と田畑が連続する風景の中を蒸気機関車が煙を吐いて走っていた。ここ迄回想しながらハッとした。海洋と鉄道と道路は大がかりな物を輸送する必要条件である。そう云えばそれらが接近し砂丘が拡がる勿来の海辺から戦中に風船爆弾が打ち上げられたと聞く。更に東京から最短距離の常磐炭田は、大都会への重要なエネルギー補給地でもあったのだ。石炭から石油に変わり、そして遂に原子力発電所が幾つもの条件を満たすここ福島海沿いを格好の場としたのだろうか。

原発地と被害甚大であった北茨城の間に位置する我が故郷〈いわき勿来〉は遠浅の海水浴場を保有し、ゆるやかに入り込んだ海岸線にそって深い緑の松林が続いていた筈だった。その林はなぎ倒されて瓦礫の山と化しアスファルトの歩道は寸断され沈下し、通行止めの立て札が打ち込まれていた。兄は迂回可能なオートバイで出かけた為に車では無理な箇所も回ることが出来たらしい。やはり海沿いの集落は無惨にも壊滅して、応急処置された国道バイパスだけが辛うじて通行可能だった。懐かしい地名や橋と川の様子、街角の店の名前等、聴き漏らすまいと耳を凝らしているうちに、私は何時の間にか幼い頃の風景に佇立していた。果てしのない真っ青な空、遠くに霞み連なる阿武隈山脈、何処までも続く田圃と畑、松林に隠れて見えない海を目指して流れる河川とその土手、春は蓮華と菜の花、初夏は水田の水鏡、夏は一面緑の稲、秋は金色の稲穂、冬はそれを刈り取った後の株と藁ぼっちである。そんな素朴な自然の中を近所の腕白坊主やガキ大将の兄や姉達と裸足で駆け回っていたのだった。

受話器を通して克明に知らされた故郷の惨状に、脳裏に焼きついて美しく輝いていた一枚の絵がホロホロと萎縮し崩れ落ちて行った。その後の喪失と空虚感をどうしても埋める事が出来ない。ましてや、空も海も田畑もあらゆる物が放射能に汚染されているのだ。

兄に感謝しながら電話を切った。延長されたアンソロジーの締め切り日が迫っている。眼の見えない私は、新聞の記事等で事実の詳細なデータを正確に認識する事は今の段階では不可能であるから、自らの感覚で自らの故郷を書く事にした。真夜中独りパソコンを打ち詩作しながら、幾度も込み上げてくる涙を拭いた。故郷と云うものの存在の意味、私の精神と肉体に染み込んだその影響の大きさを改めて思い知る。涙が止まらないのである。

早朝六時我が魂の拠り所である故郷の詩を何とか書き終えた。だが崩壊しても汚染されても心象に深く染みた風景は眩しく輝きながら起ち上がって来る。その場所を立ち退かされ何時戻れるのかさえ予想も出来ずにいる福島県民の心境は如何ばかりであろうか。昨年の夏、長崎を旅した折浦上川の橋に佇って被爆者の霊に禱りを捧げた私であったが、その半年後に自らの故郷が原発事故によって被曝するなどとは思いもしなかった。しかし考えれば起こるべくして起こった事故だったのだ。刻々と明らかになる真相の曖昧さに出鱈目さに驚愕するばかりだ。決して再び有ってはならなかった原子力の深刻極まりない堪え難い痛手を日本は又も背負ってしまったのである。我が故郷福島を犠牲にして。

魂が駈ける場所

広い広い空でした
碧い碧い海でした
真っ白な砂丘が続いて深緑の松林が繁る
わたしが生まれ育ったところ
静かな海沿いの町
魂が駈ける場所でした

あの日
超えたものの叫びでしょうか悲鳴でしょうか
自然界の凄まじい変動
威力の前に
脆くも崩壊破綻した
人間が造り出して
人間に制御出来ない
原子力

広島の
長崎の
焼け爛れた記憶ずっしりと背負い
「No more」
祷りながら希いながら六五年歩いて来た
日本列島であったのに

道は
福島　あの海で途絶え
無惨に炸裂したのです

幻想も神話も一瞬に吹き飛ばし
終息不能物質は
音も無く形も無く影も無く
今日に降り積もり
明日へと流れ込みました
これが夢？
これが平和？

広い広い空でした
碧い碧い海でした
ふるさと　その町は
今も
わたしの
魂が還るところです

うおずみ　千尋（うおずみ　ちひろ）

一九四四年　福島県生まれ金沢市在住
第一詩集『凌霄花』　一九九五年八月　私家版
第二詩集『犀川大橋』　一九九八年十一月　私家版
第三詩集『形』二〇〇〇年十一月　私家版
第四詩集『憶』二〇〇三年十月　みずほ出版
第五詩集『牡丹雪幻想』　二〇〇七年四月　コールサック社
第六詩集『白詰草序奏』　二〇一三年五月　コールサック社

『原爆詩一八一人集』八月蟬しぐれ
『生活語詩二七六人集　山河編』道明かり
『大空襲三一〇人詩集』誕生日は祝えない
『鎮魂詩四〇四人集』花
『命が危ない３１１人詩集』ふるさと福島
『脱原発・自然エネルギー２１８人詩集』魂が駈ける場所
『水・空気・食物３００人詩集』贈り物
『平和をとわに心に刻む三〇五人詩集』碧い海
『非戦を貫く三〇〇人詩集』歌う
『花音２０１３』あやめ沼
（各アンソロジーに参加　コールサック社より刊行）
『花音２０１５』能登キリシマツツジ
（各アンソロジーに参加　株式会社歩行社より刊行）

日本現代詩人会会員
日本現代詩歌文学館評議委員
詩誌「衣」同人
文芸誌「コールサック」に寄稿

二階堂 晃子（にかいどう てるこ）

花水木

花水木の街路樹が好きだ。阿武隈川にかかる大橋を越えると五〇〇メートルに亘り花水木の道が続く。愛らしい白、ピンクの花水木が一斉に色づく道をウォーキングコースと定め、まだ透明な朝、胸を弾ませて歩いた風薫る五月。花と見えるのは実はほうで、本物の花は真ん中に黄緑色に小さくたくさん咲いている。

花水木を思うと、退職してすぐ、五〇人の女子大生と文章交流をしたことが蘇る。「心理療法」の授業で感想や意見を書いてもらい返事を返す活動を行った。

若い世代が携帯電話やスマホにばかり頼り、「文を書くこと離れ」があることを憂いていたので、若い学生にも書くことの良さをぜひ感じ、身に着けて欲しいと思っていた。

事前の調査で、「書くことは好きだとは全く思わない」という回答が多く、「書くことの喜びや癒し」など考えたことがないと。それでも、負担にならない字数を示し、「『あなたへ』と語りかけ、どんなことを書いてもどこかにある小さなよさに光をあて肯定的なコメントを送る」と決めて、毎週全員に赤ペンを返した。

最初は「書くことはありません」「まとまったこと書くのは面倒」と一行文が返ってきた。一行でも「意思表示ができましたね」「面倒だという思いを書けましたね」と決して否定せずに赤ペンを返し続けた。書くことで自己効力感を持てるようになるには、自分の良さに気付くことから始まると信じていたので、学生が書く倍も赤ペンを送り続けた。

少しずつ周りとの関わりも書くようになっていった。

「……みんなが私の考えを取り上げてくれて、一生懸命話し合ってもらえる体験は初めてだ。今思い出しても体が熱くなってくる。ある本に、人の手が温かくなるのは、その場の環境にリラックスしている、打ち解けている、心が安らいでいるときだと書いてあった。なかなか打ち解けられずに悩んでいた自分が、少しでもみんなに心を通わせることができた証拠だと、自分をほめてやりたいと思った」などと、前向きに書いてくれた。「心が高ぶると手が温かくなることは、私も経験したことがあります。周りの人があなたを大事にしてくれて心を通わすことができたのですね。読んだ本を引用して自分の気持ちを表現したことがすばらしい。みんなと精一杯話し合えた喜び、自分を温かく見る目に感動しました」と返した。

回を重ねるにつれ、「赤ペンを早く読みたい」「『あなたへ』いつもすごく楽しみにしている」と反応を示す学生が出てきた。本音で何を書いても肯定的な返事が返ってくるという安心感からか、字数も増えて、率直で他意のない思いがノートに埋められ、瑞々しい感受性を示してくれるようになっていった。

夜を徹して読み味わいながら、私一人で読んでいるのはもったいない、他の学生にも読ませたい、読めば互いの学びにもなると考え、匿名で文集にして発行し、全員に読んでもらった。若さあふれる学牛と花水木が重なり、その文集を「はなみずき」と命名した。

「はなみずき」に載ることは書く意欲を高め、書き方の学びにもなり、載れば存在感が出て、「『はなみずき』に載りたいです」「読んでもらって心に響く赤ペンで、書く気が起きました」とまるで砂地に水が吸い込まれるように「書く」という行為を受け入れてくれた。

これまでの学校生活で、文を書き教師と交流する体験の少ない学生が多いことが分かり、表現する楽しみは人として当たり前の欲求ではないかと思われた。

最後まで「書きたくありません」と言い続けた学生が一人いた。無理強いしなかったが、心を開くことを頑なに拒む何かを受け止めきれなかった私の力不足を思い返している。何年か後、岩手の中学生が生活ノートで苦しみを訴えていたのに、先生は「明日の文化祭頑張ろうね」などと核心からずれた対応をしていたためか、その中学生には悲しいことが起きた。この記事を思うにつけ、赤ペンだけでは限界があり、膝下指導も必要であったことを今思う。書かないことで訴えている複雑な意思表示をくみ取るべきだった。

課題もあったが、赤ペン交流と「はなみずき」発行は、自分にとっても大きな文章修行の場となり、若者のパワーをもらうかけがえのない体験となった。

「文を書くと自分が見える」と名言を送ってくれ、「文を書くのもいいもんだ」と書くことを認めてくれた学生、「声をかけて」と待っていたかもしれない学生を思い出し、充実していた「はなみずき」交流は、私の還暦記念活動だったと振り返っている。

居間の東側の窓越しには、一本の花水木が立っている。台風が去るたび、葉先から少しずつ色づき、季節の変わり目を告げてくれている。街路樹の花水木に出会う五月が待ち遠しい。

のどの騒動

本当の病気は何だ。

鎖骨の近くののどの内側部分に何かがある。間違いなく。外で活動しているときは忘れるのに、帰宅すると違和感が蘇ってくる。強い咳払いを無意識のうちに試みてしまう声もかすれる。確実に何か異物が存在している。間違いない。甲状腺癌が最も現実的である。放射能被害に遭っているのだから、因果関係は立派にある。

手術するしかない。声帯だって、食道だって無事ではない。話せなくなる。食べられなくなる。命をつなぐためには、一日も早く検査を受けるしかない。

否応なしに「痩せ」に見舞われる時が来た。同級生は抗癌がん剤治療を受け痩せたことを嘆いていた。給食運搬車の音を聞いただけで吐き気がして、十日間も食べたくなかったとのことだ。

食べたくなくなるのか。先ずプリンを食べよう。ゼリーも絶対。イチゴは今が盛りだから絶対食べておく。塩豆大福も。と次々にスイーツを口にした。

ついに、迎えた診察日。看護士さんが来た。

「熱と血圧と体重を測ってください。」体重測定があった。甘かった。一・五キロ増。時すでに遅し。のどの診察の前に、体重で「指導」が入る。

診察室で先生の第一声を待つ。意外にも今日は体重に言及しない。直ぐに、問診を始め、のどを診た。よほど重大に違いない。ところが先生は、

「見たところは異常がないですね。でも、エコーをとってみましょう」と。

体重どころでない。ついに違和感の真相がわかる。エコー室の検査技師は、ゼリーを塗ってローラーを転がし始めた。パソコンが、ピッピピッとなる。異物に反応しているのか。終わると、ただ一言。「診察室に戻ってください。」

診察室に戻ると、担当医はパソコンに検査結果を投影し、説明を始めた。もう覚悟はできている。

「右に、水ぶくれと節ですね。でも良質ですね。一年後にまた見せてもらえばいいでしょう。しかし、このくらいでは自覚症状が出ないのが普通なのに自覚症状があるというのは、内科の範囲でなく耳鼻咽喉科の領域です。耳鼻咽喉科に行ってみて下さい。この結果のコピーを持って。」

また振り出しである。耳鼻咽喉科の担当医にコピーを見せたが、詳しく聞く様子もなく、

「では、舌を出してエーと声を出してみなさい。呼吸は普通にして」と威厳のある声で言う。診察はさっと終わり、

「扁桃腺の奥のところにバイキンを中に入れない仕組みがあるのですが、そこのところに咳の力がかかったり、無理に咳こんだりして刺激を与えすぎていますね。腫れているところをピンタするのと同じですよ。吸入していきましょう。後、うがい薬を出しますね。」

あっけにとられて、導かれるまま吸入室へ。何だったのだ。この簡単な扱いは。喉頭癌だと自分の診断で命の覚悟を決め、食べすぎるほど食べてしまったり、苦悩したり、さまよい続けたりしたのは。

年甲斐もなく、客観的思考に欠け、節度を欠いた行動を起こす単純な自分を見せつけられて、本当の病気は、「冷静な判断力の欠如病」ということなのだと痛感させられたのど騒動であった。

知事参上

酔った、聞き惚れた
ああ、なんとたくましい
ウルトラマンが舞い降りてきた
正義の味方が目の前に降り立った
傷付いたプライドを取り戻す
世界のネガティブを打ち消す
グローバルにプライドを取り戻す

三百人の目が壇上に集中する
強弱自由自在の滑舌
巧みな事実映像投影
安心沁み込む的確な言葉選び

福島の
見えない不安を取り除く
見えない未来に光を当てる
見えない誤解をかき消す
見えない長い戦いをあきらめない

知事は熱かった
言うべきことは言う、言い続ける
ならぬことはならぬと
デブリを県内においておくのはダメだ
石棺はあり得ない
風評を消し、被災地の活性化は実現させる
福島をロボット産業の基地に
イノベーションコスト再生も
再生可能エネルギーも、トップセールスも、
アフターＣＤも
……実現する

らしい

割れんばかりの拍手で我に返り
もう放射能は大丈夫なのですね
つぶやいてしまった私

二階堂　晃子（にかいどう　てるこ）

従順な母、一家を仕切る祖母。二つの人格の狭間での生育は、やがての生き方形成に大きなひずみをもたらした。高学歴農業未体験の母は祖母の期待に合わず、物陰でよく泣いていた。母方似でない孫の私だけが祖母の寵愛を受け、母非難の悪口造言吐き出し口となった。母をいとおしく思いながら、祖母に連れまわされていた一二年間。自分のひねくれた斜に構えてものを見る生きざまの根源が、最も身近なところで違う揺れの価値観を受けてきたことにあったのではと四〇歳を過ぎたころに気付いた。

人間関係を健全に保つことへの苦慮、人の良さを見ることが弱い見識の狭さ。その後の人生はまさしくこれらとの戦いであった。対象の良さを見る目を培う努力、それに尽きた。

そして苦悩しながら相談活動に携わり、様々な立場の人の生きざまに学ぶ力を付けるため、息を切らし挑む今の自分が見える。


一九四三年、福島県双葉町に生まれる。公立小・中学校教員を経て現在、学校心理士として活動。

既刊詩集『ありんこ』『悲しみの向こうに』『音たてて幸せがくるように』。

日本現代詩人会、日本詩人クラブ、福島県現代詩人会、会員。

「山毛欅」同人。

文芸誌「コールサック」参加。

あたるしましょうご中島省吾

（あたるしましょうごなかしましょうご）

最後まで書き続ける

私には警察本部のお巡りさんの電話相談で毎回変わるお巡りさんしか、友達はいません。

私はキリスト教。同じ鬱病の闘病を続けていて、〇〇学会の信仰をもつ京子ちゃんという、同世代なのに美しく恵まれた女性であった、唯一の友達が居ましたが、二〇一六年初頭に自殺しました。それからというもの近隣でベタベタする夢を見ていた地上の楽園の夢も無くなりました。

二〇一六年八月の昨日も、精神病院に通院しました。私は勤務医の主治医に「入院させてくれ、生きられないんや」と頼みましたが断られました。他の女性患者が嫌がっているから入院させませんということでした。男女混合の病棟です。

看護師なのに看護部長管理部長をやっていた、私の主治医である勤務医を超えた役職の壮年の女性看護師がおりまして、私が追い出された教会の長老でした。院長もクリスマスコンサートにいいねとか言いながら呼ばれていました。

私はずっと子供の頃からプロテスタントの教会には日曜日欠かさず行くクリスチャンでしたが、その流れも二〇〇九年頃から入場拒否になって行けなくなりました。四十代の独身女性に本を渡したりして話し掛けたから入場拒否になりました。新人牧師のSという私と同世代の牧師になってその流れになりました。

二〇一四年頃まで七十二歳の生涯独身の壮年と毎週日曜日に車で二人礼拝していました。その壮年がいつも言うセリフ「他教会に行かないと不幸になりますが～」。聖書が正しいと言うのは判りますが、牧師が世間向けにネットブロックを呼びかけられたり、ふと二〇一一年頃、私は独りで教会の日曜礼拝に行きましたが、その七十二歳の壮年と私と同世代のその牧師に右左の肩を摑まれて教会の外に出されました。教会員は皆観て観ぬふりです。そんなものです。その七十二歳の壮年と牧師は教会の鍵閉めて、外で教会の門を叩いても入れないようにしました。その後のその壮年との二人礼拝には「他教会に何としてでも行かせるためには結婚も婚前交渉もできないから」と悟っていたのかもしれません。不幸になる。神社行くと偶像礼拝だとか未だに脅しは続いて、最近、私は体力が無くなって来ました。

母は、「何で教会の女性がひとりも来ないのや、イケメンなのに」と悲しんでいましたが、京子ちゃんが自殺した前後に病気で死にました。養護施設出身の私は完全に天涯孤独となりました。

病院の主治医が「他の病院に入院しないと重症になるで」と毎度毎度警告を与えてきますが、他の病院に電話すると医者には繋いで貰えず、ケースワーカーが「生活保護者じゃないと受け入れられません」とか、「保護者を診察に連れて来て下さい」と言われます。保護者はいません。

昨日はいつも通っている病院で外来で待っている間、心臓発作が起こりました。私は廊下で寝てもがいて喰いしばっていましたが、デイケアの患者だけでは無く、職員にも背中踏まれてほったらかしでした。医療事務の「警察呼びますよ」の一言で眼が回ってる中、八月のど真ん中の昼間、熱中症になっていたと思いますが、眼が回りながら家まで帰ってきました。そのふらふらになって歩いている間、車椅子の男性が「財布の中身見せろ」とカツアゲをしてきましたが、簡単に無視できましたが、あとをつけてきていました。ストレスがたまっているのでしょう。心臓病で眼が回って、ふらついて家に帰る私を一発狙ったのでしょう。

家に帰ると二時間ぐらいして自立支援者が家に来ました。「頑張って帰れたやんけ。一人暮らしを出来て自立できてるみたいやから、ヘルパーはいらんな」と説得されました。私は一週間に一日だけ三十分ヘルパー支援を受けて国の財政難な時に予算を使っているようです。

お巡りさんも給料が昔と比べ五万前後減っているとおっしゃっておりました。

私はまだ言い足りないことが後で思いつくかもしれませんが、今思いつく気になっていることを出来るだけ言います。

キーワードは命の危機。

パートナーだった京子ちゃんは私を気持ち悪がらず、反対にあほな奴だと言いつつも家に泊まったり泊まりに来たり、まったりしていました。ブックオフで店員の眼も気にせず、「きょうちゃんしょうご喉乾いた」とレジの前でちゅうちゅうして店員がびっくりするほどでした。

私は人間は性善説か性悪説かと言われたら一〇〇％性悪説です。

なぜこんなにまで人は自分の都合の良い利益ばかり追い求めるのでしょうか。やりたい放題で悪く言いまくって、周囲も止められない社会を知りました。

津波。

警察本部のお巡りさんの電話相談の話では、家族全員失って天涯孤独になった人が大勢います。家族全員失って天涯孤独になって自殺した人が大勢います。家族全員失って天涯孤独になって精神病になった人が大勢います。家族全員失って家も失って健常だから病院にも入れず家の借金だけ残って自殺した若者もいます。

老人が一人残されて、子供が一人残されて、助かって、
でも、雪の日の三・一一の避難所でインフルエンザが
流行って、津波では助かったけど、インフルエンザで
死んだ人が大勢います。

私たちは何をやっているのでしょうか?

そんなに勝ち負けの人生なのでしょうか?

だから、私は若くして死ぬまで、いや、生きている
最後まで書き続けます。

にんげんみんなかぞく

平和堂看板広告のモデルは病気になって何もかも盗られて

「ゆかっかっ、おとたけ、にっこり」
どっか別の世界で
仏教的な教えの
生まれ変わって病気じゃない自分のそのままで
病気じゃないから
片思いのYちゃんも素直に受け入れて信頼があって
恋人で肩を組んで
観てる景色
Yちゃんは生まれ変わった私と輪廻転生で
何も変わらず同じ自分で
ただ病気じゃない若い生まれ変わった自分と
生まれ変わったそのままのパラレルワールドの世界で
一緒に見てる景色
色んなピンク色を輪廻転生ののちの世界で見たい
鉄道ファンの撮り鉄
二人
邪魔されたら
そのままの自分だから気が弱いけど
病気じゃないから受け入れて
Yちゃんが守ってくれる昼間の時間の風景
パラレルワールドの同じ時間
自分はにっこり
Yちゃんも自分のその時代のビジュアルで
甘い顔でいつまでも私を見つめてる
Yちゃんににっこりされて
私もにっこり顔で
電車を撮る
「ゆかっかっ、おとたけ、にっこり」
今日も良い日　お日さまがにっこり
「ゆかっかっ？　あっ　変わった電車来た！
カメラ、カメラ」
―パラレル・ワールド　僕の脳の中だけの世界―

あたるしましょうご中島省吾
（あたるしましょうごなかしましょうご）


一九八一年三月十六日生まれ。

大阪府泉南市在住。

現在、「ＰＯ」「コールサック」「星と泉」に詩を発表。

二〇〇三年夏まで、平和堂の新聞チラシ広告のモデルとして活躍する。

一九九九年「ＰＨＰ」十月、十二月号に詩人青木はるみ選として「いのち」が全国応募十人選の中で二回佳作として選ばれる。

詩作「Ｉ　ＬＯＶＥ　ＹＯＵの景色」が、二〇〇三年二月に愛知出版主催の即興詩人詩人大賞にて大賞を受賞。三三二名応募者より一人大賞に選ばれる。

著書
『本当にあった児童施設恋愛（改訂増補版）』
『もっともっと幼児に恋してください』

こまつ かん

いまこの時へのまなざし

私はいま、精神科訪問看護（以下、「訪問看護」と表記）スタッフとして、また、認知症初期集中支援チーム員として働きながら文芸を創作しています。

高校時代から詩を書き始めて、青春時代はミニコミブームの波に乗り全国展開。ガリ切り・タイプ・オフセット印刷での制作を経て（「ハンドメイド」とか「ミニコミニスト」という言葉が誕生）、かたわらボランティア活動（手話通訳）で県内を駆けまわっていました。その後、社会を知れば知るほど未知な部分も増え、訴えたい内容によって表現のジャンルを変えればよいのだと気づき、童話・エッセイ・五行歌・小説・戯曲なども見よう見まねで書くようになりました。

私は長期にわたり民間の精神科病院で働き（途中、中医学・救急救命法を研修）、そこから多くを学び、創意や活力を得てきました。あえて短く表現するなら「患者さんからにじみ出るせつなさと儚さへの感動、生と死のメンタルヘルスの現場から想像以上の深いいのちの智慧に気づいた」となるでしょう。

私はもう定年を過ぎましたが、医療現場は深刻な人手不足が続いており、未だに病院を辞めることができず、一年契約の更新更新で働いています。廻りめぐって昔の部下が私の上司といった現象が起きますが、共に「いい汗、活き活き」かきながら元気に仲良くやっています。

きょうは、文芸作品が生まれる時の話は脇に置いて、私のこれまでの看護経験という時間の蓄積を振り返り、地域医療で発見したことについて話します。

さて、皆さんは「在宅医療」という言葉をご存知ですか？　「介護保健」「ケアマネージャー」などの言葉と同様広く普及しており、「訪問介護・看護」「デイサービス」などを連想する方もいるでしょう。

ところで、冒頭で訪問看護に従事していると述べましたが、私は訪問看護はその在宅医療の最前線だと思っています。次に、最近よく使われる言葉に「地域包括ケアシステム」がありますが、訪問看護はこのシステムにおいては「要」だとも……。

私は定年を迎える数年前に法人内で在宅という現場に異動し、新たな事業所を立ち上げました。今ではこの仕事に就いて良かった、最後が地域医療に携われて本当に良かったとしみじみ感じています。

それは何かという前に……、私は院内での臨床という現場（ベッドサイド）・医療施設と在宅ケアでの現場とではその対応法が全く違うという点に、心の奥から納得したことを告白します。

臨床の現場では医学的な判断を優先して治療に当たります。在宅では緊急な医療が必要ないと判断された者の生活の場ですから、対象者の要求はよりよいケアを実現してほしいのであって、それがケアプランの重要な判断基準となります。ですから、病棟での患者さんも地域に移行すると何らかの疾患があっても「生活者である」という視点が大切です。そこに、私は縁あって出会った者同士、他者への思いを生かし、いのちを大切にし、日々の暮らしをその人らしく人間らしく生きていく一途な姿をみるのです。

私にとっての集大成ともいうべき訪問看護から得た宝物、それは当たり前のようなことなのですが、まず、『在宅ケアでは常に観察、共感、受容、判断が存在していることが重要であり、ここから個別的な創造的援助・支援活動が始まる』ということ。さらに、『物事を深く理解しようとする時には、近寄ることより離れて全体を眺めることが大切』という点。そして、『It's not what you say, but how you say it.（何を言うかではなく、どう言うかが重要）』ということなどが挙げられます。

訪問看護は対象者の家に出向いてケアを提供する、いわば相手の土俵での行為ですから、自分の行動様式、やり方が対象者にどのような影響を及ぼすかを意識していることが大切です。心理的配慮をないがしろにすることはできません。

更に私は、対象者やその家族を理解することはもちろんのこと、自己の感情に対して向き合っていくことが大切だと考えています。心構えによって、それぞれのケア場面での行動に違いが出るのです。

したがって、人間行動の背後に潜む光と影の部分への洞察力、自己への深い問いかけが常に必要だと思うのです。

また、「第一印象は二度ない」と自分に言い聞かせて対象者の個別性を見極め、配慮と気配りをし、信頼関係の確立に努めています。身体疾患への対応と違って、特にメンタル面の場合は、これが絶対に良いという確実な対応法がなく、正解なし・ぶっつけ本番・出たとこ勝負・当たって砕けろという状況もあります。また、この仕事には精神（知的）労働と肉体労働が並存しています。

一軒の訪問を終えて次に向かう車中で気持ちの切り替えをします。大変な事からの荷おろしがそのつど必要になってきます。それは、次の方との出会いに備えるために……。（一日平均六軒訪問）

特にメンタル疾患の場合、その訴えが身体的なものなのか、精神的なものなのかを見極めて判断することが求められます。経験・知識・直観力を駆使して、投げかける言葉の持ち合わせのなかからタイムリーなひとことを！　どう接すれば良いのか「知っている」と「知らない」とでは与える影響が違います。

事例から謙虚に学ぶ姿勢を失わないようにします。私は訪問看護の現場で、同僚とケアを振り返りながら「知」を語り合い、今後の実践に生かしていくように心掛けています。

私たちの仕事は対象者に対して優位な存在になりがちだと思うのです。ですから、援助・支援・治療者とはどんな存在なのかと考えていることが重要です。

また、医療や福祉サービスを適切にかつ切れ目なく提供するという国の流れ、地域連携と地域包括ケアという概念成立のなか、私たち医療者は、多様な職種間の協働体制を模索して今日に至っています。特に精神科医療ではひと口に地域連携・多職種連携といっても様々な困難が横たわっており、お互いに顔の見える関係、様々な視点を持った専門職とのなじみの関係づくり、その強化が重要となります。ひと昔前までは医師以外の医療従事者をパラメディカルと呼びました。パラには周辺のという意味があります。現在はコメディカルといって、コは共同だと解釈しています。

それから、私が痛切に感じていることは、医療や福祉に限らず、人間相手の仕事は聖職（聖なる職業）であり、職種・資格よりも人物（人間性）が重視されるのではないかということです。私はケアマネージャーやヘルパーの活動を拝見して、ここにも聖なる姿をみることができ、尊敬しています。

人と人が関わり合えば、そこに何らかの感情がわきあがるのは当然です。観察しているつもりが、観察されており、力量をためされています。時には、それは、健常者よりも鋭い眼力です。「この人はどこまで自分をわかろうとしているのかな？　自分の事を真剣に考えているかな？」と……。

訪問看護の帰り道に「さっき、自分が相手にどう思われたのかな？」と、自己への想像力が働きます。その時交わされた会話の内容や流れはさほど重要ではなくて、むしろ「言葉と言葉の間・沈黙・言葉のイントネーションやスピード」「しぐさ」が微妙に影響しあっていたなと感じることがよくあります。

ある日、訪問すると、ヘルパーが家事支援に入っていました。訪問予定が急に変更となり、偶然ヘルパーと重なったのです。調理では、時間が無い・材料が無い・予算が無い・火や刃物を使う・味の好み・他人の台所に立ち相手に背中を見せるという状況で、本当に尊い仕事です。齢の頃三十代かと思われる女性ヘルパーが、七十近い統合失調症の男性一人暮らしの家で、甲州名物のカボチャのホウトウを作っていました。ヘルパーが台所から居間の私たちの方に声をかけ、「ねえ、やわらかいか、みて。味も」「ちょっと、かたいけんど、後三分かな（煮る）」「エー、ホントー？　じゃ、そのあいだに、伝票を書くよ」「ほうしろし、おらー、この四角いところに名前を書けばいいずら。だめどう、今日は指がふるえちゃって、うまく書けん。ハンコでいいら？」と。私はこのようなやり取りに心が動きます。そして、今の時間を尊重・共有するだけで人は人として相手にポジティブな影響を与え、互いに安らぐのだと。私も「目の前のあなたと話せるのは、いまこの時しかない。一人ひとりの出会いを大切にしなければ」と、あらためて思うのです。

「現代社会は希薄な人間関係となり、貧困と格差が広がっている」と評される昨今、私は訪問看護で出会った方々からいただいた感動を大切にしながら、これからも光に向かって歩んでいきたいと思います。

右の手

あの頃は
家族を含めてみんな敵に思えて
怖くて自分の部屋から出られなかった
ええ　外の様子はわかっていた

まだ外出はできません
人の視線が気になって　でも
家で花の世話や茶碗を洗うとか
少しだけど
できるようになりました

看護師さん
いま　庭の苺が食べごろで
私　さっき五つも食べちゃって
摘んで洗ってきますから
食べてって……

ヘタは手にください

差し出した
苺を洗った
右の手の
くぼみで水滴が光っていた

＊こまつかん詩集『ことのは』（涙工房／二〇一三年九月二十二日）収載。詩集は訪問看護をテーマとしており、短詩四十一篇が収められています。

こまつ　かん

一九五二年長野県東筑摩郡塩尻町で出生。小学二年から山梨県南アルプス市に暮す。

長詩や短詩、掌詩まで手掛ける。「こまつかん」「森谷天平」の筆名をもつ。本の文化では紙・活字に魅力を感じている。涙工房主宰。

詩誌「乾季」同人（笠井忠文主宰・創刊号から参加）。詩人会議会員、日本詩人クラブ会員、日本現代詩人会会員、山梨県詩人会会員、山梨文芸協会会員、山梨五行歌会会員、日本現代詩歌文学館振興会評議員。

作品に『こまつかんリサイタル』『なみだいし』『余白に』『蝸牛、封をして』『瑠璃色の光の行方』『瑠璃色のピアニシモ』『こまつかん詩集』『養生気功の基礎』『影法師』『今は幸せかい？』『龍』『見上げない人々』『ことのは』『てのひら三幕』『時の流れとともにときめき、そして今…』『いのちと平和・五つのポエム』などがある。『反戦反核平和詩歌句文集』には第11集から参加。『日本現代詩選』には第37集から参加。「コールサック」には第61号から参加し、コールサック社の各アンソロジーにも意欲的執筆。「詩と思想」には不定期で執筆し、『詩と思想詩人集』には二〇一二年版から参加。竹林館のアンソロジーにも積極的執筆。山梨県詩人会のアンソロジー『山梨の詩』、山梨文芸協会の機関誌「イマジネーション」には創刊号から参加。

自己の心身安定を保つため、次の三点を心掛けている。①もの書きを意識して②平凡に暮らし③時々、占い人になる。

修学旅行に行けないとは

洲 史（しま ふみひと）

五〇年前の修学旅行
子どもの頃、自動車が通る砂利道の県道はあったが、めったに車が通ることはなかった。車が停まっていると、もの珍しくしげしげと眺めたものだ。一九五一年、新潟県上越地方の山奥に生まれた。小学生の頃の生活圏と言えば、自分の集落と小学校に通うまでの二キロほどの道のりの範囲だ。後は、田畑のある里山、それと夏になると泊まりに行く父方の親戚の家だ。その家は、尾根を越えて歩いてゆくのだが、学校も違っていて遠いところに来たような気がしたものだった。

そんな狭い生活圏を飛び出して、新しい世界を見せてくれるのが、学校の行事だった。

遠足で、頸城鉄道の軽便鉄道にのって、農業用水用に作られた大池を見に行った。直江津の海を見て、水族館でペンギンなどを見たのも遠足だった。

小学校の修学旅行は、新潟市へ一泊二日だった。県庁、県議会、新潟飛行場、デパート大和屋辺りがコースだった。事前に、デパートでエレベーターやエスカレーターにはむやみに乗らないようと指導されていたが、遊園地気分で乗りまくったことを覚えている。

中学校は、日光と東京だった。日光杉並木、東照宮、国会、浅草など。西郷輝彦ショーを見た。「星のフラメンコ」が流行している時期だった。東京タワーにのぼって地上の人があまりにも小さく見えるので怖いと思った記憶がある。

高校は、バスで、金沢の兼六園、京都、奈良、名古屋と廻った。

「労働基準法の定めにより女性の深夜労働は制限されていますので、ここでバスを降ります。では、皆さん明日の朝、お会いしましょう、さようなら」

金沢から京都へ向かう途上だったろうか、バスガイドさんが、こう言って、夕刻バスを降りたことがいちばん記憶に残っている。法律が実際に生きている様を見たような気がしたものだった。いま、女性の深夜労働の制限は取り払われてしまったが……。

中学校、高校と進むにつれ、県道もアスノァルトになり、自動車や軽トラックを持つ家も増えて、行動範囲も広がった。だが、やはり修学旅行でいくところは初めて見る所ばかりだった。

ところで費用はどうしたのだろうか。高校の時は全額現金だったと思うが、小学校と中学校の時は、米を一人何合と言われ、布袋に入れて持っていった。中学校は、二泊だったので、二袋用意した。旅館に着くと、その袋をもって大きな箱に順番に開けた。それで費用全部が賄えたわけではないだろうが、ずいぶん安くはなっただろうと思う。米作り農家ばかりの家庭に負担をかけまいとする学校側の配慮だったのだろう。

子どもの貧困と修学旅行

高校を卒業してから、小学校の事務職員として勤務してきた。直接、子どもと接する場面は少なくとも、子どもの成長する姿を見ながら仕事をするのは、やりがいのもてる仕事だ。

貧困の象徴として学校徴収金、給食費を納められない家庭、子どもの実態が語られた時期は、戦後直後の私が子ども時代の話だと思っていた。

ところが、学校徴収金の未納が増えている。修学旅行の費用を納められずに修学旅行に参加できない子どもがいるという話が、学校事務職員、学校関係者の間で話題になるようになったのは、二〇〇八年頃からだったろう。子どもの貧困という言葉が言われだし、「子どもの貧困」をキーワードにした書籍が相次いで出版されるようになった。

絶対的貧困と相対的貧困

貧困や子どもの貧困と言う場合、絶対的貧困と相対的貧困が混同されやすい。

絶対的貧困とは、栄養不良、文盲、疾病、悪環境、高い幼児死亡率、低い平均寿命などによって特徴付けられ、人間らしい生活からはほど遠い状態のこと。

相対的貧困とは、世帯収入から国民一人ひとりの所得を試算して順番に並べたとき、真ん中の人の所得の半分（貧困線）に届かない人を相対的貧困者としている。子どもの貧困率は、一八歳未満でこの貧困線を下回る世帯の割合を指す。厚生労働省調査によると、子どもの貧困率は一九八五年は一〇・九％だったが、二〇一二年は過去最悪の一六・三％となり、およそ六人に一人が貧困という結果となった。一人親世帯の貧困率は五〇%を超えている。子どもの人数も含めた世帯人数で二人世帯年収：一七三万円以下、三人世帯年収：二一一万円以下、四人世帯年収：二四四万円以下が、貧困線以下の世帯となる。

簡単に言うと、その国や地域において、普通の家族なら、このくらいの所得（収入）はあるという金額の半分しか所得（収入）がなく、その地域の子どもの多くが体験できることが体験できない状態を子どもの貧困と言う。修学旅行にいかなくとも、餓死するわけではないが、多くの子どもたちが参加する教育としての修学旅行に参加できないのは、貧困そのものである。

横浜市の調査によれば、「過去一年間にお金が足りなくて必要とする食料が買えないことがあったか」への問いに「よくあった」「時々あった」とする回答は一人親世帯で一六・六%、貧困線以下の世帯では一九・〇%にものぼっている。実際に食べ物に困る世帯で暮らす子どもが多くいるのだ。

セーフティネットとしての就学援助

子どもの貧困に対するセーフティネットとしてある一つが、就学援助制度だ。経済的に苦しい家庭に給食費や学用品費を支給される。修学旅行費も支給される。

就学援助制度の支給対象が二〇一三年度全国で一五一万人、一五・四%になっている。六人に一人が受給している。この数は子どもの相対的貧困率とほぼ一致している。

横浜市の義務制の学校の子ども達の受給率はほぼ一五%、約四万人になる。横浜市の就学援助認定基準は生活保護の認定基準と同じ収入基準となっている。生活保護は住宅ローンがあれば精算を求められるし貯金額の制限もある。生活保護を受けるにはハードルが高い。就学援助は単年度の収入だけを見る。だから申請も受給もしやすいと言える。単年度で見れば生活保護と同じかそれ以下の収入で暮らしている子ども達がこんなにいる。

私も学校事務職員として、就学援助を、必要とする家庭や子どもが受給できるようにと、学校独自の案内チラシを何度も配布したり、子ども、親の様子に気を配り、気軽に声をかけて相談にのる等をしてきた。

修学旅行に行けないとは

「修学旅行の経費は就学援助で出るから、お子さんを修学旅行に参加させましょう」と勧めても、修学旅行に行くための旅行バッグ等の準備ができないと子どもの参加を断念した保護者がいた。

授業時間中に事務室辺りをうろついていて、「どうしたの」と聞いても「何でもないよ」と言いながら教室に戻らない生徒がいた。考えてみたら修学旅行に参加できない生徒で、授業は修学旅行の事前学習だった。

こんな話を学校事務職員の仲間から聞いてできたのが「修学旅行に行けないとは」の詩だった。

義務教育無償の原則と現実

「義務教育はこれを無償とする」と言う憲法二六条がある。だが、修学旅行費、教材費等、学校徴収金と呼ばれる保護者負担金がある。学校給食も教育の目的を実現するためと位置づけられているにも関わらず、施設、人件費、光熱水費は設置者負担だが、食材費は保護者負担となっている。

教育委員会から学校に配当される予算よりも、保護者から集める学校徴収金の方の金額が多いと、学校事務職員の研究会で、指摘される実態がある。

制服、体操着、裁縫セット、リコーダーセットなど、個人での購入を学校経由で勧められるものの金額も少なくない。

二〇一二年度から山梨県早川町では、給食費、ドリルやテストなどの教材費、修学旅行や社会科見学の費用なども公費で負担するとした。保護者の負担は文房具や体操着に限られるようになった。他の市町村でも、給食費無償化や教材費無償化、または一部を公費負担して、義務教育無償へ近づこうという動きもでている。

学びの保障が未来につながる

お金の心配をしないで学校で来てほしい、学んでほしいと思う。就職に有利だという実利だけでなく、哲学的な思索や芸術的な分野など人生を豊かにする探求も行ってほしい。人間の幸福追求権、労働者としての権利についても実践的に学んでほしい。けれど意欲だけでは学べない。学びを保障することが行政、大人の責任ではないだろうか。それが豊かな未来につながるのだから。

修学旅行に行けないとは

お金が払えないから　修学旅行に行けないとは
それは
活動グループをどうするかの話し合いに
参加できないということ
グループでどこを見学するか話し合う授業の時
掃除ロッカーを蹴飛ばすとか
事務室あたりをうろついて
たわいもない話をするかして過ごすということ
事前に学ぶ歴史や平和などの学習に
身が入らないということ
修学旅行の三日間は
学びから除外されるということ

お金が払えないから　修学旅行に行けないとは
それは
修学旅行が終わった後の地理や風土の学習
感想作文に取り組めないということ

同級生と話す時
突然欠落した部分があると気づかされること
卒業アルバムの修学旅行のページに
一枚の写真もないということ
卒業式の呼びかけで
友だちが「楽しかった修学旅行」と言う時
ただ　立ちつくすしかないということ

お金が払えないから　修学旅行に行けないと
学校に働くあなたが当たり前のように言う時
あなたは何を投げ捨てたのか
それさえも気づかないということ

お金が払えないから　修学旅行に行けないと
学校に働くあなたが憤りを込めて言う時
あなたが次になすべきことは

何か

洲 史（しま ふみひと）

どうして、そんなペンネームにしたのかと言われる。読めないでしょうとも言われる。高校で詩を書き出した時、図書室の広辞苑をめくった。読みは「キタ」か「シマ」にと思った。キタには、あまりピンとくるものがなかった。シマには、島、嶋、嶌、縞、洲、志摩があり、洲に決めた。名は「史」の字を入れたかった。「史」を見ると「ふみ‐ひと【史】（書人ふみひとの意）大和政権で文筆を職とした官。ふびと。」とある。ならば一文字でもよいではないか。小さなしま（洲）の物書きと言う意味ぐらいで、洲史（しま　ふみひと）とした。一時期、わかりやすいペンネームを使った時や、本名（北嶋博行）を使おうかとも考えた時もあったが、しばらくは、洲史でいこうと思う。

高校の時、国語の授業で読んだ村野四郎、谷川俊太郎の詩に刺激されて詩を書き出した。新潟日報の生活詩欄に投稿しだした。選者は村野四郎氏だった。何度か掲載され、選者の評も載った。うれしく、自作詩が掲載されなくても短評が楽しみだった。

高校を卒業し首都圏に出てきて、法政大学第二文学部日本文学科の仲間で「斜軸投象」誌を発行したりした。この頃、詩人会議に参加した。詩は二〇代半ばから長い休眠状態に入り五〇代後半になってから、再び詩を書きだした。

一九五一年一二月、新潟県東頸城郡安塚町（現・上越市安塚区）に生まれる。現在、神奈川県横浜市都筑区に暮らす。

詩集『学校の事務室にはアリスがいる』『小鳥の羽ばたき』

横浜詩人会議、詩人会議、コールサック、九条の会詩人の輪、いのちの籠、日本詩人クラブ等に参加。

浅見 洋子（あさみ ようこ）

NHKラジオ深夜便に出演して

戦後七十一年となる今年（二〇一六）三月一日、NHKのラジオ深夜便に出演し、詩集『独りぽっちの人生《せいかつ》』（二〇一一年七月コールサック社刊）を軸に、詩の朗読とお話をさせていただきました。

――東京大空襲により心をこわされた子たち――と副タイトルを記したこの詩集は、平成十九年三月九日、原告一一二名（後に一名取下げ）によって東京地裁に提訴された「東京大空襲訴訟」の、原告の方の陳述書作成過程で生まれた詩に端を発し産声を上げました。

『大空襲三一〇人詩集』への参加を、コールサック社の鈴木氏に呼びかけられ、チャレンジ精神で参加を了解しました。証人尋問に立つ六十九歳の石川智恵子さんの陳述書作成に立ち会う事となった私は、六歳だった少女が、三月十日の空襲で背負わされた空襲孤児の生活を知りました。労働力にならない彼女の食事は小さなお握りか蒸かしたイモ半分。よくぞ命を繋いだものと嗚咽をこらえました。智恵子さんが、戦後の社会で受け続けた蔑みと差別の過酷な人生の実態を一気に書き「独りぽっちの人生《せいかつ》」と題しました。当時小学一年だった実兄の空襲体験を「三月十日　三ノ輪の町で」とした、二篇の詩を投稿しました。

中学校の美術教諭深見響子先生が、卒業作品に絵本の制作をと考えていた時、詩「独りぽっちの人生《せいかつ》」が目に留まり、書店で詩集を買い求めたそうです。

この詩集が出版された二年後、墨田文化中学校の卒業作品を、深見先生が持参くださいました。色鮮やかな作品、ドッキとする象徴的な作品に触れ、この絵を多くの人に見てもらいたい。若い人たちの感性を通し、空襲に関心を持って貰えたらと、詩集の出版を心に秘めました。それからは、より丁寧に確りと原告の方々のお話をお聞きしたいと、ご自宅訪問を重ねました。残された数少ない思い出の品を手に、当時の様子を涙しながら、時に言葉を失い長い沈黙を挟み、胸塞がれる実態を聞かせていただきました。

空襲で焼かれた町は、全体が灰になり、煤けた空気に取りつかれ、一人放り出された児、空襲孤児となった児が背負った〝生きねばならない〟難儀に、誰が思いを馳せたでしょうか。

六十数年を経てなお「私たちに、戦後は来ていません」と言わしめる実態が、今も、等閑《なおざり》にされています。


三月一日の放送に先立ち、NHKディレクターの玉谷邦博氏は、私の詩集全てを読んでくださいました。

処女詩集『歩道橋』に始まり『交差点』『隅田川の堤』（各けやき書房刊）の三部作は、アルコール依存症の長兄を中心に、我が家の生活を描写した詩集です。戦後の下町で、家族ひとり一人が貧しい生活に立ち向かう生き方を、詩であからさまに表現しました。

学校の部活で、体育の授業中に、命を落とした生徒たちのことを知らせねばと詩集『もぎ取られた青春』（一九九九年・花伝社刊）を、胎児性水俣病の方との出会いと交流、先祖伝来の地で受継がれた生活習慣を続ける方々の思いを詩に託した『水俣のこころ』（二〇〇九年・花伝社刊）を上梓しました。

これらの詩集を読まれた玉谷ディレクターは、水俣病裁判の支援や空襲被害者の支援を続ける私が、「学校安全全国ネットワーク」や「女の平和」の事務局長であることを、至極自然な成り行きとして受け止められ、話の流れを上手にリードしてくださいました。


出演中の玉谷氏との話を通し、終了後、私は改めて我が人生を振返り、怠っていた「人生の棚卸し」を二十数年ぶりにすることにしました。

十二歳の誕生日を二十六日後に控えた昭和三十六年四月二十九日、父を喪い、二十年後長兄を見送りました。三十二歳になって、初めて自分の将来を考えました。長兄の看病をしながら公務員や法律事務職員として働き、自宅では学習塾を、次男の旋盤工場の経理を手伝いと、寝食を惜しんで頑張ったはずなのに、私の人生はと足踏みをしました。長兄の死で、私は生きる力が萎え、進むべき道が分からず、八方塞がりの闇の迷路に入り込みました。

今は亡き金綱正巳弁護士《せんせい》に「浅見さん！　八方塞がりでありませんよ。八方広がり、何処に向かって一歩を踏み出そうかと迷っているのですよ」と言われた一言で息を吹き返し、私は長年書き続けた日記帳を開き自分探しを始めました。結果、処女詩集『歩道橋』が誕生しました。以来、私の生活の傍らには、原稿用紙と鉛筆が、今はパソコンが無二の存在となっています。


平成六年六月三十日、三ノ輪の実家を離れ、十八歳違いの長女と親子ローンを組み、足立区に建売住宅を買って移り住みました。昭和四十二年三月十六日高校の卒業式、在校生総代で送辞を読んだ日に和解した遺産分割調書に、実家に妹浅見洋子の居住権は無いとして、次男夫婦から立ち退きの裁判を起こされました。共に被告となった長女は、「ヨウコちゃん！　この家を出よう。この家から幸せになった人はいないから」と、意を決した姉に庇われ、二人は実家を後にしました。

二度と来ることはない三ノ輪の家。空襲で焼け野原となった町に、母を手元に父が建てたバラックで子ども六人を育てた両親。後に新築した二階屋は瓦屋根で、床の間を持つ家でした。母と、兄姉と苦楽を分かち合って過ごした家。思い出を散りばめた三ノ輪の町に背を向け「後は振り返るまい」と決意し、浅見の家で過ごした出来事の一切を心の奥に封じ込めました。実家を離れ二十二年、いま、パソコンに向かう私の目から涙が溢れ、キーボードに乗せた指が震えています。


平成八年四月、縁を得て原田敬三氏と結婚しました。結婚後、一部の人から思いもよらぬ蔑みの視線を投げかけられました。明治生まれの母が「どんなことがあっても、先妻と死別した人と結婚してはいけない」と言っていた言葉が突き刺さりました。

居ない敵と戦わされるような、得言えない不思議な時空間にまとわりつかれました。夫に連れられ、知人友人に紹介されたとき「原田の後添えの、洋子でございます」と自己紹介をしました。実家での人間関係が影を落としていたのでしょうか。

離婚を常に意識し、何時でも一人で生きていくことを覚悟し、結婚生活を送っていました。

こうした日々が続いた中、夫の恩師小島成一弁護士《せんせい》のご自宅にご挨拶に伺いました。小島先生は、弁護士となった夫敬三に、弁護士業のイロハをご指導くださった恩人で、父とも慕う方です。半年後、病に伏しておられた小島先生が、桜の花が好きであることを漏れ聞き、当時としては珍しい、活け花として使う桜の枝を花束にしてお届けしました。後日、お礼のお電話くださった先生は「弁護士の女房に大切なのは、電話での爽やかな声と話し方です。あなたはそれを備えている。何かあったら家内《うち》のに相談しなさい。」「先生！原田が横におります。お電話を換わります」と申し上げると、「いやいいから。原田を頼みましたよ」と言われ受話器が置かれました。

先生のお別れ会に参列した私に、容子奥様が「お二人が帰られた後、年齢《とし》じゃないな。二人の後ろ姿には初々しさがあるよな！」と、笑顔で言われていたと聞かされました。「あなたは、原田夫人。原田さんの奥様よ」と、私の中の私が、原田洋子になった時でした。

人生の棚卸しの中で実感した事があります。

家庭でも学校でも会社でも、どんな小さい集団組織でも、人が集まれば大なり小なり摩擦が起こるのだということです。人は常にどこかで、自分と他人を比較し優劣をつけ、時に蔑みを時に媚びるようです。

昭和二十四年生まれの私が育った学校社会や一般社会は、常識という価値基準が働き、まじめさ正直さ、素直さが評価され、度を超した悪戯や悪さは周囲の誰かがたしなめ、バランスが保たれていたように思います。昨今の学校や社会はどうでしょう。常識という社会規範が失われ、未熟な個人主義が横行し、鉈《なた》を振り回すように言葉の暴力を振りかざし、横暴な態度が罷《まか》り通っているように思われてなりません。

「自分を大切に、自分と同じ様に他人を大切に」との精神が宿っていません。ささくれだった社会で、自分の言葉で自分の意思を示す人との出会いが、如何に大切で掛け替えのないことであるかを噛みしめました。

二十数年ぶりの人生の棚卸しは、原田敬三という伴侶を得て「生き心地の良い」環境の中で、今少し、棚卸しを続けて見ようと思っております。

棚卸し後の、私の解放された心を、またいつの日かお届けできますよう願いながら……。

正月のひな人形

母が　米ぬかで磨き上げた床柱
一夜飾りと　ならないように
三十日の夜　正月飾りをした

例年通り　床の間には　鏡餅と
ねこ柳に松　菊に千両　葉ボタンを活け
今年は　花を屏風に　立ち雛を飾った

三月十日の空襲で　家も家財道具も全てが焼かれ
昭和二十四年　貧しい最中に生まれた末娘の玩具は
小石を入れた空き缶に棒切れを縛り付けたガラガラ

小学校に上がった末娘は　折り紙やぬり絵で遊んだ
ひな祭りが近づくと　紙人形を作り階段脇に飾った
そんな末娘に母は言った　いつか買ってあげようね

大学に通う末娘に　いつかお雛様を買ってあげるね
働き疲れ帰宅した末娘に　母は茶を入れながら言った
いつか　お前さんにも　お雛様を買ってあげたい　と

万葉集を読む会で親しくなった　藤尾知子さんが
十二月の寒い日　千葉から三ノ輪の家にやって来た
自分で作ったという　木目込みの立ち雛を抱え
お雛様の着物は　祖母のお嫁入りの時の帯なのよ　と

母は　箱はりの内職で得た　わずかな小遣いから
毎年一つ　お雛様のお道具を買ってくれた
母の買いそろえてくれた　お雛様のお道具は
さながら　末娘の嫁入り道具のように思われた

六年前　母の死に水をとれなかった　わたし
初めて我が家に来た立ち雛を　お正月に飾ったように
母の形見のお道具とひな人形を　お正月に飾ろう　と
母を偲び　母に手を合わせ　母に詫びねば　と

それにしても　母のこだわりは　なぜ……

合　掌

浅見　洋子（あさみ　ようこ）

一九四九年生まれ。和洋女子大学卒。
著書
詩集『歩道橋』（けやき書房）
詩集『交差点』（けやき書房）
詩集『隅田川の堤』（けやき書房）
詩画集『母さんの海』（世論時報社）
詩集『マサヒロ兄さん』（けやき書房）
詩集『もぎ取られた青春』（花伝社）
詩集『水俣のこころ』（花伝社）
詩集『独りぽっちの人生』（コールサック社）
★コールサック社出版の合同詩集に多数参加

私の詩作の原点は「人は与えられた環境の中で、如何に自らの運命と向き合って生きているか、生きてきたか」を、それぞれの方の、生活の一面を切り取り書きつづることです。

人間の中に宿る強さと弱さが、その人を取り巻く環境と如何に係わり、どういった人間性を作り上げて来たかを感じ、学び、知りたいと願っています。また、私は、自分の人生と照らし合わせ、誰にでも通じるでしょう地下水とでもいう思いに辿り着くことを見定めようとしています。自分自身の気持ちが地下水であると判断できるところまで、客観視するように心がけています。人の思いと自分の気持ちとの距離関係を保とうとする私が、折に触れ出会った方と日々を重ねる中、心を通わせる中で共感し、同化した瞬間に生み出されたのが私の詩たちです。

望月 逸子（もちづき いつこ）

風切り羽

ある昼下がり、対のカルガモを見かけた。日の当たる川岸で毛づくろいをしている。通り過ぎようとして私は目を瞠った。なんとも云えず美しい瑠璃色の羽が、翼の内側から覗いているのだ。慣れ親しんでいたはずのカルガモが、突然遠い国の名も知らぬ鳥になったように感じられた。家に帰って鳥類図鑑を調べると、その瑠璃色の羽は「翼鏡」と呼ばれる風切り羽だと分かった。

カルガモが普段は表に見せない風を切り方位を示す翼鏡が、宝物の螺鈿のように美しい輝きを秘めていることを初めて知った。

何年もこの夙川の辺に暮らしているが、勤めていた時は、まだ薄暗いうちに自転車で川辺を駆け抜け、星が出てから帰宅の途につく日々を送っていた。カルガモが、翼を開き瑠璃色の羽を見せる瞬間に出会う機会に一度も恵まれなかったのも無理はない。自然の懐は、誰にでも平等に両手を広げているはずだが、そこにじっくり寄り添う心と時間の余裕がないかぎり、翼の奥にたたまれている風切り羽に出会うチャンスは永遠に来なかったかもしれない。

風を切り方位を示す「風切り羽」を人は持たないが、それに代わるものがあるとすれば、「言の葉」の中に人の風切り羽は秘められているのではないだろうか。

今、自分の「風切り羽」をどのように使うかが強く問われているように思う。時代を吹く風を切り得ているのか？何処を指して飛ぼうとしているのか？

父の挽歌

母亡き後、仏壇の引き出しの片づけをしていると、きちんと畳まれた黄ばんだ和紙が出てきた。

そこには、「昭和二十一年五月二日　倭文子死す。今一度笑めよ泣けよと揺すぶりぬ嵐と共に逝きしむくろを」と書かれていた。亡き父の毛筆の跡である。

戸籍上私は三女である。終戦の年の冬に生まれた長女倭文子は、生後五か月半で短すぎる一生を終えた。

終戦直後の食糧難で乳も思うように出ず、貰い乳をした話を遠い昔に母から聞いたことがある。亡くなった倭文子の病名は肺炎だったそうだ。生まれて半年もたたない娘に捧げなければならなかった挽歌から、若かった父の慟哭が聴こえてくるように感じられた。

福井県の農家の次男として生まれた父は、十五歳で大阪の母方の叔母の養子になり、天王寺の師範学校に入学した。商売をしていた養母は、父が夜遅くまで電気をつけて勉強することを「電気代の浪費」と叱責したそうだ。父は押し入れの中に懐中電灯を持ち込んで隠れて本を読み、試験勉強をしたという。

少年時代に最愛の「おっかあ」と離れて暮らし、人に甘えることをしないで生きてきた父は、家族の前でも喜怒哀楽の激しい振幅を見せなかったように思うが、生後五か月で逝った娘への父の挽歌を読んだ時、短歌というタイムマシンに乗り、父が秘めていた心の内側に思いがけず漂着したような感慨を覚えた。

大阪大空襲の少し前のこと。国民学校の教師をしていた父は、お腹に新しい命を宿した新妻を大阪市内に置いて学童疎開の引率として能勢の山寺の疎開先に赴くことを拒み、母を寮母として同行させるよう職をかけて管理職に掛け合った。幸い父の必死の申し出は校長に聞き入れられた。

能勢の山寺での集団生活は、十歳の子どもたちにとりどれだけ過酷なものであっただろうか。蚤や虱との日々の闘い。自尊感情を朝毎に傷つけられる夜尿症の子供たち。師範学校卒業前に海軍での教練を終えて教師になった父は、海軍の気風をそのまま身にまとっていたはずである。悪いことをした児童は、水の入ったバケツを持って立たされる等の罰が与えられていたと、当時の疎開児童であった方に伺ったことがある。母を恋い、布団の中で夜泣く子等も当然いただろう。

母親と離れて暮らす子供の辛さは十分知っている父である。せめて子供たちを飢えさせてはならないと、父は大きなリュックサックを背負って里に下り、農家の人々に余った野菜を分けてもらいに廻ったそうだ。お寺の住職の人徳で、食糧難の時にも関わらず地元の方々は、学童疎開に協力的だったようだ。

父が近隣の農家に野菜を頂きに行っている留守の間、母はしばしば子どもたちと歌を歌って過ごした。どんな歌を歌ったのかと聞くと、母は女学校で習った『ブラームスの子守歌』や『モーツァルトの子守歌』の曲名を上げた。それらは同盟国の音楽家の曲なので、戦時中も禁じられていなかったようだ。親元を離れて過ごす子どもたちに母が歌ったその子守唄を、私たち姉妹もよく歌ってもらった。私にとっても疎開児童だった方々にとっても、この二つの歌曲が、生まれて初めて親しんだ西洋音楽であったのではないだろうか。

大阪大空襲の夜、大阪の街が燃える火は、能勢の山上からも真っ赤に見えたという。

「あの空襲で両親が亡くなったことを君江さん（仮名）に伝えなければならなかった時の夢を、あれから繰り返し見るの。伝えようとするのだけど、夢の中で声が出なくてねえ。もっと大きな声を出そうとして、いつも目が覚めるのよ。」

戦後三十年以上経たとき、母は初めて私に辛い夢の話をした。

母方の祖母は、その時の大空襲で、直径八センチ位の焼夷弾に体を射抜かれながらも、奇跡的に助かっている。背中から肩にかけての貫通なので、幸い命は助かったのだ。小学校の夏休み、何がきっかけだったか分からないが、祖母は木綿の部屋着の胸元を開いて焼夷弾に射抜かれた傷跡を見せてくれた。「ショウイダン」という言葉を、その時初めて知った。

大阪大空襲での祖母の負傷の知らせを受け、母は、父や疎開児童たちと生活を共にしていた能勢の山寺を離れて大阪の実家に戻った。祖父はすでに心臓病で亡くなっていた。怪我をした祖母の看病をはじめ、十歳以上年の離れた弟妹の食事の世話、重い配給物資を運ぶ仕事等すべて身重であった母一人の手に委ねられた。そのような厳しい生活のなかで、母は初めて身籠った子を流産している。

戦中戦後たて続けに両親は二つの幼い命を喪った。多くの国民が命の危険に晒され飢えを強いられていたとき、姉たちの小さな命の灯は、あっけなく掻き消されてしまった。平和で食糧事情の良い時代であったならば、難なく守り得た生命であったはずだ。

そんな姉たちの代わりに頂いた私の命であることを、最近になって改めて噛みしめるようになった。これまで立ち止まって二人の同胞の死について考えたことはなく、まして姉たちの死と私の生の因果関係に思いを巡らすことは一度もなかった。

そしてまた、父が学童を引率する疎開地に、母を同行させることを必死で願い出なければ、大阪大空襲に遭遇した母が、どのような被害を受けていたかも分からない。つまり私がこの世に存在する道は、そのとき永遠に絶たれたかもしれないのだ。

父の初めて得た娘への挽歌を仏壇から発見したことを契機に、戦中戦後の家族の歴史に、向き合った。

安保法制の強行採決から、丁度一年が経過している。安倍首相の所信声明演説中に、首相の言葉に応えて自民党議員が全員起立し、自衛官、警察官、海上保安官に拍手で感謝と敬意を示すという光景が、国会中継で映し出されるのを観た。

戦場へ最愛の家族を差し出し喪う哀しみを、国を挙げた「兵士への感謝と敬意」の大合唱で塗り固め封じた時代が、与党議員全員の統制された拍手によって意図的に呼び戻されようとしているようで、重い違和感が胸を塞いだ。

終戦の年に生まれて直ぐに逝った姉のこと。大阪大空襲や学童疎開のこと……。母は、語り継ごうと意図していたわけではない。声に出さずには居られなかった母の想いを、たまたま傍に居た私が聴いた。

戦火を潜って焦土に生き残り、私のなかで今息づいていることばこそ、父母から受け継いだ最大の財産であることに、ようやく今気づいた。

ピヨピヨ

視界を鳥が横切るたびに
幼い人はいち早くそれを見つけ　ピヨピヨという

ゆっくり空を旋回する鳶を
目指す方向に真っ直ぐ首を延ばす雁の群を
その子は小さな人差し指で示し
とびきり大きな声を張り上げ
ピヨピヨと叫ぶ

斜面を両足跳びする椋鳥《むくどり》も
小走りで茂みに隠れる鶺鴒《せきれい》も・・・・
瞬時にピヨピヨの仲間に仕分けられ
彼女の強く透る声に捕まえられる

いつかわたしが
翼も嘴《くちばし》もない異形の鳥
かたちさえ持たない透明な存在になり

母親の夕餉の支度を手伝う少女の口元に
あの日と同じ笑窪ができるのを見つめていると
その子はピヨピヨの気配を感じて
静かに首を上げる

彼女にしか視えないピヨピヨになる未来と
〈いないないばあ〉をくり返し
瞬間的に絵本の陰に姿を消している今との間に
幾度　二月が訪れるのか

鳥たちが悠々と舞う空に
それを追いかけ　ピヨピヨと呼ぶ子の野に
戦と　その企みの影と
ニガヨモギがはびこることのない世を！

つかのま
早春の息がフルートを吹き抜け
チェンバロの音は
祈る人の鼓動のように　響き渡る

望月　逸子（もちづき　いつこ）

一九五〇年　大阪府生まれ。
一九六九年　神戸大学教育学部入学。文芸研究会所属。
一九七三年　尼崎市の小学校で特別支援学級担任を希望し、三十八年間勤務。
一九八八年　短歌結社『未来』で近藤芳美に師事。
一九九八年　《詩と音楽のコラボレーション》に着手。
二〇〇五年　『縄葛』創刊より、詩と随筆を投稿する。
二〇一〇年　朗読CD『旅立ち』（吟遊詩人社）
二〇一二年　朗読CD『大切なものへ』（吟遊詩人社）
二〇一四年　朗読CD『祈り』（吟遊詩人社）
二〇一六年　朗読CD『しるし』（吟遊詩人社）

詩集
二〇一六年　『分かれ道』（コールサック社）

詩選集（アンソロジー）参加
二〇一六年『少年少女に希望を届ける詩集』（コールサック社）
『非戦を貫く三〇〇人詩集』（コールサック社）
『関西詩人協会自選詩集』第8集（コールサック社）

所属
関西詩人協会、兵庫県現代詩協会、「縄葛」「いのちの籠」

阪神淡路大震災後、急に音楽が身に染み、好きな楽曲にことばをぴったりのせる独自の詩と音楽のコラボレーションの世界に取り組み始めました。
詩人・編集者の佐相憲一さんとのご縁で、昨年第一詩集『分かれ道』を上梓致しました。先達の皆様に学びながら、これからも表現の世界に関わり続けられましたら幸甚です。

佐々木 淑子（ささき としこ）

響き合うもの

金色の雨

その奈良市郊外にある古刹を、一人はじめて訪ねた時のことを、私は今も忘れない。

夏も終わりの昼下がり、陽が射しているのに、なぜか細い糸のような雨が降っていた。寺へ向かう道はきらきら光る金色の雨に包まれていて、私の胸の中は不思議な予感でいっぱいだった。

私がその古寺で見たものを書く前に、そこに至るまでのことをここに書かねばならない。

イメージの海

私は一つの事象からイメージして、詩や物語を書く。詩を書く人間がイメージして言葉やストーリーを創って行くのだから、事象は心象となって当然なのだが、私の場合、そのイメージ、空想がとてつもなく激しい。息苦しくなるほどイメージの海の中に浸水する。

それは時として、自分自身が物語の主人公となり、実体験さながらにストーリーが展開されて行く。

私は誕生日が八月六日ということもあり、ずっと広島をテーマに書いてきた。幼い頃から、誕生日にはいつも記念日の式典がテレビで報道されてきた。けれども、もとより戦後の生まれであるから、その惨状をこの眼で見たわけではない。どこまでもイメージの海の中の惨状である。

私はいつしか広島の太田川の河口の干潟をとぼとぼと、母を捜してさまよい歩く一人の少女となる。

広島のデルタの磯で、もう、潮の満ち引きに自らの命をゆだねるしかない累々と横たわる瀕死の命。ようやく見つけた母を、「おかあさん、おかあさん」と呼び続ける少女。

この情景の詩は作曲を前提とするドラマ詩となって完成する。

展開

このドラマ詩に作曲家安藤由布樹氏が曲をつけ、被爆50周年の１９９５年に、歌曲「愛　引き潮・満ち潮」が誕生した。

やがてこの曲は大きな展開を生んで行くことになった。クロアチア大使館の推薦を受け、当時クロアチアで開催されていたユネスコ主催の音楽祭で演奏されることとなったのである。初演会場は由緒ある聖フランシスコ教会であった。この生と死の挟間を描いた作品の初演の会場が、人間の生と死を司る教会であったことは本当に感慨深いものであったし、何か導きのようなものを感ぜずにはいられなかった。

聖フランシスコと聞いて思い浮かぶのは13世紀にヨーロッパで一大救済活動を展開した人物ということだった。フランシスコのヒューマニズムがその後のルネサンスの原動力となったことも私は心に刻んでいた。

時空を超えて

以前から、日本の13世紀の人物で調べてみたい聖人がいた。律宗の僧「忍性」である。新聞で知り、図書館で調べて驚いた。その救済活動の大きさである。癩患者を含む病人の看病の記録は５万７千人に及ぶという。この人物の生き方はとにかく病人や弱者がいたら、かたっぱしから救い続けるということであった。

私はやはりこうした熱いヒューマニズム運動の後に鎌倉ルネサンスが生まれたと考えていた。となると東西で同じ世紀に同じ活動をしていた人物がいたということになる。時空を超えてつながっている。

さて、忍性その人の救済活動が大展開されるのは、鎌倉の極楽寺であるが、奈良県に生まれ、奈良にも多くの痕跡が刻まれている。奈良市般若寺でも、徹底した救癩活動をした。私はちょうど奈良市近くに滞在していたこともあり、その般若寺を訪ねてみようと思ったのだった。

ようやく、金色の雨の中を不思議な予感に高揚しながら歩く私にたどりついた。

響き合うもの

もう一つ記載しなければならない。この事実が合致することにより、この響き合うもののトライアングルが完成するのだから。

広島を書いている中でこういう事実を知った。

広島に原爆が落とされてから、約一か月以上もたった九月半ば、まだくすぶっていた火を叔父の形見としてカイロ灰に移し、消えないように移し替え、移し替え、ついに福岡県八女市星野村に持ち帰り、村役場に灯されるまで、23年間、消すことなく守り続けた人がいた。山本達雄さん、その人である。私はこの事実にとてもイメージをかき立てられた。山本達雄さんにお会いし、そのことを「心の旅」として冊子に書くと、ある週刊誌から依頼されて、この事実を4ページも書いた。さすがに心象的とは行かなかったけれど、押さえつつも、私の文章で書いたと思っている。

現在はその火は平和の広場のモニュメントに移され大切に灯し続けられている。

さて、その後、この火は分火され、全国の自治体や寺社の何箇所かで灯されている。

般若寺は奈良の北東にある。忍性が癩患者を背負って毎日、奈良市中に運んだというのだから決して遠くはない。近くには日本最古の癩病舎と言われる北山十八間戸もある。約八百年前のことである。このお坊さん日本中を歩きまわって、山賊に襲われることなどなかったのだろうか?どうしたら、そんなに他のために生きることが出来るのだろうか?くるくると頭の中を想いが駆け巡る。

私はそのお天気雨の中を傘もささず、歩いた。そのまるでショーが始まる時のような、きらきら光る金色の雨は心地よかった。

般若寺も雨にしっぽり濡れていた。その人気のない境内をゆっくりと進むと灯籠のようなモニュメントがあって、何かが力強く燃えていた。

はっとしてたちすくんだ。山本達雄さんが広島から持ち帰ったあの火であった。

ここに私の求めていたもののすべてが一つとなったのだった。

当時、この火の分火を受けて灯されている場所は国内にもいくつかあったが、しかしながら、何十万という寺社の数を考えれば、たまたま訪ねた古寺にそれが灯されているという確率は奇跡に近い。おそらく、忍性の精神を受け継ぐ『他を想う』古寺の思想が一致して引き寄せられたのだと思う。

『他を想う』。これが即ち平和なのだと、この体験は私に語ってくれる。そのことはまたあの金色の雨のように美しく神々しい。そしてこれらのことは時空を超えて響き合っている。

ヒューマニズムを求め続けたのちに、豊かな文化は生まれる。とも語ってくれている。

未だ、新しい文化を生み出せていない私たちは、先の大戦以後、本気でヒューマニズムを追い求めただろうか？

この体験以降、私は自分がその場にいないにも拘わらず、資料や取材や思考を通して書くことに悩む事はほとんどなくなった。深く思考することによって、必ず真理に行き当たると思えてならない。

イメージの海は深いが、真理のさざ波には浮揚力があり、溺れることはない。

自分の非力を嘆いても、真理はそこにあるのであって逃げたりはしない。だから、疲れた時は休めばよい。

この春、鎌倉に転居した。以前の地が都心に遠く、かねてより、今少しの便利さを求めて探していた。いろいろ探して、鎌倉に雪見障子のある家を見つけて決めた。紫陽花が咲き、笹百合が咲き、秋海棠が庭を埋めつくす。しばらく、次から次へ咲く花に夢中になっていた。

気がつけば、極楽寺が歩ける距離にあった。

愛 1 引き潮

ぼくの胸の中で　引き潮のあとの
白い干潟を見たくないと　震え泣いた君
あの時もそうだった　あの時もそうだった
ヒロシマの磯の　引き潮の時だった
母をさがして　さまよい歩いた
あの時の君　たった七つの君
累々と　累々と　累々と
夜の干潟に横たわる命
累々と　累々と　累々と
引き潮に身をゆだねる命
灼熱と　炸裂と　黒い雨
打ちつけられた　ひん死の命

ああ　見つけた　君は見つけた
傷だらけの母を　君は見つけた
今、この磯に立つ　ぼくの耳にきこえる
その時の君の　母を呼ぶ声
おかあさん　おかあさん　おかあさん
おかあさん　おかあさん　おかあさん
おかあさん
ああ、おかあさん
たった七つの君と　引き潮の綱引きは
月の重さをかけて　夜明けまでつづいた
まるでナイフのような　痩せた白い月が
つきささっていた　悲しみの夜空

＊本人の責任のもとに行数を縮めました。

佐々木 淑子（ささき としこ）

一九四七年　八月六日　岡山県生まれ
現代詩を機軸として ジャンルを超えて執筆活動を展開。日本現代詩人会会員　鎌倉ペンクラブ所属
詩集『母の腕物語』（近代文芸社）
『未生ＭＩＵ』（港の人）
『母の腕物語　増補新版』（コールサック社）
作詞「愛　１、引き潮　２、満ち潮」
「ぼくのおとうと」「シーラカンスの涙」
「凪と葦」「みずいろのほほえみ」「道」
他多数。ＣＤ化、ＮＨＫ放送
小説『サラサとルルジ　第一部　水鏡の星』
『サラサとルルジ　第二部　花咲き星』
（かまくら春秋社）
童話『メルシー、ポプラ』『魚が空を飛んだ時』
脚本『鐘』（戯曲　岡山県文学選奨入賞）
ミュージカル『サラサとルルジ』
オペラ『凰の花蔓』
バレエ作品『メルシー、ポプラ』
ルポ「消えなかった　消さなかった炎」（週刊金曜日）

執筆は広範囲に及んでいますが、どこまでも私の機軸は詩です。小説や脚本を書く時、特にテーマが膨大な場合、どこから書いていいのか大変悩みます。そんな時、まず、詩に描きます。するとまるで物語の中に案内されるかのように、するっと導入されて行くのです。詩を機軸としているというよりも詩にすがって書いているのかも知れません。それは詩というものが座標軸を持っているからでしょう。時間と空間を詩に定めてもらい、展開のおもしろさを小説や脚本に求める私です。

植松 晃一（うえまつ こういち）

信じるということ

「この男は危険だ。彼は自分の言うことを信じ切っている」と、ナチス・ドイツの宣伝大臣を務めたゲッベルスは、初めてヒトラーの演説を聞いた時の感想を書き残している（クルト・リース著／西城信訳『ゲッベルス』図書出版社）。

ヒトラーは自分の正しさを疑わない。信じる大義のためなら非道も厭わない。半面、彼は今日を生きるためのパンと、明日を生きるための世界観を人びとに与え、巧みな宣伝術でナチスへの支持を確かなものにした。先行き不安な時代、自信にあふれ、有言実行する指導者の雄姿は庶民の心に響く。気が付けばヒトラー熱は信仰にまで高まっていた。

ナチスが政権を獲得する前年の一九三二年八月、ベルリンを訪れた政治家・鶴見祐輔と会談したゲッベルスは次のように語った。

「万をもって数えるヒットラー信者殉難の事実は、この運動の準宗教的性質を余に確信せしめた」「ヒットラー信者の熱情を理解《わか》るように説明することは不可能だ。それは感情の問題だ。それは彼がこの国民の救主《すくいぬし》としての使命に対する信仰なのだ」（鶴見祐輔著『欧米大陸遊記』大日本雄弁会講談社　※原文は旧字体・旧かなづかい）

人間は何かを信じることができる。それは素晴らしい贈り物だ。半面、世界すら一変させてしまう、信じるということの恐ろしさをヒトラーは教えた。

私は生後間もなくある宗教団体に入信させられ、その宗教の価値観・世界観で育てられた。ナチス同様、宗教団体が持つ人を信じ込ませるシステムは強力だ。信心が生み出す閉鎖的な空間は、イギリスの作家オーウェルが『一九八四年』で描いた全体主義的な政治体制さながらである。独善的な宗教団体に身を置けば、疑問や反対を口にする人間を決して許さず、自分たちが誤ることは絶対にないと信じ込む大政翼賛の狂気が今に生きていることを実感できるだろう。それは人間の生命に巣食う病理であって、いつの時代、どこの国でも発症し得る業病なのだと思う。

私はこの団体の機関紙に記事を書く機会に恵まれたことで、お仕着せの信仰から逃れることができた。機関紙はどんなに公平を装い、耳当たりのよい言葉を並べても、その本質は発行団体の広告である。「我々は正しい」という結論ありきでストーリーを考え、都合のよい情報を都合よく発信する。非合理な教義は棚に上げ、牽強付会・針小棒大でも自分たちの正当性を信じ込ませることができればそれでよい。紙面に躍る正義・誠実・幸福・勝利の欺瞞を目の当たりにして、ようやく目を覚ますことができた。

こうした特殊な例に限らず、私たちの日常もまた、特定の価値観を信じ込ませる宣伝術に取り囲まれている。新商品の広告やライフスタイルの提案をはじめ、世間が何を評価し、どんな生き方がお得なのか、資金を持つスポンサーの意向を反映した情報がお茶の間を席巻し、揺りかごから墓場まで、人生の「正解」を教えてくれる。私たちは、ある目的に沿って編集された情報に影響を受けて人生を選択していく。まるで広告を生きているようなものだが、社会に暮らすということは、そういうものなのかもしれない。

私たちは常に、誰かにとって都合のよい方向へ導かれる危険にさらされている。特に国が大きく動くときには、国民の手綱を握る権力者によって、世論は津波のような勢いで一定の方向へ押し流されていく。

例えば二〇〇一年九月一一日の米同時多発テロの際、当時のブッシュ政権はいち早くテロを「戦争行為」と位置付け、「自衛のため」に敵対組織と戦うことを宣言した。対外的には米国につくか、テロリストに味方するかという二者択一を迫り、国民には「正義対残虐」の戦いなのだと訴えた。多くのメディアも政権に追従し、愛国心を煽った。米議会ではただ一人、バーバラ・リー下院議員だけが武力行使を認める決議案に反対票を投じたが、人間的な声はかき消されてしまった。

当時、大学四年生だった私は、現地からの報道にくぎ付けになった。情報が錯綜し、不安だけが増していく中、自分も何か反応しなければと強く思った。

テロ発生の翌日、私は各国の識者にメールを出した。プロパガンダで目と耳が曇らされる前に、信じるに足る指針を得たいと思ったからだ。単にテロを非難するだけでは足りない。ムスリムへの警戒感が強まり、自衛と正義を名目に報復への熱狂が高まっていく中で、若い世代は今回の事態をどのように捉え、どんな態度を示すべきなのか、その疑問を率直にぶつけた。

返信は早かった。マハトマ・ガンジーの孫であるアルン・ガンジー博士や、ノーベル平和賞受賞者のジョセフ・ロートブラット博士をはじめ、著名な方々からもメッセージが届いた。私はそれらを冊子にまとめて配布することにし、アフガニスタンへの空爆が始まるまでの約一カ月間に計五冊の冊子を発行した。

最終的に、冊子にはキリスト教徒、ユダヤ教徒、イスラム教徒からのメッセージが集まった。制作者の私は仏教に親しんでいる。文明の衝突や宗教戦争という構図が安易に論じられていた当時にあって、平和への意志は多くの宗教に共通であることを、平和のために協力することができるということを、ささやかながら示せたのではないかと思っている。

このときメッセージを寄せてくれた識者の一人が、核時代平和財団の創設者で会長を務めるデイヴィッド・クリーガー氏だった。氏は詩人でもあり、邦訳詩集に『神の涙』『戦争と平和の岐路で』（いずれもコールサック社）がある。

クリーガー会長は、反戦・反核の思いをシンプルな言葉で紡ぐ。核兵器の悪魔性と悲劇性を端的な表現で突く。パブロ・ネルーダやガルシア・ロルカなどスペイン語詩人の比喩的表現を好み、小林一茶や松尾芭蕉など日本の俳人のシンプリシティを愛する氏ならではの詩句といえるかもしれない。

会長は私への私信の中で「私はベトナム戦争中に詩を書き始めて以来、戦争に反対し、平和を求める詩を書き続けてきました。無意味な虐殺や戦争の偽善性、核兵器がもたらす深刻な危険に、常に動かされてきたのです」と述べていた。

詩を書き始めて約半世紀。圧倒的な世界の現実に落胆し、挫けそうになったこともあっただろう。それでも反戦・反核という会長の姿勢はぶれない。世界は必ず変わる、変えられるという確信の強さに打たれる。

兵器はいずれも悪魔の持ち物だが、核兵器は魔王に属する。クリーガー会長に言わせれば、核兵器という存在を許すことは「正気の降伏であり、暗黒と鎮圧へのあこがれ」であって「私達の人間性を堕落」させることに他ならない。だから「誇りを持って未来の世代に受け渡し得る世界を創造するために私達は核兵器の撤廃と廃絶を必要としているのだ」(デイヴィッド・クリーガー詩集『神の涙』水崎野里子訳)。

会長は、核兵器の存在を正当化する核抑止信仰と戦ってきたともいえるだろう。核抑止論は、互いに銃を突きつけていれば引き金を引くことはないという希望的観測に過ぎない。そんな幻想に人類の命運と地球環境の未来を託し、核のベッドでのうのうと明日を夢見ているというのが、私たちの実相ではないか。

クリーガー会長は私信の中でこうも書いていた。

「核の時代というものは私たちに対して、理論によるだけでなく、多様な形式のアートによって私たちの人間性を強く訴え、平和のために結束することを要請しているのだと思います。私にとって、そのアートの形式こそ詩なのです」

多くの詩人は、生きていくための切実な思いをはらみ、時代からの問いかけに応えようと、刀鍛冶のように言葉を鍛えている。そうして打ち出された詩の光は人間と世界の実相を照らし、これまではっきりと見えなかった、もっとほんとうのことを教えてくれる。その詩的体験は読み手の魂に深く浸透・定着し、この世界を少しだけ、あるいはまったく違ったものに見せてくれる。だから優れた詩人とその生み出す詩には、人間の善性を呼び覚まし、世界を変え得る力があるといえるだろうか。私はそう信じたい。

フランスの作家ロマン・ロランは一九二九年、詩人の上田秋夫に次のような励ましを送った。

「あなたの光をお守りなさい。いずれ後になって、そのあなたの光がもっと弱い光を守ったり明るませたりするために。突風がその弱い光を吹き消そうとするときに、闇と闘うことです」(『上田秋夫詩集(一九七四)』私家版)

永遠に触れた詩人の詩は時を超えた普遍の光を帯び、世界がどのように変わろうと未来を照らし続ける。

Keep fighting nobly ――。

ある人が私にくれた言葉を、人間と世界の可能性を信じ、光を広げる、すべての詩人たちに贈る。

目隠しの国の詩人

目隠しの国で目を開けた詩人は
いつもの道に迷う
闇を歩くことに慣れていたから
街をさまよえば
光を吸い込む
花や虫や人間の鮮やかさ
闇の友人は詩人の発見におののき
心配と困惑の鈴を鳴らす

目隠しの国で目を開けた詩人は
世界の美にたじろぐ
闇の色彩はやせていたから
いろいろな色の魔法にかけられて
やがて自分好みの色を知る
取り巻く闇の住人は
赤くなったり青くなったり
ゆがむ顔色を隠そうともせず

目隠しの国で目を開けた詩人は
光への道を告知する
闇に酔う紳士淑女は怒りの石を投げつけ
不安の杖で裏切りを打つ
いまの状態で在ること
それのみが正しいことなのだと
無明の心に頭は割れ
漏れ出した暗闇の波が
反逆者を呑み込んでいった

目隠しの国を閃光がはしる
詩人の遺言は闇の腹を穿ち
次のひとりをつらぬく
戸惑いが足を止める
疑いがまぶたを揺らし
好奇心が世界を見せる
光よ　自由よ
目隠しへの
反逆は続く

植松　晃一（うえまつ　こういち）

一九八〇年　東京都中野区生まれ。
一九八六年　栃木県宇都宮市に転居。
一九九八年　都内の大学に入学。世界の詩人を特集する個人誌を発行。
二〇〇〇年　イラン出身の平和学者で詩人のマジッド・テヘラニアン博士の知己を得て、ペルシアの詩人を特集した冊子を発行。
二〇〇一年　米同時多発テロを受けて、各国の識者の論考を集めた冊子を発行。同年一二月、核時代平和財団のデイヴィッド・クリーガー会長に初めて会う。
二〇〇二年　都内の広告代理・制作会社に就職。ライター＆チーフプロデューサーとして、主に新聞・雑誌・ウェブサイトに掲載される記事体広告の制作に携わる（現職）。
二〇〇六年　若い世代へのピースメッセージを集めた平和情報サイトを開設。ノーベル平和賞受賞者オスカル・アリアス元コスタリカ大統領や、ブトロス・ガリ元国連事務総長などから寄稿を得る。
二〇一六年　文芸誌「コールサック〈石炭袋〉」、詩選集『少年少女に希望を届ける詩集』『非戦を貫く三〇〇人詩集』に参加。
フランスの作家ロマン・ロランを愛読しており、ロランの自筆書簡や草稿類、校正刷りなどを蒐集している。ロマン・ロラン研究所（京都市左京区）の機関誌「ユニテ」にも寄稿。ウェブサイト「ロマン・ロランの生涯」なども開設・運営している。

坂田 トヨ子（さかだ とよこ）

四十年を結ぶ沖縄への旅

私が初めて沖縄に渡ったのは、一九七四年の十二月、鹿児島で開催された九州民教研に参加して、そのまま鹿児島から沖縄までのフェリーに乗った。十八時間の船旅、二十六歳の初めての一人旅の始まりだった。

宿の手配も何もしないまま、沖縄を見ておきたいというぶらり旅のつもりだったが、集会で出会った学生時代の友人に、『米軍と農民』（岩波新書）を書いた伊江島在住の阿波根昌鴻さんに会って来るといいよと言われて、伊江島に向かった。

阿波根さんを訪ねると、生協の店を経営してあって、その二階が簡易宿舎になっていた。そこに泊めていただいて、米軍との闘いの歴史を伺うことができた。それは、阿波根さんの人生そのものだった。

ちょうど雑誌の取材で訪れていた岡本おさみさんも（『襟裳岬』の作詞者、その年レコード大賞となった）その宿舎に居て、島の青年たちと交流されていた。島には交通手段がなく（一日何回か島を回るバスはあったかも知れない）岡本さんを案内する青年の車に便乗させてもらうことになった。途中でエンストを起こしながらも、何とか島を一周した。明るく澄み切ったエメラルドグリーンの海、ブーゲンビリアやハイビスカス、菜の花までも咲いていて、冬とは思えない暖かさとのんびりとした島の佇まいに、ゆったりとした優しさを感じ、職場に馴染めない鬱屈も解き放たれていくようだった。

しかし、物々しい鉄条網で囲まれた米軍基地や爆撃機の存在は異様なものだった。もともと人家や畑だった土地を米軍が戦車で押しつぶして基地を造ったのだ。それは、何と島の六十パーセント余を占めていた。伊江島の人たちの粘り強い闘いの結果、射撃訓練が行われない時は、合図の旗が掲げられ、基地の中の畑に入ることが出来るようになっていた。伊江島土地を守る会の造った団結道場は一九七〇年五月二十六日完成とある。これは、その時頂いた和手拭い風にさらしに印刷されたものだ。今、四十年間引き出しの奥にしまっていたそれを久しぶりに広げてみている。

そこには、伊江島の地図が描かれ、左上に「米軍に告ぐ」というタイトルがあって次の箇条書きがある。ここに沖縄の闘いの原点を見る思いがする。

一、土地を返せ　ここは私たちの国　私たちの村
　私たちの土地だ。
一、侵略者日本の伊藤博文、東条の悲劇に学べ。
一、汝らは愛する家族が米本国で待っている。
一、聖なる農民の忠告を聞け。さらば、米国は永遠に
　栄え　汝らは幸福に生きのびん。

○　剣をとる者剣に亡び（聖書）
○　基地を持つ国基地に亡ぶ（歴史）
　一九五五年六月　　伊江島土地を守る会

さとうきび畑に造られた団結道場に入ると、穏やかな島は一変して戦場のようだった。ファントムＦ４戦闘爆撃機が団結小屋を囲むサトウキビすれすれに轟音を上げて飛び、小屋の中にいる私たちの全身に響くのだった。それが沖縄の置かれている現実だった。

その夜の青年たちとの交流会では、更に驚かされる事実に出合うことになった。そこに来ていたまだ幼さの感じられる一人の青年の体験を聞くと、私は怒りに震える思いがした。

草刈りをしていた二十歳の青年を米兵がジープで追いかけ、銃で狙い撃ちして捨て置いたのだった。通りかかった村人に助けられたが、犯人は罪に問われる事は無く本国に帰り、日本政府は裁判権を放棄したのだ。そんなことがまかり通るのが基地のある沖縄の現実であり、私は何も知らずにいたことを恥じた。当時そのことで詩を書いた。教室でも折に触れ話をした。しかし、それ以外には何も出来なかった。

大晦日の夜、浜で青年たちの集いがあるというので、飛行機をキャンセルして参加することにした。

集いはたき火を囲み、歌ったり踊ったりゲームをしたり、初めて出会ったとは思えないほどの親しみを感じて、青年たちの仲間になって本当に楽しいひととき

を過ごすことができた。

その流れで城山に登り、初日の出を見た後、阿波根さんの御自宅に岡本さんと青年たちと共に招かれた。阿波根さんの七十三歳のお祝いだった。

出会ったばかりの私もお祝いの席でご馳走を戴き、島のお年寄りや青年たちとカチャーシーを共に踊った。今、思い返せば涙が出るほど優しい時間だった。

次の日、フェリーに乗り込む私に島の人たちが菜の花やハイビスカスの花束を贈って下さった。甲板に立つと紙テープが次々に飛んできて、テープが切れてもずっと見送ってくださったのだ。

感激した私は、次の年の冬休みにも一人で伊江島を訪ねた。大晦日の夜、もんぺを貸してくださったヤスコさんのお母さんと近所の人たちと一緒に引き潮の海に連れて行って頂いた。目的はサザエだが、私が小さな魚や色鮮やかなパイプウニにいちいち感激の声を上げるものだから、おばさんたちは愉快そうに笑ってお られた。その光景は今でも鮮やかに目に浮かぶ。

阿波根さん一家を始め、皆さんに暖かく迎えて頂いたが、既に青年の幾人かは島を離れ、海洋博が行われたことで島にも微妙な変化が感じられた。青年の何人かと阿波根さんとは手紙や年賀状のやりとりをしていたが、それもいつか途絶え、自分の生活で精一杯で、それきりご無沙汰になってしまっていた。

あれから四十年、映画『標的の村』を観て、沖縄は、ちっとも変わってなどいないのだ。本土のマスコミは、真実を伝えてなどいないことを思い知らされ、じっとしておれなくなった。折良く、思いを同じくする友人が二人一緒に行ってくれるという。

迷った末に、私は電話番号案内に青年の名前の番号を尋ねた。その番号を書き留めて、また数日迷ったあげく、恐る恐る電話をかけた。沖縄に出かける一週間前になっていた。

初めに女性の声、奥さんだろうと推測して、先ず伊江島出身であることを確かめ、四十年前に伊江島でお会いした福岡の者ですと名前を告げると、驚き、

「お父さんに変わりますね」

と、呼ぶ声がして、直ぐに、懐かしい声がした。

「えーっ！坂田さん、覚えていてくれたんだね」

と、喜んでもらえたことが嬉しくて、名護に泊まることを告げると、近くだから来てくれるという。

ご夫妻に会った日、事件のために就職も結婚も遅れ

たので、定年過ぎてもまだ働かないといけないよと笑っていたが、事件の事は息子たちにはごく最近話したばかりで、取材にくることがあっても、もう断っているという。大変な努力で得た仕事と家庭、普通の暮らしを大切にしたいという思いの深さに触れた気がした。

次の日、訪ねた伊江島はすっかり変わっていたが、「ぬちどぅたからの家」の館長の謝花悦子さんにお話を伺い、四十年前のことを話すと、驚いて直ぐにヤスコさんに電話をしてくださった。

「四十年も前のことを良く覚えていて訪ねてくださって。ヤスコもよく覚えているという。何と言うこと」と喜んで、阿波根さんの御遺影にどうぞと奥に通してくださった。懐かしいお顔に手を合わせると、ヤスコさんも直ぐに来てくださった。感慨深く懐かしかった。

団結道場は、何度も人に尋ねながらやっと辿り着いた。現在は使われていないようだったが、「米軍に告ぐ」の箇条書きがくっきりと壁に書かれていた。

女性三人の旅は、辺野古のゲート前、高江、伊江島を訪れて、沖縄への思いを新たにした。心を尽くし、手を尽くしても、願いが届かず、最後の抵抗と座り込む人々を機動隊が排除する。これが民主主義の国とは、国家とはいったい何なのだろうと考えさせられた。

沖縄から目が離せなくなり、また行きたいと願っていたら、今年の現代詩人会西日本ゼミナールが沖縄で開催されるという。テーマは「今、沖縄で文学をするということ」心優しい友人がまた運転してくれて、一年ぶりの辺野古のゲート前、伊江島にも足を伸ばした。

前年会えなかった島袋さんの案内で、ヤスコさんのお庭で語らい、城山にも登り、先述のご夫妻には食事までご馳走になり、四十年の無沙汰を責めるどころか、再再会を喜んでくださる人たちに救われる思いだった。

ゼミナールの、平敷武蕉氏の講演は「時代と向き合う文学を」という心から共感できるものだったし、そこで紹介された八重洋一郎氏の「日毒」という詩には衝撃を受けた。「米毒」以前の「日毒」なのだと。

基地も原発も公害も、戦争でさえも、犠牲になるのはいつも、社会を底辺で支えている庶民、その社会構造は戦前から変わっていないと考えさせられる現在、今度こそ沖縄の闘いの端に立つ一員でありたいと思う。これは、日本の民主主義を問うことなのだから。

風知草

まだかな　まだかな
枯れ草の鉢に時々水をやりながら
今年はだめかな　枯れちゃったかな
はらはらさせておいて
いつの間にというように
えんじ色の針のような芽が　つんつんと
南風に誘われて緑が伸びていく
細い葉と葉の間をすり抜けて
緑の風になる

小説でその名だけを知っていた風知草
四十数年も経って手にしたとき
もう一度読んでみなければと思った
なぜ「風知草」だったのか
そう思いながら
風知草の四季の姿を繰り返し楽しんで
また　今年も　新しい緑

大地が　揺れて　崩れて
家も　畑も　道路も　橋も
暮らしも　壊れて
災害列島と呼ばれても
春には芽吹く草木
その緑の初々しさ
南から北へ　地を這うように
緑は広がる

辺野古のテント小屋に
掲げられていた言葉
「勝つ方法はあきらめないこと」
その言葉を　日々　反芻する
新しい緑のように
初々しく心に留めおこうと

南の島から吹いてきた風を
知っている草が
陽差しの中で伸びをしている

坂田　トヨ子（さかだ　とよこ）

１９４８年福岡県山門郡東山村生まれ（瀬高町合併を経て現在みやま市瀬高町）
２００５年３月退職（中学校1年、小学校33年、愛知県と福岡県で教員として働いた）
福岡教育大学卒業後、愛知県常滑市に2年、その後福岡市在住

個人詩集
『コスモス』（１９７３年）小冊子70部印刷　私家版
『生きにくい時代』（１９９７年）福岡詩人会議出版
『少年たち　花』（２００１年）アルファ企画出版
『それでも海へ』（２００５年）詩人会議出版
『耳を澄ませば』（２０１３年）福岡詩人会議出版
『あいに行く』（２０１５年）福岡詩人会議出版

アンソロジー参加
『現代子もり歌詩集』（１９８１年）
現代子もり歌詩集刊行委員会編　青磁社
『ＨＡＴＥＮＡ』（２００３年）　現代詩ハテナの会
『ＨＡＴＥＮＡⅡ』（２００８年）現代詩ハテナの会
『鎮魂詩四〇四人集』（２０１０年）　コールサック社
『現代生活語詩集　２０１２空と海と大地と』
全国生活語詩の会編　竹林館
『現代生活語詩集　２０１４昨日 今日 明日』
全国生活語詩の会編　竹林館
『少年少女に希望を届ける詩集』（２０１６年）
コールサック社
『非戦を貫く三〇〇人詩集』（２０１６年）コールサック社
その他、『筑紫野』『詩人会議』『炎樹』『福岡県詩人会』などのアンソロジー

所属
福岡詩人会議（筑紫野）、詩人会議、現代詩ハテナの会、このゆびとまれ、炎樹、福岡県詩人会、戦争と平和を考える詩の会、日本詩人クラブ、日本現代詩人会

メールアドレス sakadatoyoko1110@jcom.home.ne.jp

小田切 敬子（おだぎり けいこ）

一篇の詩を書くと

あるとき　詩のたねは風にのってやってきて
心の中に　着地する

私が小学校に入学したのは一九四六年四月だった。五十才の父に「人間天皇って何?」ときいたのは小学校一年生になろうとしたか、なったばかりの時だったのだろう。敗戦の夏、うちにはラジオはなく近所の家に集まって雑音ばかりの終戦の詔書をきいたのだから、どんなニュースソースから「人間天皇」ということばを耳にし、疑問をもち、父にたずねたのか、今となってはわからない。うちにやってくるだれかれがその言葉を口にしたのを耳にしたのかもしれない。父がまじめに応えてくれたことはおぼえているが、くわしいことばは思い出せない。

＊

深沢七郎の「風流夢譚」が中央公論に掲載され（一九六〇年）、嶋中鵬二社長宅に押し入った少年にお手伝いさんが殺されたのは六一年のことである。そのころ私は「あいなめ」という同人誌にしっぽのようにくっついていて金子光晴のことばをきいた。「深沢七郎は無邪気すぎるんだよ」まだ神さまであったころの天皇の威力の重圧の下に生き「燈台」を書いた光晴。

そらのふかさをみつめてはいけない。／その眼はひかりでやきつぶされる。／そらのふかさからおりてくるものは、永劫にわたる権力だ。（燈台部分）

＊

こどもたちが長期にわたって入院加療をする際に在籍する県立学校に私はつとめていた。明仁さんの奥さんになった美智子さんが職場にやってきたのは一九六三年から六七年の間のことだった。美しく聡明で気品に満ち一目で好感を寄せたくなる女性だった。なぜか私は「あなたはそれで幸せですか」と目に力を込めて心の中で質問した。美智子さんは「なんですか」とやさしい眼差に力をみなぎらせて返してきた。主体性に満ちた敏感な知性の人だと実感した。

＊

二〇一五年にフランスの風刺漫画週刊紙シャルリー・エブドが銃撃テロにあった。イスラム教の預言者モハメッドを漫画で風刺されたことへの怒りに発していた。一部の日本人の天皇への愛着もそれに似たものがあり、いのち知らずの暴力をいつ惹起させてしまうか怖れる気分が日本社会には常に充満している。

＊

二〇一六年八月八日にビデオで届けられたメッセージは耳の遠い私にもよくききわけられるゆっくりとしたテンポで語られ、目下私ら夫婦の大きな課題となっている高齢化に伴う心配ごとにかかわっており、たしか憲法には「天皇の地位は主権の存する日本国民の総意に基く」とあった筈。主権者たる私は明仁さんからの訴えに心からの返事をしたくなった。

わたしからの

おじさん
おじさんからの　てがみをよんで　私は　泣いたよ
「わたしは　これまでつとめとして
なによりもまず　みんなのやすらぎと　しあわせを
いのることを　たいせつに考えてきました」　ここ
「ことにあたっては　みんなのそばに立ち　その声に
よりそうことが　大切と考えてきました」　ここ

おじさんは　内閣総理大臣を　任命します
最高裁判所長官を　任命します
おじさんが任命した　内閣総理大臣は
わたしらのやすらぎとしあわせを祈ってはくれません
わたしらのそばに立ちません　声を踏みにじります

内閣総理大臣は　日本語をそまつにあつかって
役立たずのお札みたいに海に空に千切りすてしまう

おじさんが　心がけてきた　よりそいの姿勢は
津波の場　地震の場　噴火の場
おくさんといっしょにズボンの膝を折って
うなずいている白髪頭そのものに

おじさんはこのてがみで象徴ということばを

八回つかっています
人生をかけてふかめてきた　象徴ということばを
内閣総理大臣は「元首」におきかえると提案している
ひとが心魂こめて育て深めてきた象徴ということばを
ポロッと　欠きとって　すげかえてしまう
そんなこと　テロリストにも　許されない

おじさんの　おやじさまはいいました
「原水爆の投下は　やむをえなかった」
「戦争責任は　文学の綾」
「沖縄はいつまでも　占領していていいですよ」
こういわせた裕仁天皇・軍の統帥者生き残りの位置

寄り添いをいわせた明仁天皇
民主主義・象徴のやく所

天皇制は　いくさからへいわまで
時代に染めわけられてしまう　カメレオンなのか
人間は頭にカメレオンをいただかなければ
生きてはいけない生き物なのか
おじさんは　いったね

「個人としてこれまでに考えたことを話します」
わたしも理解を求められていた国民のひとり
個人として考えたことを返書します

＊

この詩を高齢者施設で働いている娘にむかって声をだして読んでみた。

「どうして　おじさんていうの？私の知っている男の人たちは六十代でも七十代でも　そういわれると　おじさんかあ…って絶句するよ。あなた、とでもいいかえたら？」そうか。もしも　明仁さんの耳に入りそうな時には　あなたっていいかえて読むことにしよう。私は信頼できる　あたたかい人格にむかって　おじさんと呼びかけて　昨今の哀しい生活実感を　きいてもらいたかったのだ。

＊

それからおくればせながら図書館に行って横田耕一の「憲法と天皇制」を借りて読んだ。一九九〇年第一刷発行岩波新書なのでこれはよい、手元にほしいと思って電話すると絶版だという。アマゾンにもない。やはり横田耕一共著の「象徴天皇制の構造」を検索してみると図書館にはなくて　市役所にあるという。市役所に行って閲覧をたのむと一隅を指定されそこから持ち出せないという。毎日通わなければとても読み通せない。コピーすることなどはさっさと自粛する気分になっていた。横田耕一・針生誠吉　共著「国民主権と天皇制」を検索すると「倉庫に保管」とのこと。依頼して借り出してくる。

＊

「憲法と天皇制」を読んでみるとこのたび明仁夫妻の市民への寄り添いへの共感、明仁天皇への親近感は学校教育をとおして一貫して育てられてきたものであることを指摘される。まんまとよく育てられた私は、いやなおじさんから、やさしいおじさんに身を寄せていって「こんなひどい目にあっているのよ」といいつけていたのだった。天皇という椅子があって例えば、裕仁、明仁という個人が天皇職について象徴という役務をつとめる。今はとりあえず、年をとって大変になったら選手交替できるような制度にしたい、こういうことのようだ。政治の課題は課題として解決に向けて行動すべきところ、他の大樹をたよってその陰に身を寄せていく甘え。詩はその心の動きをきっちりと表現している。私の中にある天皇制に対面し、みつめる。

＊

一九六四年、日経連専務理事前田一は、日本では古来より「犠牲的精神と殉忠精神」が天皇を中心として培養されており、「日本民族が国民の象徴としての天皇を中心として、国民のよりどころをこの一点に集め（略）…この中に経済が繁栄し、企業が営まれ」る道があると述べていた。（経営者六四年二月号　憲法と天皇制七〇頁）

＊

ここではっきりと目がさめる。既に何十年何百年の間、戦時には戦時の、経済戦争時には経済戦争時の、時の権力者に最も利用価値の高い制度として天皇制は維持されてきたのだ。椅子に執着する者。腰掛けた人の人柄に好意を寄せる者。渾然一体となって。

心の中に着地した詩のたねは、芽を吹き少しだけ根を広げ、少しだけ心を耕し少しだけ空を広げてくれる。

いうかな

おみなえしは　いうかな
ほそい茎しならせて
黄のカンザシに蝶あしらって
東にこんにちは　南にこんにちは
ほしい
わたしらは　ほしいって

雲たちは　いうかな
ゴジラ
オールド　イングリッシュ　シープドック
アンコウ　北から西に追いかけっこしながら
ほしい
私らはほしいって

蛙たちは　いったね
ほしい
われわれは　ほしいって

丸太をつれてきたり
こうのとりをつれてきたり
王さまになってもらった
一匹のこらず　食われちゃったけどね

シャクトリムシは　いうかな
オットセイは　いうかな
ナマコは　いうかな
ヒトは　いうかな
ほしい
わたしたちは　ほしいって

小田切　敬子（おだぎり　けいこ）

小さいころから何か書くのがすきでした。水が好きでノートにリビエールと名前をつけて「リビエールさん」と呼びかけて何やら書き入れてました。きっとアンネが日記にキティと呼びかけて書いていたのを真似したのでしょう。

＊

中学校では「原野」と名前をつけてザラ紙をとじたものに品のよい美術の先生に描いてもらった絵を表紙に冊子にしたりしていました。詩誌でした！今思えば。

＊

高校では文芸部に入り「湛碧」という同人誌、憧れた先輩のページに、くちなしの花を押し花しました。開くとたちのぼる、紙にしみた甘い香りを今でも苦しく心に嗅ぐことができます。

＊

大学では卒論に金子光晴を選びました。詩集「鮫」の「おっとせい」は今でも私の生きる立ち位置を規定してくるのです。／反対をむいてすましてるやつ。／おいら。／おっとせいのきらひなおっとせい。／だが、やっぱりおっとせいはおっとせいで／ただ／「むかうむきになってる／おっとせい」

＊

浅尾忠男さんに連れられて、壺井繁治さんに会いに行きました。「金子さんとは友だちですよ」と壺井さん。詩人会議に入りました。四十年以上がたちました。

詩を書くからには　色々知っておかなければ。人の話を聞きますし、新聞も読むようにします。詩をかいてきたおかげで　世界と主体的におつきあいできて愉快です。なにしろオバマさんでも　明仁さんでも詩の世界では　友だちづきあいですものね！

鈴木 比佐雄（すずき ひさお）

「大切なもの」とは疼きの記憶と生きる時間

1

「大切なもの」は消え去ることがなく、いつも疼きのように甦ってくる。それは私の心がやせ細り、きっと生命力が落ちて来た時に、さりげなく到来するものなのだろう。それは魂の記憶であり、命あるものが内側から前を向くための、魂を維持させるための無意識な働きなのかも知れない。

二〇一六年十二月二十五日の朝日新聞トップ面に電通の新入社員で一年前の同じクリスマスの日に自殺した高橋まつりさんの母高橋幸美さんの手記が掲載された。その中の一部を引用したい。

あの日から私の時は止まり、未来も希望も失われてしまいました。息をするのも苦しい毎日でした。朝目覚めたら全て夢であってほしいと、いまも思い続けています。／まつりは、あの日どんなにか辛かったか。人生の最後の数か月がどんなに苦しかったか。／（略）電通に入ってからも、期待に応えようと手を抜くことなく仕事を続けたのだと思います。その結果、正常な判断ができないほどに追い詰められたのでしょう。あの時私が会社を辞めるようにもっと強く言えば良かった。母親なのにどうして娘を助けられなかったのか。後悔しかありません。／私の本当の望みは娘が生きていてくれることです。／（略）まつりは、毎晩遅くまで皆が働いている職場の異常さを指して、「会社の深夜の仕事が、東京の夜景をつくっている」と話していました。まつりの死は長時間労働が原因であると認定された後になって、会社は、夜10時以降消灯をしているとのことですが、決して見せかけではなく、本当の改革、労働環境の改革を実行してもらいたいと思います。／（略）日本の働く人全ての人の意識が変わって欲しいと思います。

母の幸美さんの「息をするのも苦しい毎日」や「全て夢であってほしい」という表現は、私も弟が自殺した経験から当時の精神状態を的確に指していた言葉だと感ずる。そして「後悔しかありません」という自責の念が今もそして生涯続くことも予感される。最も愛する者の大切な命が断ち切られた悲しみを堪えながら、冷静な筆致で娘のような痛ましい自殺者を繰り返さないための社会の在り方の変革を突き付けている。幸美さんの娘のまつりさんも同じような冷静で皆のことを考える素敵なビジネスウーマンであったろう。そのような将来性ある若者を死に追いやる「日本の働き方」は、幸美さんが言うように異常であり、「日本の働く人全ての人の意識が変わって欲しい」と願うことは本来的な主張である。この幸美さんの子を亡くした悲しみを真剣に受け止めることを経営者たちが実践し、他者の時間を「大切なもの」と見做さない限り、あかりさんのような悲劇はこれからも繰り返されるだろう。家族が自殺して残された家族がどんな思いでその後の人生を送って来たかを次に私なりに振り返ってみたい。

2

一九六〇年代初めの子どもの頃の私は、荒川区南千住にあった貯炭場から石炭をシャベルで掬ってきて石炭風呂を立てることが日課だった。風呂釜の前でその黒光りした石炭にしばらく眺め入っていると、黒ダイヤと言われ美しい宝石のように本当に感じられてくるのだ。そんな石炭を新聞紙に火を付け薪を燃やした中にくべると、石炭が燃え上がりその炎の色に見入っていると、燃える恐竜が動き出すような想像が湧き上がってくるのだった。夕暮れの空には一番星が現れて次々に様々な星が現れてきた。星座の中には石炭の赤い炎と同じような赤い星もあるが、青い星も黄色い星もオレンジ色の星も天上の漆黒から多彩な色が燃えて宇宙の神秘を感じていた。きっと空の果てに私と同じような少年が、夜空の果てで石炭を燃やしているのではないかという幻想を抱いていた。湯が沸いて石炭屋をしていた父や叔父たちが一日の汚れを流し、湯船から父や弟の歌声などが聞こえてきて、母の夕食の匂いが漂ってくると少し幸福な気持ちになって、宇宙の中の小さな惑星のさらに片隅にいる少年の仕事が終わるのだった。黒ダイヤの燃える炎や一番星や星座の光はこの世で最も美しいものとして私の中に刷り込まれてしまい、その中から湧き上がってきた想像力こそが生きることの大きな喜びであり救いであるように感じられた。

その後の一九六〇年代の終わりに石炭屋であった父たちの会社は潰れて家業は廃業となった。それでも父や叔父たちが石炭を叺《かます》に詰めてトラックで運ぶ姿は心に刻まれていて、彼らは今も忙しく働いているようなイメージに囚われることがある。会社が潰れてしまうと家族や親族の利害や人間関係も大変なことになった。それらが少し落ち付き始めたころに「兄さん、死んだらどこに行くんだろう」と私に呟いた弟が、十五歳で自ら命を絶った。その問いに私はその時に何も答えることはできなかった。当時はまだ「うつ病」という心の病は一般的ではなかった。弟はお腹の具合が悪く内科に通っていた。当時の弟の心の悩みを誰も理解してはいなかった。弟は高校入学後に野球部に所属して張り切っていたのだが、しばらくすると体調を崩し学校を休むようになった。中学時代も同じようなことが何回かあり数か月休むと元気になり通学を再開した。今回もそうだろうと家族は思っていた。そしてまた学校に行くようになり庭で練習を取り戻そうとするかのようにバットを振っていた。弟は私の知らない家族や学校や社会からの言い知れぬ力と戦っていたのだろう。弟のバットを振っている姿を思い出すことは心が疼くのだが、最後の力を振り絞って生きる力を甦らせようとしていた姿を私はなぜか想起させられる。弟の苦悩を少しでも受け止めてあげることが出来なかった悔やみは、四十年以上が経った今でも続いている。末っ子を亡くした父と母の嘆きや泣き崩れる姿を今も忘れることはできない。自殺を止められなかったのは私を含めた家族や学校の危機意識が足りなかったのだろう。通学を再開させないでもっと心の生命力や細胞の一つひとつが回復されるまでゆっくり休ませておけばよかった。当時の私は浪人生で半日ほど酒屋の配達のアルバイトをしながら残された時間で受験勉強をしていた。弟のことよりも受験のことが優先だった。家を売り借家住まいになった父母や兄や姉もみんな仕事などに追われていた。そんな中で弟は頼りない兄からも孤立していったのだ。小さい頃の弟の瞳は黒目と白目の境が青く澄んでいた。赤子や幼児の黒目の周りの澄んだ青を見ると弟を想い出し、弟は存在しないが弟の命が私の中にいつしか還ってきて、心の中に宿って欲しいと願い続けてきた。弟が亡くなって困ったことは、弟に似た少年を街角や電車の中で見かけると、その後を付けて行きたくなってしまうことだった。私の最も「大切なもの」の不在は生涯続いているのだが、私が最も苦しい時に到来して生きることを叱咤激励してくれる存在だと心ひそかに思うようになっていた。家族から自殺者を出すことは本当に苦しいことで、その家族はもはや同じ家族ではなく、壊れてしまった家族になる。残された家族は自分たちを責めて新しく家族を再建するエネルギーは殺がれてしまい、かつての家族を夢見る存在になってしまう。そのような家族を出さないためにも、死んだ方が楽になると追い込み他者の生きる道を閉ざす長時間労働や、それを強いる組織の在り方の根本的な見直しを提起した高橋幸美さんの手記は、悲劇を回避するための願いに満ちたものだ。最も生命力が落ちている人への身近な者の接し方が最も「大切なもの」であると示唆している。周囲が責任を回避させて生命力が戻るまで冬眠させてあげることが出来るかだろう。

3

父は戦争中に徴兵されて中国の南方に派遣された。そこで部隊の兵士の多くは戦死したらしいが、帰国できた数少ない兵士だった。晩酌を飲み始めるといつしか軍歌を歌い出しいつしか中国戦線の思い出に浸って飲み潰れてしまうのだった。その背中を見続けていると兵士のトラウマを抱えて戦後を生きざるを得ない男の哀しみに触れているようだった。戦前に祖父と父は福島県いわき市から上京し荒川区南千住に石炭屋の問屋を開いた。家には馬屋という名の建物があり戦前は馬車で石炭を運んだ名残だった。祖父や祖母は東京大空襲の際に火の手が迫り貯炭場や馬屋や家の半分近く燃えて止まったと言い、南千住から浅草までが焼け野原で見渡せたと何度も語っていた。私が父や祖父から学んだことは、中小零細企業が時代の荒波の中で事業を行っていく経営者が背負った苦悩と同時に起業家精神だったと思う。後に大学を卒業し広告関係の仕事に就き、多くの経営者たちと接した際にもっとも役立ったのは、この経営者が背負う苦悩や起業家精神を理解できたことだった。父や祖父の失敗の経験や新しい事業に挑戦する起業家精神が、私にとっては実は大切な財産だった。父は酒を飲みすぎて肝臓を壊し六十歳代半ばで亡くなった。ただ父にとって酒は自らの精神のバランスをはかる友のような存在だった。酒を飲んでいる時の父の解放された顔はいい顔をしていた。今も私の中で「大切なもの」はそんな父と弟が石炭風呂の中で楽しそうに歌っているほろ苦い記憶を反復し彼らと生きようとすることだ。

薄磯の疼きとドングリ林

ザー　ザー　ザー　ザーと昼下がりの海が鳴り響く
塩屋埼灯台の下に広がる薄磯の砂浜で少年の私は
半世紀前の夏休みに背丈を越える荒波にもまれていた
夕暮れ近くになると腰の曲がった祖母が
防潮堤から手を振って夕食を教えてくれた
卓袱台には鰹の刺身が大皿に盛られていた
働き者で身体が衰えても田植えに行くと聞かなかった
防潮堤の後ろに先祖の墓地や玉蜀黍《とうもろこし》畑が広がっていた
それから祖母が亡くなりその墓地に埋葬されたと聞いた
今も祖母の葬儀に行けなかったことが疼いている
コケコッコーと鶏が日の出の海風を切り裂いていった
従兄と豚の餌のためリヤカーを引いて近所を回った
伯父の行商の軽トラックに乗って山道を越えて
豊間や江名や沼ノ内などに魚売りの手伝いをした
帰りに薄磯の砂浜に降りて伯父と駆けっこをした
それから多くの時間が流れ伯父の葬儀の時に
お清めの場所になったのは墓地跡の公民館だった
墓地は山に移転されたと従姉妹から聞かされた
二〇一六年十一月二十三日の薄磯の砂浜で
ザー　ザー　ザー　ザーと日没後の黒い波音が鳴り響く
二〇一一年四月十日には胸張り裂ける波音を聞いていた
母の実家や公民館や豊間中学の体育館が破壊された疼き
いま以前よりも二m高い七・二mの防潮堤が建設中で
町の跡に幅五十m高さ十・二mの防災緑地の土が運ばれ
里山からのドングリを植えるプロジェクトが進行中だ
親族を含め百二十名以上が流されたこの町がいつの日か
ドングリ林と先祖の眠る墓地跡から守られることを願う
流された命よ魂よ　還っておいで　いつでもいいから
ザー　ザー　ザー　ザーと朝陽に輝く白波が打ち寄せる

（福島民報・二〇一七年元旦に掲載）

鈴木比佐雄（すずき　ひさお）
1954年東京都荒川区生まれ。祖父や父は石炭屋を営んでいた。1979年法政大学文学部哲学科卒業。カント、キルケゴール、フッサール、ハイデッガー、サルトルを学ぶ。1987年に宮沢賢治のような詩人達の詩を「石炭袋」に溢れさせようと、詩誌「コールサック」（石炭袋）を創刊。2006年に出版社として㈱コールサック社を設立して現在11周年を迎える。「コールサック」は総合文芸誌となり、小説、俳句・短歌・小説・評論・エッセイなども掲載。
詩集：詩集『風と祈り』、『常夜燈のブランコ』、『打水』、『火の記憶』、『呼び声』、『木いちご地図』、『日の跡』、『鈴木比佐雄詩選集一三三篇』の8冊。
詩論集：『詩的反復力』、『詩の原故郷へ―詩的反復力Ⅱ』、『詩の降り注ぐ場所―詩的反復力Ⅲ』、『詩人の深層探求―詩的反復力Ⅳ』、『福島・東北の詩的想像力―詩的反復力Ⅴ』の5冊。
企画・共編著：高炯烈詩集『長詩　リトルボーイ』、『原爆詩一八一人集』（日本語版・英語版・宮沢賢治学会イーハトーブセンター「イーハトーブ賞奨励賞」受賞）、『生活語詩二七六人集　山河編』、『大空襲三一〇人詩集』、『鎮魂詩四〇四人集』、『命が危ない　311人詩集』、『脱原発・自然エネルギー218人集』、『ベトナム独立・自由・鎮魂詩集175篇』、『水・空気・食物300人詩集』、『生きぬくための詩68人集』、『平和をとわに心に刻む三〇五人詩集』、『少年少女に希望を届ける詩集』、『非戦を貫く三〇〇人詩集』、『吉見正信著作集』など多数。
所属：株式会社コールサック社代表、福島県文学賞審査委員、日本現代詩人会会員、日本ペンクラブ会員、日本詩人クラブ会員、千葉県詩人クラブ会員、俳句結社「鬼」同人、鳴海英吉研究会事務局、宮沢賢治学会会員、小熊秀雄協会会員。

石村 柳三（いしむら りゅうぞう）

《当身の大事》ということ

人間《ひと》というものは、単に衣食住だけの暮らしに満足し、生きているわけではあるまい。

そこには、人間としての喜怒哀楽や苦悩、さらには幸福や平和、自然の風景を望み遊戯したい心情もあろう。そしてさらには、ホモ・サピエンスとしての考察や思念、あるいは理念というか、理想、夢への挑戦《チャレンジ》。もっとふかく願うならば、自らの個としての願望の到来であり、人としての夢を欲望として抱いていることだ。

そのような人間として、個々の集団社会を生きて往くためにも、自らの意思を持たねばならない。この意思には、自己自身の認識を知り、かつ自らを顧みる精神も必要であろう。つまり、自らを知り脱皮して歩まねばならぬ自身を凝視する眼を、だ。

『ブッダのことば―スッタニパータ』[*1]に「蛇が旧い皮を脱皮して捨てる」とあるが、そうした精神の作用の重要さを知らねばならない。否、知らされるであろう。ニーチェはそのことを「脱皮せぬ蛇は滅びる」と言った。そういう個の心情というか、感受の中に《当身の大事》の思念の脱皮性が生まれよう。いい換えれば、当《まさ》に我が身の生きねばならぬ、生きることへの存在としての位置を、大事として把握できよう。

すなわち自らの個の等身大にあって、我が身の生死の位置《くらい》で、そこに個のあり方の生命を背負い、首にぶらさげねばならぬ当身の存在を思念する大事の必然の生き様。それ故にそこには、いわゆる願いという人の心底から生ずる「誓願」[*2]をつつんだ信念が巻線《コイル》されることにもなろう。人間の顔をつくる誓願こそ大切で尊いものである。

そうその独りの背負う因果の歩み、ぶらさげねばならぬ運命への認識、確認こそ当身の大事の声というか、さけびの言葉を留め、感性ふかき思念を放たねばならぬことになろう。

然るが故に、当身の大事として包含されている大きな心情というか、精神には人間として保持しなければならない、生き方や死に様の精神的信念となり、紐帯《ちゅうたい》ともなろう。火宅三界という現実の社会に、さような生涯としての運命の人生音、跫音を落とす姿は無情で、無常なる虚妄の世の重い足跡にも通じよう。

　喜怒哀楽や苦悩、底辺に生きる人びとにとっては、影絵的な救いというか、安心の感情にも共鳴するものがあるといっていい。

　それをもっと強く断言すれば、そこにこそ影絵的呼応の生き方や死に様の、人間としての当身の大事を呼吸しなければならない、一つの真実の生命《いのち》の声があるのだと思う。そこにこそ先に述べた、人間の認識の自覚の重さがあることが知られよう。その芽ばえ、目栄えが《当身の大事》の知見となろう。

　人としてあるべき良識、その成長の精神の音としての形成。芸術や文学、哲学や学問、宗教の捉え方の価値には、当に我が身の重要なくらいの立場にもなりうるものがある。

　もっとふかく語るならば、当身の大事につながる誓願や信念こそが、その時代と向き合う時代精神をも刻んでいるのだ。その世相の実相のありように、乗り超えて往く時代の魂をうみ、大事となす当身を共感させるものがあるからだ。そこにはわれら人間としての、普遍の歩みの生死観と、信念の存在が必要となる。

「信念」というものは時代を動かし、人間の魂のありようの大事と成すべきものである。だから自らの身の、「当身の大事」として人生の縁（因果）として、私は認識している。

　人としての考えや、存在の見方、泣き笑える人生の生きねばならぬ三界火宅の世にこそ、生きねばならぬ、生きて往かねばならぬの個として。それ故に、われらの大事たる信念を留眼しなければならないと思うのだ。

　むろん、それらの感情や感性には当身の大事の出自の環境もあろう。その人の育った風景や風土、あるいは両親家族のしつけ、あるいは教育のあり方、学び方にもあろう。

　単なる観察や知見ではなく、智恵として自らの往く人生船の、知性としての《当身の大事》に生きる眼にこそ、眼の力の信念大事の意識にこそが、その進まねばならぬ船、歩まざるを得ない一途の道としてあろう。

だから思念の尊さを知ることが、生き様の生涯に血脈しているとも考えている。

そうした立場というか、人生の知恵というか、感性の大切さとして教えられたのが、「ブッダのことば」の原始仏典だ。その一節に「智ある人は独立自由をめざして、犀の角のようにただ独り歩め」の言説《ごんぜつ》が、私の信念の支えともなっている。私の愛し好むことばだ。

何事も想念するように歩めない人生。否、否、否、進めない人間という世相の現実模様。だからこそ、そこにその人の知識や経験、生き方というか、進み方によって当身の大事となる信念も、思念も変化し転化するのかも知れない。

人間はそこにそれぞれの個としての、生きるべき職業の決定をされるのかも知れない。

その人間の幸せを求める人生を、飛翔するためにも、意志する自らの身の大事を抱かねばならない。「生き甲斐」という名よりも、現実の日常においてだ。

人が生まれ、その存在として生きて往くことは、自らの認識の眼の捉え方にある、希望や夢としての位置の感受に、じわりかかわってくることでもあろう。

かくして、そのような人間としての存在の生命であるから、私たちは「当身の大事とは何か」を語り、論じ、認識し、自身の置かれている実存を内省し、創造し、切り開いて往かねばと思っている。

それは個としての自身《みずから》の生きる姿の〈信念〉、〈意志〉としてあるであろう。当身の大事を首に掛けてである。

申し上げるまでもなく、それぞれの立場の道、職業にあっても、個自らの安住というか、柔和と忍耐の生活平和は、そうした足下に当て嵌めて大事なのだと言わねばならない。

こうした《当身の大事》の生き方で、生き様の人生レールとして、私の眼に身近に浮かべてみるのが、自由律の俳人種田山頭火であり、言論人の信念を貫き通した自由主義者で、平和主義者の石橋湛山であった。

山頭火は没落した種田家と、自宅の井戸に身を投じ死した悲しい母の廻向《えこう》を願い、その位牌を肌身として句道に生きた。

〈分け入っても分け入っても青い山〉を歩き、独自の句境をうんだ山頭火の詩心。苦悩や業の風景も、風光の命に転化して人生の実相を詠んだ山頭火。

それらの句心に消しえぬ人としての慈しみの風光を共感できよう。当身の大事の誓う願いの宿命の句であったから、人びとの機微にふれるのであろう。

その他にも世界に眼を転じれば、ガリレオ・ガリレイ、釈迦やキリスト、ドストエフスキーなど、当身の誓願の信念を歩いた人物は多くいる。自らの大事を確信し、歩んだ人間は自らの声を放つことができよう。

そうした意味で、「誓願」からくる信念は、希望や夢へのエネルギーでもあるといってもいい。

いずれにせよこの随想で、私は当身としての大事の重要さを語ってきた。ここに大切なのは「力あらば、一文一句とも語らせたまえ」の精神だ。自らの知る自覚の言葉こそ、自らの歩まねばならぬ、当身の信念となるからだ。

ともあれ、次回にまた《続当身の大事》を書くときに、もっと詳細に風光の命を詠んだ放浪の俳人、種田山頭火や言論人政治家石橋湛山の、リベラリズムに生涯をかけた人生の言説を語ってみたい。さらには、この随想の題名「当身の大事」についての出典を語ってみたいと考えている。

いうまでもなく、人は個として生存するためにも、厳しくもある堅固を見い出さねばならない。脱皮せぬ蛇は滅びるように、脱皮する精神の力も、生きる《当身の大事》に継続されるであろうから。

おお人よ、脱皮する力をそこに背負へ。

最後に雑草流の拙い句を二つ――。

意思の眼《め》にわれのこころや踊りけり
一途あれなれの精神《こころ》の往く大事

＊1と＊2は『ブッダのことば――スッタニパータ』より引用（中村元 訳　岩波文庫）。1は〔一〕、2は〔二六〇〕のことばで「誓願を起していること、――これがこよなき幸せである」。ここに、大事に通底する心情があろう。

喜怒哀楽の眼

―〈安らいだ心を楽しみ＊〉の人生に―

人はどこまで歩めば安らぎの心を知るのであろうか
人はどこまで成長すれば楽しみの心を感受できようか
人は生まれたときから不幸の印の運命であるだろうか
否　否　人はどこまで育てば幸福《しあわせ》の眼をもてるのか！

それは繋がりと絆をたもちながら
人生の眼をゆたかにしてゆく
喜怒哀楽の日常の生活法にあるだろう
〈喜び・怒り・哀しみ・楽しむ〉暮らしの大事に
　おまえの存在の〈眼〉となり
　おまえの生き方の〈感性〉となり
　おまえの世相の〈思念〉となり
多くの人はその心情暮らしに息づく
真実《まこと》の喜怒哀楽の因果という関係性を知れば
その絡まる中にこそ
人びとの人情の甘露《かんろ》の心を捉えることができよう
安らぎや思いやりは〈喜　怒　哀　楽〉の市井《しせい》に
慈愛の涙うずく風景にこそうまれるものだ
生きねばならぬわれらの首にぶらさげて
人の行いというか行動には
出自世間の内在外在の心がながれているから
猥雑で泣き笑えの生や死に回帰する活気にこそ
　喜怒哀楽の眼を生もう
　喜怒哀楽の眼を育てよう
　喜怒哀楽の眼を向けよう

さればこそ　そ　こ　に
喜怒哀楽を苦や悩みの共感となして
心の眼と感性の眼の涙をも呼応し
思いやる人としての人間華になると信じているから
眼ある人は喜怒哀楽を幸福への果報の願いとなそう

＊〈安らいだ心を楽しみ〉の言葉は『ブッダのことば―スッタニパータ』（中村元訳・岩波文庫）に拠る。

石村 柳三（いしむら りゅうぞう）

一九四四（昭和一九）年、青森県北津軽郡鶴田町に生まれる。一九六七（昭和四二）年、立正大学文学部史学科卒業。二〇〇四（平成一六）年、『石橋湛山―信念を背負った言説』（高文堂出版社）を出版。本書は《日本図書館協会選定図書》となる。二〇〇五（平成一七）年、「平成一七年度　身延山大学公開講演会」から依頼され「自由主義者　石橋湛山」を語る。二〇〇七（平成一九）年、詩論集『雨新者の詩想』と詩集『晩秋雨』をコールサック社から出版。詩論集『雨新者の詩想』は、第八回「日本詩人クラブ詩界賞」の候補作になる。二〇一〇（平成二二）年、第二詩集『夢幻空華』（コールサック社）を出版。二〇一一（平成二三）年、第二詩論集『時の耳と愛語の詩想』及び、第三詩集『合掌』をコールサック社から出版。二〇一三（平成二五）年、第二回「石橋湛山平和賞」優秀賞を受賞（山梨平和ミュージアム――石橋湛山記念館主催）。

その他に、数多くのアンソロジーにも寄稿。二〇一六年のアンソロジーとしては、『詩と思想集２０１６』（土曜美術社出版販売）。『非戦を貫く三〇〇人詩集』（コールサック社）、『２０１６戦争を拒む』（詩人会議）。それに『千葉県詩集』第49集（千葉県詩人クラブ）など。所属詩誌団体として、詩誌「光芒」同人を経て現在「コールサック」「いのちの籠」「火映」等に執筆。日本現代詩人会、日本詩人クラブ、千葉県詩人クラブ、石橋湛山研究学会各会員。また、石橋湛山研究もしている。詩の方法や呼応には抒情性《リリシズム》や現実主義《リアリズム》のからみあった感性の力を大切にしている。同時に思念をふかめながら《足の眼》からの経験を重視した、「歩いている」「歩いて来た」「歩かねばならぬ」という詩想を当身の大事としている。好む言葉は「智ある人は独立自由をめざして、犀の角のようにただ独り歩め。」（『ブッダのことば―スッタニパータ』中村元訳　岩波文庫）。

Ⅲ

香山 雅代（かやま まさよ）

実相と仮相を融通する幽かな声

風にそよぐ野のはな。十九世紀のフランスの詩人レミ・ド・グールモンの「田園詩」―春―のフレーズに、瑠璃いろの天を汲みあげたようなブルーアネモヌが、風（アネモス）の表情を髣髴とさせていたことが忘られない。

多田智満子様とのお別れは、多分彼方へふっとひと息お吐きになられ絶えられたその時の、当にそのような蒼天の秒刻がわたくしをも貫いた時でしょう。忘却とともに――

拙著 Essays『露の拍子』を上梓した二〇〇〇年の九月、今は亡き宇佐見英治様からお便りをいただいた。一九五〇年代から、ジャコメッティと能、ことに世阿弥の伝書に憑かれて詩を書きはじめていたわたくしにとってそれは不可能性の連続であろうとW・S氏から揶揄されながらも、これこそぬきさしならないわたくしの内宇宙と、詩作をつづけていたころのことであったが、その詩作品を、多田先輩は好きだといって下さっていたのである。件の集中の「飛ぶ鳥がとまってみえるように」という能の歩法に触れたエッセイについてお話し下さったのは拙詩集『雪の天庭』と拙 Essays『露の拍子』二冊の本と歌曲発表の会を催した二〇〇一年一月の事である。わたくしにとっては若書きの短いエッセイであったが、能楽師の至芸に感動してのメモであった。〈仕舞の運びを観ていてさすがにいまは亡き梅若猶義師の天賦の芸に魅かれるものがあった。その至芸というのは、運動の静止をつくる瞬時、運動を停止したかのように観る者にはあずけていて実は演者がその舞の詞章の二・三行も向うを見越してしまっている線と型の凝縮。とりわけ立ち居の明証性を影にのこして、リズムを余韻としてのこしてゆかれるといった才量にはただただ感服するばかりであった。コミ（凝縮）の時間の解き放ち方が実に軽やかであったのである。―中略―ところで、わたくしがわたくし自身の生活《なりわい》のリズムのなかで、誠にいたしかたもなく詩を書く作業のなかかの歴史から脱却しているかのような名演技をみつめるとき、言語表現と師の歩法の弾性が直観的に一体化する。―中略―能楽の夢幻の根元を支える鍛えられた歩運びが浮ぶのはこのときである。〉というものであった。

多田智満子様の軽さは、学《まね》びの精神の知的な軽さでもあったと気づかされる。それは、橋懸かりの歩行のあるいは〝間《あい》〟の語りの軽さであり、それにひきかえわたくしのはといえば、方形の舞台での舞の歩行の重さであった。それでも、香山さんの詩が好きなので…とおっしゃられるので気を聴《ゆる》していたが（多田先輩流にいえば油断…であろうが）それ以上の親和力に甘んじていたものである。

個人の仕事は、氷山の一角ともいえる微細な部分に過ぎない。量や質にかかわらず各々の表現するところは畢竟ひとつである。

震災の前年までの十年余続いていた読書会の友人のひとりに『時と永遠』（波多野精一著）を再読したいとおもっている旨便りを出した寒気一入の朝、多田智満子様のご訃報に接したのである。それは、三度目のご入院先の六甲ホスピス病院新館五一〇号室へお電話を入れ附添っていらっしゃったお嬢様のまや様と、お話させていただいた三日後のことである。

おもえば智満子先輩のお声は、いつも突如として空隙を縫うかのように受話器のむこうから美しくゆっくりと伝わってきた。それに応えるには、こちら側でも常日頃、幽声とでもいうべきものが具えられていなければならなかった。


幽声トハシスカナルコエヲイフナリ（世阿）

ふたむかしにもなるが、これも拙詩集『慈童』（書肆季節社・一九八六年六月刊）をおおくりした直後、お電話があり、拙宅へお出かけ下さったことがあった。ご著書の『ピラネージの黒い脳髄』を携えられて―。〝よい詩集でしたが、香山さん油断ですよ〟と前詩集『空薫』の一篇「破壊の森」が加えられていることについて、つくづく惜しいとご叱責のようにも、その瑕瑾《かきん》を大切になさる風にも受けとれた。そして、当時、宝塚に到着したばかりのホワイトタイガーをみに行くか京都へ白虎隊の舞踊をみに行くかどちらがいい？ と発案され、結局、閉園間際の宝塚動物園へと急いだものだ。狂気と神秘性に触れることへのご示唆のようでもあった。
智満子先輩の突然は、これだけではなかった。〝シテが、笹を持つ能は何れ〟このご質問に間髪を入れず狂女物《クルヒ》のあれこれを答えねばならなかった折は、恰も試験官の前に立つ受験生さながらの心境で、受話器のこちら側から答え終るや安堵したものだ。
一昨年（'01）の八月も末のこと〝何かよい会はないかしら〟のお電話のタイミングのよさが幸いして九月中半の生一会別会での能「姨捨」へお誘いすることになった直後〝今なら書けますよ〟のご芳信に接したのである。とるものもとり敢えず入稿中の拙詩集『風韻』の三校を待つ間ご自宅へ二校のコピーを持参、愧じながらお手渡しした。一週間後過分な帯文は出版元へ搬入された。その帯文には、拙句〈非時の雪踏みて来し拍子かな〉もお書き入れ下さっていて感激した事であった。獅子座流星群が、宙から火球となって尾長く降り頻った明くる日、神戸大学附属病院へご入院なさったのだが〝ありふれた病気ですよ〟と告げられたそのお声にはこころなしか凛としたお覚悟が秘められてご放念のようなものをも共命鳥《ぐめょう》と化した神経は予感したのである。
古典芸能研究センターの稀覯本のなかに、沢庵宗彭和尚真跡のものとされる「山姥之曲舞の歌」なるものを見つけたいそう興味を抱いたのはそれより一ヶ月前のこと〝山うはの曲舞〟なる詩句は、能（現曲）『山姥』のサシ謡に〈一洞空しき谷の聲（ママ）―略―無生音を聞く便となり。聲（ママ）に響かぬ谷もがなと。望みしもげにかくやらん―（以下略）―〉とあり、この無生音に尽きせぬ興趣をそそられていたわたくしにとっては胸にひびく詩句であった。即ち
一洞空渓聲
一洞のとうはほらなり洞の中
むなしきからにひゝきありけり
かねのねも谷のこたまも吹笛

内むなしくてなるひゝきなり
無生音
耳にふるゝその聲のみなもとを
無生音とは是をいふ也
無生とは生することのなきなれは
滅する事もなき聲としれ
またたゝぬ波のをとをはたゝへたる
水にあるよと心にてきけ（原文のまま）
というもので、能『山姥』の通奏低音でもあり妙理ともいえるものを醸し出している。一語一字句削除が不可能なまでの詞章で、仮象の鬼女山姥を顕現する。存在論的には、あるかなきかの異界をテーマに（仮に本據を上路山と見たてたとしても）中世ならではの幻想の魅力に満ちた曲である。物心ついた頃から好きな曲のひとつであった。母方の祖父も大正六年五月十九日演能の記録があり、なおのこと親しみをもっていたのである。そこへゆくと、多田先輩の『乙女山姥』は、現曲の『山姥』を頼りに間語りの対話篇（あい（狂言集を下敷にした））の趣きがあり、人間味溢れるウィットやペーソスを綯い交ぜに虚実を融通無礙にゆき交い殻を脱ぐ嫗を現出。自らも徐ろに身軽におなりになって若やいで逝かれたのである。姥皮を脱ぐという発想は、自然体に倣った機智であるけれど、忘却という言葉でもあるとわたくし流におもっている。
多田智満子先達が一生を傾けられたギリシャ神話やひろく地中海をめぐる文明、ラテン文学のご研究を讃え、In paradisum（楽園にて）を声にして捧げご冥福をお祈りするばかりである。
Chorus Angelorum te suscipiat, et cum Lazaro
quondam paupere aeternam habeas requiem.
（天使のむれがあなたを出迎えかつて貧しかったラザロの入ったその永遠の休息に導きたまわんことを）

万年青《おもと》

万年青は
そよとも　動かない

あかい実を
沈黙の　葉群《むら》を
門前に　鎮めて

異界へと
話し声を
実らせる

雪の天庭

ゆっくりと　ひろがる
晴れの　雪の原《ふ》

小面に積む　原初《はじめ》の姿
何処《いずこ》からきて　何処へ廻るか
忘却が　風を送りこむとき
円周のない
劫の天庭は　にわかに
白長絹を　翻す
自ずからを　知らず　あらわれ
雪の花を　梢に咲かせて佇む　原初のひと
仮相の空の下　凍る樹芯を
かたちなす　いのちの汀を　ことばに刻む
雪を踏み　新雪は甦り　いつしか　消え消えとなる
劫の姿を　語る　最期の　といってもよい
　わたしを　逸れる
みえない　歪形の　雪華ひとつ
面に　潜み
軋る雪語は　雪語を呼び
陽炎を　待つ
無の表情　満ちて
ヒマ（ア）ラヤの　雪のみ　知る
雪崩となる

香山　雅代（かやま　まさよ）

1933・3・1　兵庫県生まれ。
日本文藝家協会、日本ペンクラブ、日本現代詩人会、日本詩人クラブ、能楽学会、六麓会（能・狂言研究会）各会員。
詩誌『Messier』編集同人・発行。（年二回）　西宮文芸誌『表情』編集人。（年一回）
著書『楕の埋葬』、『黄金色した領土を司る天使の伝説』、『空薫《そらだき》』、『慈童』、『虚の橋』、『雪の天庭』、『風韻』、『粒子空間』、『綾を織るまで』、新・日本現代詩文庫84『香山雅代詩集』　Essays『露の拍子』など上梓。

青木 善保（あおきよしやす）

良寛さんの歌論

奇跡の人良寛さんの和歌（短歌・旋頭歌・長歌）千三百五十余首が伝わっている。

○この里に　手毬つきつつ　子供らと
　遊ぶ春日は　暮れずともよし
〈托鉢の里　子供らと歌い手毬つく　永遠の今〉
○夏山を　越えて鳴くなる　時鳥
　声のはるけき　この夕べかな
〈夕暮れ国上に鳴く時鳥の声　親交国学者を悼む〉
○月よみの　光を待ちて帰りませ
　山路は栗の　毬の落つれば
〈親交の定珍老　五合庵から帰宅　見送る心遣い〉
○あは雪の　中に立ちたる　三千大千世界
　またその中に　あは雪ぞ降る
〈寺院に依らず唯一人　求仏道大宇宙世界に立つ〉

奇跡の人と呼んだ良寛詩歌研究者東郷豊治は、「だれが寒山・拾得の詩、懐素・高閑の書、万葉遺響の歌の三つを、兼ね有しえよう。――こころ豊かに生き抜いた人である。」『良寛歌集』（創元社）序に記している。

五合庵時代（45～59歳）に、萬葉集から百九十首を選び「あきのゝ」を編んでいる。この選歌は、かつて萬葉集の国民文学の特徴とされた「安みしし―」「御民我―」「醜の御盾―」皇道精神の鼓吹・偏狭な愛国思想の昂揚する歌は選ばれておらず、作者不詳が多く、民衆の歌、特に相聞歌・恋の歌が多いとしている。佐佐木信綱が「概して平明にして、しかも味のある歌を選んでいる」と評している。

行脚中の自筆歌稿「つのくに」、「きのくに」、帰郷後の自筆歌稿本『ふるさと』、『くがみ』、貞心尼自筆本『蓮の露』等が、良寛歌集の基になっている。

『蓮の露』に良寛・貞心唱和の歌が集められている。

○これぞこの　仏の道に　遊びつつ
　つきやつきせぬ　御のりなるらむ　貞
○つきて見よ　ひふみよいむなや　ここのとを
　十とをさめて　またはじまるを　師
○君にかく　あひ見ることの　うれしさも
　まださめやらぬ　夢かとぞ思ふ　貞
○君や忘する　道やかくるる　この頃は
　待てど暮らせど　音づれもなき　師
○ことしげき　葎の庵に　とじられて
　身をば心に　まかせざりけり　貞
○生きしにの　界はなれて　住む身にも
　さらぬ別れの　あるぞ悲しき　貞
○うらを見せ　おもてを見せて　ちるもみぢ　師

良寛さんの嫌いなものは、「書家の書」「詩《うた》よみの詩《うた》」「料理人の料理」といわれる。漢詩・和歌の創作は、倉敷玉島の円通寺時代（22～34歳）師国仙和尚の影響か。諸国行脚時代（35～40歳）に始まり、習熟の五合庵時代、円熟の乙子草庵時代（60～68歳）、終焉の木村家庵室時代（69～74歳入寂）、座禅・托鉢と廉潔を貫いた独自の歌の道を拓いた。

『歌の辞』が発表されたのは、昭和54年（1974）渡辺秀英（新潟大学講師）『良寛歌集』（木耳社）による。昭和36年発見、越後国学者上杉篤興《あつおき》（1788～1844）が、良寛さんの歌を筆写した『木端集』の中に〈歌の辞〉があり、そのもとは文化10年（1813）、良寛56歳頃（五合庵）の備忘録としているとある。

国学者上杉篤興との交遊は、良寛さんが国学者の加茂真淵、本居宣長の書籍を読み、五十音図の自説を説くほどの学識から親交の深さが窺える。篤興は小関村（燕市）庄屋に生まれ、幼時より学問を好み、十九歳で江戸に出て平田篤胤内弟子になり、帰郷後は北国古学の棟梁として国学の普及、出版に尽くしている。

『歌の辞』と渡辺秀英注の要約を述べる。
1　よき歌よむとするはわろし。おもしろき歌よまんとするもわろし。歌の中にはよきもやさしきもあるなり。
〈注〉「歌のよしといふは心を先として珍しきふし

を求め、詞を飾りて世むべなり」平安後期歌人の趣向、技巧が中心の当時の風潮を否定している。
2　すべて物にめあてをするはみなひが言なり。歌はやさしくたけ高くよむものなりと教ふるは、みな歌の道にくらき人のいふことなり。
〈注〉鴨長明は「歌はやさしくたけ高く詠むべき物なり」(『無名抄』)、藤原定家の和歌十体等は永く近世まで支配していた。歌道の巨匠たちを「みな歌の道にくらき人なり」と拒否している。
3　そもそも歌は我国のものにあらず、人のこしらへたるものにあらず古しへのみありて今はなきにもあらず。
〈注〉歌は時、場所を越えて普遍的である。この和漢一致の論は、当時の国学者太宰春台等は、「唐土と我国と風俗同じからずと雖も、詩と歌との道ばかりはその道理全く同じ。…唐と大和と詞の変るのみにて、性情を吟詠することは少しも変ることなきなり。」(『独語』)と説いている。
4　人の心のうごく心のはしを文字にあはせて、心やりにうたふものなり。近くいはば、なくは歌なり、笑ふは歌なり。歌の心とて別にあるものにあらず。
〈注〉江戸時代には作者の性格的表現や幽玄、勇壮、温柔などの表現方法が重視されたが、方法よりも歌の心、自然感情の発生を重視する。
5　我は歌をよく意得《こころえ》たりとおもふは、まだしきときの歌なり。此道に意得やうありといはば歌にはあらず。
〈注〉自尊心・うぬぼれ・生兵法等を誡めている。
6　古今よりきざして、夫よりしもつかたは歌にはあらず。歌のまねするなり。つひには月花の中だちとなり、うかれ人のつぶねとなりをはんぬ。
〈注〉『古今集』から悪風が出はじめたが、とるべき点もある。だが、以後の歌は否定している。風流の人は「浮かれ人の奴隷」と決めつける。
7　今の世の人もなどか歌なからんや。これを誰よりか伝へて誰にかをしへん。もし、しかあらずとおもはば、こころみに古の歌をもておのが心にあてて見よ。

〈注〉古今伝授。歌学、歌道の批判、師承の否定。
8　われもしらず、人もしらず、おのづから事にふれてうごく時の意を、すぐさまに言葉にあやなし、聞きにくからぬやうにして、声を長くしてうたひて、其をりの心をやるものとはしるべし、
〈注〉自然感情の発生が歌とする。胸の奥から心魂をも動かす激しい感情や強烈な印象する立場とは全く異なる。日常生活の自然感情を歌にする「心やり」。つまり刺激を感ずる感受性自体について論究する。
9　猶もいはば、心うごかざる時は歌なり。うたはざる時はうたなり。歌をしらずして、よそごとにのみこれをうたとおもひもてゆく時はうたなり。うたはうたのうたなり。うたにあらざるは、歌にあらざるの歌なり。
〈注〉歌論の最骨頂にあたる、鐘と撞木《しゅもく》と音の関係で考えると通常、鐘がゴーンと鳴らない時は「うたはざる時」、まだ撞木を動かさない時は「心の動かざる時」とする。撞木が動いても、未だ音と感じない時。刺激があっても未だ感情となって未だ外部に発現しない時。鳴るべき素質を内在しながら、鐘が未だ音声として外部に発しないでいる状態にある。普通には、外部へ発し耳に感じた鐘の音を歌と考えられているが、歌は、その鐘に内在している音声を歌であるとする。


　この歌論の特色は、江戸後期の歌壇、古今の歌論が外面的芸術論に対して、内在性のものを対象にその存否を論じて独創的な内面的芸術論にある。夏目漱石は坂本繁二郎「うすれ日」が牛の絵ではなく絵そのもの生命力を発見し引き込まれた（木股知史甲南教授）。形式を排し本質を主体とする良寛さんと一脈通ずる。

　師道元の「不立文字」を超えて山居修行において、天性の感性を磨き、発せずには居れなかった良寛さん。最晩年、病苦のなか厳しく自己を写す「長歌」を想う。

　音楽は耳の世界、美術は目の世界と考えれば、文学は目と耳の重なる世界。それは心眼、心耳、心言となるのか。心言は、オノマトペ、喃語やノイズだろうか。

森の宝石

八ヶ岳南麓九百米の豊かな里山
名高いオオムラサキの生息地
小学三年生が毎年
囲われた雑木林で
幻の蝶を育て続けている
子どもたちの人気は
木の小枝を這う幼虫
そっと指を触れる
角をだし小さな目をむける
顔の愛らしさ
羽化のときを迎える
背中から頭が出て
羽　腹　脚がそろって
ムラサキの紋様の鮮やかさに
歓声をあげる
竹籠に入れたオオムラサキを
エノキの植林の森へ放つ

　バイバイ　がんばるんだよ

オオムラサキを大好きなおじいさんが
植えたエノキの林にある
「国蝶の宿」は閉じられている
ウグイスの鳴く　一人暮らす
おばあさんの家の庭に
おじいさんを連れて
オオムラサキが
今日もやってくる
庭の小石に止まる
おばあさんが手をさしのべる
右手の指先に乗り移る
　あなたはどちらにとびますか
おばあさんの声に　オオムラサキは
しばらく羽を止めて
故郷の森へ飛び立っていく

青木　善保（あおき　よしやす）

長野県木曽郡木曽町に生まれる（1931・1・1）
1953年より長野県下の小・中学校、1991年まで高校、信濃教育会教育研究所・短大・専門学校等勤務

◇所属団体
長野詩話会（2001〜2005）
長野県詩人協会（2001〜）
樹氷（2009〜）
日本現代詩人会（2013〜）
潮流詩派（2014〜）

◇著書
詩集『風の季節』（私家版　2001）
詩集『天上の風』（私家版　2007）
評論集『良寛さんのひとり遊び』（文芸社　2011）
詩集『風のレクイエム』（私家版　2012）
詩集『風のふるさと』（私家版　2013）
詩集『風の沈黙』（私家版　2016）
詩選集『青木善保詩選集一四〇篇』
（コールサック社　2017）

◇寄稿詩誌・詩集
「詩と思想」寄稿（2014〜）
『長野県詩集』寄稿（2001〜）
『水・空気・食物300人詩集』（コールリック社　2014）
『生きぬくための詩68人集』（コールサック社　2014）
『詩と思想・詩人集二〇一四』（土曜美術出版販売）
『詩と思想・詩人集二〇一五』（土曜美術出版販売）
『詩と思想・詩人集二〇一六』（土曜美術出版販売）
『少年少女に希望を届ける詩集』（コールサック社　2016）
『非戦を貫く三〇〇人詩集』（コールサック社　2016）

宮川 達二（みやかわ たつじ）

熊の牙

私の心に深くとどめて、決して忘れられない逸話がある。一九二八年（昭和三年）六月、旭川で起きた詩人小熊秀雄とアイヌ青年に関する話だ。当時小熊は旭川新聞記者だったが、詩人として立つべく上京を決意し、旭川を離れる直前だった。小熊は別れを告げるために親しく付き合っていたアイヌ青年を旭川近郊の近文地区へ訪ねた。小熊は、日露戦争後にロシアから割譲された樺太育ちで、北海道に住む先住民族であるアイヌに何の偏見も持たない男だった。この時のアイヌ青年との逸話を九年後の東京で、小熊は懐かしさを込めて次のように回想した。
「彼は餞別の意味で一本の熊の牙を私にくれた。牙は家の後に立てられた塀の上に突きさしてあった大きな熊のシャレコウベをはづし、それを地面の上に置いて、銃を持ち出してきて強く顎を一撃してとったものだ。彼は牙を私に渡す時『特別に』という意味をいった。アイヌ人と熊との関係は、熊の霊の中に残忍に銃を加えるほどに殺風景なものではない事を知っている私は、彼が私に熊の顎を砕いてそこから牙をとって私の餞別にした好意を今でも最大なものだと思っている。」
「望郷十年」一部抜粋
北海道帝国大学新聞　昭和十二年十月二十七日
小熊は上京後、アイヌ民族と和人の友情を描いた「飛ぶ橇」という長編叙事詩を書き残した。日本の詩歌の伝統にはない画期的な主題と叙事詩という壮大な世界へと踏み込んだ作品だ。この詩の副題は、小熊によって―アイヌ民族の為に―とされた。明治以降、虐げられてきたアイヌ民族への共感を示したこの作品は、小熊が育った樺太を舞台に、移り住んだ旭川でアイヌ民族との触れ合いが生んだ。「熊の牙」の逸話は、小熊という詩人の異民族へ対する姿勢を明確に示し、詩人が取るべき方向を指し示している。

二〇〇九年七月、私は小熊秀雄の大正時代の足跡を調査するため、東京、旭川の三人の方と共にロシアのサハリン（旧樺太）を訪れた。小熊の少年期の足跡を辿った旅の後半、ロシアの作家チェーホフが一八九〇年に訪れたというアレクサンドロフスク・サハリンスキーという町へ行った。北緯五十度を越え、かつて日本軍に亜港と名付けられた町である。そこで、我々を案内してくれたのが、郷土史家スメカーロフ・グリゴーリーさんだった。

彼は、身長はそれほど高くもないが、がっちりとした体格、微笑を絶やさず、ヒゲを蓄え、シベリアに棲息する熊を連想するような男である。彼はロシア人には珍しく、英語が話せる。郷土史だけではなく、ロシア文学にも詳しい。

彼に、日本の詩人小熊秀雄が樺太で少年時代を過ごしたこと、我々は小熊の足跡調査のためにサハリンを訪れた事を伝えた。すると、彼はすでにロシア語訳『小熊秀雄詩集』を読んでいるという。「飛ぶ橇」はもちろん、ロシア革命後に自殺したロシア・アヴァンギャルド詩人を追悼した「マヤコフスキーの舌にかわって」さえ知っている。私は、サハリンの辺境の地に、小熊の詩を読んでいる人がいることに心から驚かされた。

私はグリゴーリーさんに、旭川で起きたアイヌ青年と小熊の「熊の牙」の逸話を伝えた。彼はアイヌ人が熊をカムイと呼び、神として畏敬の念を持っていることを知っている。彼は、この逸話に非常に関心を持った事が分かった。翌日私は、彼の住むアレクサンドロフスクを離れた。夕陽の沈む海の岸壁に群生して咲くエゾカンゾウの花の姿を心にとどめた。

私がサハリンを訪れた翌年の五月、グリゴーリーさんが、私の住む旭川を訪ねてきた。旅の後もメールでお互いに近況を伝えあい、友情を深めていた。

再会した時、彼がすぐに私に渡したものがある。長さ四センチあまり、湾曲した象牙色の動物の牙のようなものだった。彼は私に
「熊の牙です」

と言った。なんと彼は、サハリンの森の中で、自分が熊を銃で射止め、その熊の牙を私に土産として持ってきたのだ。ロシアでは、普通の人々も銃を扱い狩猟をやるらしい。その時彼は英語で
「特別に」

と言った。どこかで聞いたことのあるセリフだ。

私はまさかと思った。小熊とアイヌの逸話を、サハリンの彼の常駐するアレクサンドロフスク図書館の一室で語ったのは確かだ。しかし、彼が熊の牙を実際に私に持ってくるとは思ってもいなかった。

小熊が旭川の近文でアイヌ青年に「特別に」と言われて熊の牙を渡されたのは一九二八年（昭和三年）の事である。私が、ロシア人グリゴーリーさんから、サハリンの熊の牙を渡されたのは二〇一〇年、あれから八二年の時が経過している。

遥か昔のアイヌ青年の小熊への最大の友情の示し方を、今を生きるロシア人が同じ行為を踏襲し私に示した。彼のことだから、あの逸話のアイヌ青年と同じく、野生動物へ理解と配慮があった事を信じる。

北海道を旅する間に、私は彼にロシアの何処で生まれたかを聞いた。すると
「シベリアのチェルスキー収容所です」

と、彼は答えた。一九五七年、ロシア革命後に続いた苛酷な状況下で彼は生を受けている。まるで一九世紀にシベリアの収容所に送られたドストエフスキーのような運命を、二〇世紀前半に若き日々を送った彼の父母は背負っていた。

二一世紀のロシアの現在を生きるジャーナリストは、暗殺の横行する時代の風潮を次のように語った。

「分析する人はいても、この時代を共有する人はいない」

ロシアの人々の孤独は深まる。また、ロシアの人権擁護の為の小さなコンサートの夕べのテーマは
「誠実に生きることがまだ胸を打つうちに」

と題されていたという。ロシアの現実は他人事ではな

い。我々が直面する問題である。
　小熊秀雄とアイヌ青年の「熊の牙」を巡る逸話は、私とロシア人の間にも同じことが起きた。日本もロシアも、いまだに過去に似た時代の闇に閉ざされている。しかし、時代を共有する友たちへの信頼を深めて行くことにより、必ず未来への道を切り開くことが出来ると私は信じている。

参考文献　『小熊秀雄全集』創樹社
『モスクワの孤独』米田綱路　現代書館

残照

旭川空港、午後五時。北国の秋が深まりつつある。西に陽が落ち、残照が稜線の上を赤く染めた。剃刀で切ったような細い弧を描く月が昇り、その右下に木星が接近して光を放つ。心を、西の空の光景に鷲摑みにされた。私の背後には闇に沈む大雪山と十勝岳連峰が聳えている。高山にはすでに初雪が降り、次第に紅葉が町へと降りつつある。冬も決して遠くはない。だが、この町の人々にとって、秋の黄昏の空の澄み切った光景は単なる日常に過ぎない。故郷を去ろうとする私だけが、残照の劇的な光景を食い入るように見詰めている。

南へと機首を向けた飛行機が轟音を発して飛び立つ。背後へ、背後へと遠ざかる故郷の町。春の森に咲く紫のカタクリ、残雪に映える夏の高山植物、秋の鮮烈な森の彩り、白い冬の雪と氷に覆われた酷寒の日々。詩歌を、芸術を、哲学を語り合った友たち。すべてに悔いはないが、懐かしい記憶が次々と脳裏を駆け巡る。

春に母がこの世を去った。命閉じるべき時は今…。九十年を生きた母はそう思い、私が故郷を去る決意を後押しした。

残照が彼方に微かな赤い色を残す。しかし、次第に無数の星が瞬き始めた。私がかつて見た湘南の海の夜明け。明け初める南の空に月と木星が浮かび、心震わせる旋律が流れる。その時、明け初める空に向かってつぶやいた祈りの声。人は同じところに留まっていることはできず、人との別れもかならずある。

飛行機は、水平飛行を保ち北海道と本州を隔つ津軽海峡を越えた。残照はいつしか消え、広大な宇宙は闇に閉ざされた。三日月と木星は微動だにせず、空港で見た西の空で光っている。

宮川　達二（みやかわ　たつじ）

詩人、文芸評論家、エッセイスト。

小熊秀雄協会世話人。

一九五一年、北海道富良野市生まれ。旭川東高校時代に詩人小熊秀雄を知り、文学へ強く惹かれる。当時は七〇年安保闘争、学生運動で時代は揺れていた。一九七〇年に上京。慶応義塾大学入学。大学では三田文学塾生会に所属。仲間四人と同人誌『銅版画』を出し、短編小説を掲載。卒業後、神田神保町の広告代理店に勤務、その後、塾を神奈川で開く。二〇〇〇年、思うところあり故郷北海道へ戻る。以後旭川で、小熊秀雄賞、旭川文学資料館と関わり、詩画展、写真展開催。東京で、小熊秀雄協会、池袋モンパルナスの会主催の小熊追悼の為の長長忌に参加、講演を行う。二〇〇九年、小熊秀雄の少年時代の足跡を追うために玉井五一、中本信幸、高田雍介氏等とサハリンを旅する。以後、東京の小熊秀雄の足跡の調査を行い、文芸誌「コールサック」に小熊秀雄論を三年間連載。二〇一四年九月『海を越える翼　詩人小熊秀雄論』（コールサック社）を刊行。その後同誌に、詩、エッセイ、書評、講演録などを継続して掲載している。

二〇一六年秋、北海道より神奈川へ移住。

稲木 信夫（いなき のぶお）

中野鈴子と小林多喜二

中野鈴子と小林多喜二、――あまり話題にされることのないこの二人の関わりについて、この機会に書いてみたい。

中野鈴子の詩に、多喜二をうたったものがある。一九五二年二月、鈴子が書いた「小林多喜二のお母さん」の一篇である。百一行にわたる長詩で、題名どおり多喜二の母せきにむかってうたわれている。この詩は、福井市でその翌月に新日本文学会福井支部が開いた「小林多喜二祭」のために、この時支部長だった鈴子が書き、自ら壇上に立って朗読した。多喜二への思いをこめつつ、多喜二の母せきの心に寄り添ったもの。

お母さん
あれから十九年の月日が流れています
お母さん
十九年の月日の中に
お母さんはどのような心を養われて来られたので
　しょう
お母さんの　かなしみの　怒りの火は
老いさらばいたお母さんの体の中に
炎のように

このように長詩の結びの部分で鈴子は書いた。十九年前の一九三三年二月、多喜二は築地署特高の拷問により殺された。それから十九年目のその日、その母の心をわが心として鈴子はこの詩を書いた。多喜二の死以後、多喜二の母の心に燃えた怒りの火を、誰もがそうであったように鈴子も自分のものとしていた、その明らかな証しである。

鈴子は一九二九年一月に上京、多喜二は翌年三月に上京した。日本のプロレタリア文学が運動体としての形をなす日本プロレタリア文芸連盟の創立が一九二五年で、九年後のプロレタリア作家同盟の解散声明でプロレタリア文学運動として終息したとされている。二人ともにその運動の前半期に東京に出たのである。

しかし、二人の上京は、それぞれの事情が違う。鈴子は、当時の男性社会、家父長制の下での由緒ある家柄の家、三人姉妹の長女として育ち、兄の中野重治と同じく若くして文学に親しむが、文学生活への志で一致した恋人窪川鶴次郎との仲を父に引き裂かれ、自殺まで図ろうとした苦しみの果ての、重治の援けを得ての上京である。これに対して、多喜二は秋田の貧農の生まれ、縁戚の助けを得て小樽に出、銀行員となって多くの仲間を得て組合運動にも参加、小説も相次いで発表、作家同盟（ナルプ）に加入しての翌年には中央委員になり、いち早く小樽支部をつくる準備に関わる。めまぐるしいばかりの日びに四・一六事件に遭遇、そこで銀行を解雇されての上京であった。

上京後は、鈴子はいきなり四・一六事件で重治、西田信春らと検束され、そこで社会運動への弾圧が強まるこの時代の厳しさを知る。作家同盟で『戦旗』の編集にあたっていた重治のそばにあって、鈴子は作家同盟や長谷川時雨らの『女人藝術』に接近、同時に「日本赤色救援会」、翌年に改称する「解放運動ギセイ者救援会」にも加盟したのであろう。そこでの活動を複数のペンネームで小説とし、「おきさ」「面会に行く」など発表している。「面会に行く」は、西田信春釈放に働く信春の父を援助する内容である。さらに「鎌」「味噌汁」など詩にも書いていく。

多喜二の場合は、上京はいわば本格的な作家活動、プロレタリア文学運動の渦中への参加であった。上京するや、『戦旗』発行を守る運動のアピールのための講演運動に江口喚、重治らと参加、その直後の大阪で検挙され。そして六月から翌一月の釈放まで杉並署、巣鴨署、豊島署と引き回されるが、この巣鴨署で鈴子との出会いとなった。

ここでは約一か月いたが、多喜二が獄中から出した手紙は一五五通もある。その手紙のうちから鈴子が救援会活動に全力を尽くした様子がわかる。

十月二日の田口滝子宛の手紙によると、「（九月）二十九日に、鈴子さんが面会に来た。あの人が、ぼくが警察にいたとき、皆に気狂いだと云われる迄毎日々通って、差入其他のことを頼んでくれたのだ。スガモの時は二十九日いる間に、十六回きてようやく四回か三回位差入をゆるされ、後はどなられ通しに、どなられたのだ。坂本の時も一日置きにきて、色々な食べもの、褌のセンタクまでしてくれた。それを僕がいよいよ此処に来るようになったら、誰かがあの人の処へ行って、小林の差入は滝子がすべきだ、と云ったそうだ。あの人は僕への差入については、何かは他の人からも変に誤解までされていたのを、無理していたらしい。そこへもって行って、――べきだ、と云われたので、すっかり打撃を受けたらしい。此処にいるので、よくわからないけれども、実に人の気持を考えない、勝手な無礼をあの人に与えたことになる」とある。

同じ田口宛の十月十一日の手紙でも、「ぼくが色々な用事のことで、中野の妹さんにお願いしたのは、差入のことがよく分かっているし、非常に熱心に、細かいところまでも、気付いてくれるし、それに、普段からぼくらの方のことが分っていてくれるので、都合がよかったのだ。それに同じ仲間の人たちの中にいるので、こっちから頼んでやることが、すぐ役に立つように伝えてもらえるわけだ」とある。

こんな手紙の一部分でも、鈴子がいかに力を込めて救援会の活動を行なっていたかがわかる。多喜二もその鈴子の生真面目さを受け止めていた。多喜二の鈴子への感謝の心情が読み取れる。二人の出会いはこのようなものだったのだ。

多喜二の鈴子への手紙は、もちろんその事だけではない。文学的助言、多喜二らしい外国文学作品、作家論も多々あるので、それらの言葉を引き出した鈴子の多喜二への手紙、面会での会話の内容がわからないなりに、多喜二の鈴子への作家としての期待も感じとれるのである。鈴子の、率直さと明快さでもって事柄を伝える心、それに多喜二も反応している。かれは獄中の身であり、政治的なたたかいの中にあって、救援会に感謝していたにちがいない。

多喜二の場合も獄中の手紙は普通の手紙のようには扱われないはずで、鈴子との連絡方法もそれなりの苦心があったであろう。同時に、多喜二の思いやりの心が鈴子の面会によって解放される瞬間があったのであろう。十一月二十日の手紙では「この手紙がつく頃には、あなたもそれを読んでくれることでしょう。顔をしかめているあなたが見えるようです。もう冬がぼくたちの襟もとまで来ています。一本田（注―中野家の在った旧福井県坂井郡高椋村）も、ぼくが残してきた北の国も、冷たい雨が雪を交えて降っているでしょう」とあり、こんな言葉の中にも深い友情がこもっている。読んでくれたかというのは、『改造』誌に載った小説「東倶知安行」のことである。
先の十月二日の滝子宛の手紙にも、「先日は、鈴子さんからの手紙を二通受取りました。世の中からの言葉を聞いたように嬉しく思いました」とあり、鈴子が手紙にこめた思いやり、多喜二への心配りが彼の心を和らげたようだ。多喜二が豊島署で保釈されて母との生活に入った時、鈴子がそこで彼を訪ねるようになるのも自然で、それも詩「小林多喜二のお母さん」でうかがえる。

或る夏のあつい日にお訪ねすると
裸で原稿を書いておられる　多喜二さんの背中を
お母さんはウチワで風を送っていられました
下積みのくらしのほこりの中に
愛と働きとを一すじに堪えてきた
やさしい日　力をこめた骨ばったアゴ　肩　手

獄中での多喜二の救援にあたったのは、鈴子、原泉子、村山籌子の三人といい、それぞれの役割があったものと思われるが、私は資料に欠いていて、救援会の実態が今はわからないままである。

とびこえる——福井空襲七十年後

その時の瞬間をつかめない
七十年前
心は一秒
七十年の時をとびこえて
現われてまた消える

どのような一秒も
瞬間に生死をわけた
子どもでさえ泣く心をもたない
女でさえ恐怖の走りを知らない
泣く男でさえも泣く幼児を知らない
涙は一分ももたない
地面を走る一瞬の豪炎
われをはさんだ壁と壁の炎
心が心でなくなった一瞬
夜が夜でなくなった一瞬
照明弾を見たか
雨とふる焼夷筒を見たか
普通爆弾そのものを見たか
爆撃に移動するもの
数限りなく飛ぶ爆撃機を目にしたか
炎の散る音を耳にしたか

幼い体が逃れた川にあって
ちぢれていく草群れに
おおいかぶされ
火にゆさぶられるままに
飛び散る夜のままに
わたしにせまってくるままに

わたしを抱いた
母も知らない
布団を川面にひろげて
父も知らない
今　その時が来た瞬間を私はつかめない
七十年の時をとびこえて
今　命の現われてまた消える一秒がわからない

稲木　信夫（いなき　のぶお）

一九三六年（昭和十一年）福井県福井市に生まれる。四五年七月、福井市で父母とともに空襲被災。四八年六月、坂井市丸岡町で福井地震被災。

一九五四年高校卒業で京都に行き友禅染下絵画家の下に就職するが、同年十一月に肺結核を発病して帰郷、その後百日の入院後、文学サークル「出発」を結成、一九五六年まで五号発行。この頃、中野鈴子と出会い、鈴子宅を訪ねるようになり、没年まで交流続く。

一年後の一九五六年、ゆきのしたの会（後、ゆきのした文学会、ゆきのした文化協会）に入会、詩部会誌「歌の本」を五八年より六〇年まで十二号発行。五七年より加藤忠夫とともに会事務所専任者となり、事務局長、編集長など務め、総合文学誌『ゆきのした』の月刊発行に力を尽くす。この間に則武三雄ら詩人を知る。

一九六〇年、岩城佐代子と結婚。

一九六四年、福井詩人の会結成。詩ぐるーぷ誌『福井詩人』を六八年の二十九号まで発行。一九六六年より文学ぐるーぷ誌『わかあゆ』を六八年の七号まで発行。

一九八四年、福井県詩人懇話会創立に参加、事務局長として二〇〇九年まで約十八年間務める。二〇〇九年より岡崎純と県詩人懇話会顧問。一九〇三年、福井県文化協議会による県文化藝術賞を受ける。

一九八五年、詩人会議入会、現在全国運営委員。

一九八七年より九四年まで草野信子と詩誌『ブーメラン』を九号発行。一九九一年、詩人会議・水脈（現水脈の会）を結成、代表として現在に至る。近年は日本現代詩人会、戦争と平和を考える詩の会、など入会。

詩集『きょうのたたかいが』（ゆきのした文学会）、『碑は雨にぬれ』（能登印刷出版部）、『溶けていく闇』（土曜美術社出版販売、詩集で壺井繁治賞最終候補）、私的な回覧詩集三号まで。

評伝『詩人中野鈴子の生涯』（光和堂、壺井繁治賞）、『すずこ記　詩人中野鈴子の青春』（私家版）、『詩人中野鈴子を追う』（コールサック社）

画集『稲木信夫創作孔版画集』（全二冊）

ルポ『福井空襲・午前一時』（ゆきのした文化協会）

共著『福井空襲史』（福井空襲史刊行会、福井市文化奨励賞）、他、編書多数。

佐藤 春子（さとう はるこ）

詩は人との出会い

私にとって大切なもの、それは詩との出会い、人との出会いですのでそれを書くことにします。昭和40年頃私は岩手県宮古市に住んでいました。高校時代の恩師昆野安雄先生が毎晩のように夢に出て何かを訴えているようでした。

帰省の度に先生のお宅にお邪魔し仏前に手を合わせましたが奥様とさまざまの思い出話のあと、分厚い先生の遺稿を見せて下さったのです。その遺稿をお借りして夫にも読んでもらいました。すると、夫は岩手日報紙上で「本にしたい」と呼びかけたところ、沢山の方々から応援の手紙や葉書をもらいました。

先生は口内音頭の作詞者でもありレコード化され売り出されたのは昭和31年ごろでした。学校の校歌や、詩、エッセイなどの遺稿が原稿用紙に整理されており、5センチ程の厚さで遺稿の多さに驚きました。

そこで「昆野安雄遺稿集刊行委員会」を立ち上げ遺稿の整理や追想文の依頼等、約1年間、お預かりした原稿を原稿用紙に書き写すことからはじめました。私はまだ20代、娘は幼稚園の年少組でした。

先生は旧制黒沢尻中学校第一回生で、新設の黒中に、近郊近在から年齢の違う志望者がどっと押し寄せ6倍の倍率だったそうです。先生は最年少の12歳、最年長は20歳とのことです。その入学試験は最年少の昆野安雄先生がトップで「金時計をもらった方ですよ」とおっしゃって、喜んで協力して下さったのでした。八重樫運吉、高橋喜平、阿部円次郎、軽石喜蔵、吉田昌兵衛、阿部清次郎氏と、そうそうたる方々でしたので、4周忌の命日に遺稿集『土に還る』を出版することが出来ました。（昭和44年7月5日発行）。

娘（恵理美）は小学校の3・4年生頃から日記帳に詩を書いており、私の入院等で寂しい想いをさせたこともあり、4年生では『夜の空に残った雲』をガリバン刷りしました。翌年は『夕焼けは焚き火だ』を。小学校の卒業記念に詩集『風と雲と星』を、ガリバンは書家の菅野梅蔵先生にお願いし、印刷は娘と二人で作業を。製本はモノグラム社に依頼し100部印刷（昭和45年4月発行）岩手日報紙上に紹介されました。会員の千葉祐子さんの紹介で「野火の会」主宰の高田敏子先生にお送りしたところ、早速お手紙をいただき、最年少詩人として中学1年生から野火の会員になることができました。「野火」は年6回の発行。東北野火仙台、山形、青森、岩手の勉強会に娘と一緒に参加しているうちに私も野火の会員になったのでした。
昆野安雄先生の遺稿集の詩の中には数え歌や、青い目の人形、荒城の月、東京音頭、おけさ節等の曲で歌う詩が多くありました。
私はその影響で数え歌を何曲も作っていました。
寒風山　（月の砂漠の曲で）
秋田の空は　どんな色　夢はふくらみ　旅に立つ
日々の疲れを　飛ばす風　男鹿の海は　荒い海
等といろいろの曲に合わせて幼稚園の数え歌や生協の歌などを作っていました。
昭和53年4月から岩手日日新聞水沢支局・北上支局発行の「リビング」に娘（恵理美）と二人で月2回詩を発表する欄をいただきお世話になりました。
息子も小学3年生になっていました。だんだん手もかからなくなって来たので家族詩集を作ろうと提案すると、夫は恥をさらすのはいやだと反対しましたが、岩手県詩人クラブの会長斉藤彰吾氏に序文を書いていただきましたところ、夫も学校の文芸部に発表したもの等協力してくれたので、昭和56年12月に家族4人の家族詩集『お星さまが暑いから』を発行、岩手日報、きたかみ、岩手日日、毎日新聞、河北新報に紹介していただきました。限定100部、印刷は少年刑務所にお願いしました。斉藤彰吾氏が中心となって出版記念会を開いて下さいましたので、100部を増刷、多くの方々にご参加いただきました。
その会がご縁となって、北上詩の会、「ベン・ベ・ロコ」の会に入会しました。代表は小田島重次郎先生です。締切日に原稿を書けないでいると重次郎先生から電話が入り「あと三日待ちます。」原稿はいただきにいきます。とおっしゃって、野菜まで持って来て下さるのでした。

息子は6年生になっており、姉に負けまいと一人で家族新聞を発行、2号までは広告の裏に書いていましたが、誰も読まないので、わら半紙大に用紙を変え見出しを大きくし玄関に張り出していきました。私はそれをコピーし、老人ホームや学校の先生、友達に配って協力しました。昭和59年12月20日初めての取材でした。相手は北上警察署の交通課長さん。お願いは「北上スーパー川岸店の近く交差点のある通学路は事故が多いので信号機を付けてほしい」ということでした。その為か、昭和60年6月13日、信号機が付きました。岩手日日新聞に掲載されました。

昭和60年4月20日、家族新聞24号を発行した時毎日中学生新聞の一面に「僕は〝中学生編集長〟」と紹介されました。毎日新聞盛岡支局長から「肉筆で書き続けている息子さんの記事を最後まで大事に取って置くように。僕は自分で書いたものは綴りにして保存している」とのアドバイスをいただきました。

私や娘の書く詩の影響か、息子も詩を書くようになり、家族新聞の29号から発表を始めました。

51号から「大樹」となっていた平成2年4月発行には娘の詩について書いています。「お姉ちゃんの詩、岩手県立黒沢尻工業高校生徒会誌『望楼』の巻頭詩として載った」とあります。そしてその記事を次のように載せています。「巻頭詩「現在」について、詩集が『お星様が暑いから』は佐藤恵理美さんの家族詩集である。恵理美さんは小さい頃より詩を書き小学3年生の時に岩手日報の夕刊でも紹介。又小学校時代に詩集を3冊発刊。「現在」は高校時代に岩手日報(56年5月)に掲載されたもの。この詩集は本校図書館にもあります。」と生徒会誌のとおりに書いています。

平成2年には北上市に日本現代詩歌文学館が開館し文学館賞贈賞式がおこなわれました。又同年の9月北上市の詩歌文学館で開かれた日本詩人クラブ主催の「みちのく詩祭」があり、川村洋一さん、佐藤章さんが中心となって準備をすすめておられ、私は文学館協力員の一人として展示のお手伝いをさせていただきました。詩祭当日、全国から詩人の皆さんが北上にいらして下さる。懇親交流会、二日目もご一緒することができたのです。このときに日本詩人クラブ会長の寺田弘氏とお話することができました。詩歌文学館に何度もいらして下さってその時々にご連絡をいただいてお会いすることができました。平成6年8月、佐藤章さんから是非北上民俗芸能である夏祭りを見てもらいたいとのこと、斉藤彰吾さんに案内をお願いし、北上市民会館で芸能祭りを見ていただき、私の家で昼食の後、民俗村にある彰吾さんの詩碑をご覧になりました。夜は北上市役所前の桟敷で高橋盛吉市長ご夫妻とお話をされ、鬼の館館長門屋光昭氏と懇談。篝火の中で北上鬼剣舞や鹿踊りの大群舞を見ていただきました。平成5年5月寺田弘氏の『手首の秋』出版記念会に参加。平成8年『独楽詩集』アンソロジーに参加。出版記念会の冒頭で詩を朗読。平成15年5月『独楽詩集』2003出版記念会、大滝清雄、相沢等、上林猷夫の3人を偲ぶ会に出席させていただきました。

「ベン・べ・ロコ」に中学生になった息子も入会（昭和60年）家族4人が会員となり、重次郎先生から「編集室に来ないか?」と誘われ、家族新聞時代からお邪魔していたので編集室でワープロの手伝い、私は印刷、製本の手伝いをさせていただきました。

編集室の小田島重次郎先生の家は4世帯家族、娘さんご夫妻は勤務しており、奥様は二人のお孫さんの面倒を見ながら農作業と多忙な日々、先生は編集室の仕事をしながらお父様の看病もされるようになり、先生もご病気と戦いながら入退院を繰り返す等。詩誌の発行は年4回です。自費でコピー機、印刷機、二つ折機、製本機と一式揃えているのです。詩集を発行する方も多くなり、その都度、詩の会で出版記念会を開いてくださいます。又合評会の後は必ず懇親会を開き詩の先生をお呼びすることもあり、会が楽しいのです。そして詩の合評会、忘年会、また新年会と、合評会の後は皆さんとの交流も計画してくださるのです。

岩手県詩人クラブの合同の発表会では一人の作品を毎年、会員で群読され、参加する人が多くなります。

長い間編集長をされた代表の小田島重次郎先生は、平成11年8月16日、ベン・べ・ロコ133号を発行。次号を発行すべく努力されていましたが、11月31日永眠されました。「ベン・べ・ロコ」は166号の発行になりました。文学館主催の春、夏、秋をテーマにした作品の募集があり、その都度合評会を持ち、文学館喫茶室に作品が展示されています。

杉山さんと藤川さんの関係

あるお屋敷の
東側・陽だまりの地に
一本の杉の木がある

樹齢何百年の木だろう
両手を広げて手をつなぐと
三人以上はありそうだ
その杉の傍らに
藤が寄り添っている

山の桜も終わり
田植えも終わる
ウグイスの鳴く声が聞こえる
藤は
杉の木全体に花を咲かせる

道行く人は
杉の木に藤が咲いた
と　見にくる

藤はまるで
この杉の木に嫁いだように
今を盛りと
抱き合うように
花を咲かせている

詩集『ケヤキと並んで』より

佐藤　春子（さとう　はるこ）

1938年　岩手県北上市生
所　属　元「野火の会」
日本詩人クラブ
岩手県詩人クラブ
北上詩の会
「泉」誌
詩　集　『お星さまが暑いから』私家版
『祭り』私家版
『ケヤキと並んで』あざみ書房
随想集　『目から芽が出た』あざみ書房
職　歴
婦人相談員（平成3年4月〜平成7年3月）
社会福祉協議会黒沢尻東支部事務局員
（平成7年4月〜平成10年3月）
絵手紙教室講師　ケアハウス・エスカール
（平成14年4月〜平成26年3月まで）

趣　味
手品　北上アマチュア・マジック・クラブ
玉すだれ　ピエロの会
講談　北上本牧亭
面作り　面六会
デイサービス、老人ホーム、子ども会、3・11東日本大震災慰問（陸前高田・釜石・大槌等）、現在に至る。

外村 文象（とのむら ぶんしょう）

同世代の詩人たち

高知市に住む小松弘愛さんから詩集『眼のない手を合わせて』（花神社）が届いた。十三冊目の詩集である。最初の詩集が三十八歳で四十六歳の時に詩集『狂泉物語』（混沌社）で第31回H氏賞を受賞している。その後一九九五年には詩集『どこか偽者めいた』（花神社）で第29回日本詩人クラブ賞を受賞している。全国に知られる詩人としての存在となった。

私達一九三四年生まれの詩人たちは、二〇一一年四月一日に『燦詩の会アンソロジー』（竹林館）を上梓した。二十四名の参加があった。その年の三月十一日に東日本大震災が発生して世の中は騒然となった。そんな陰にかくれてこのアンソロジーは注目されずに終った。だがこれは貴重な魂の記録である。これからも私達の手で守って行かねばならない。

小松弘愛さんは土佐方言の詩集を多く出されている。今回は十年を超えて書き溜められた共通語の詩集の発刊となった。

精読して同じ時代を生きた実感が胸に迫る。夜間高校に学ばれたということも、当時の経済状況を知る者にとっては容易に理解できる。

一九三四年生まれの詩人の旗手として、これからも活躍して頂きたいと願う。

安曇野市に在住の内川美徳さんも『アンソロジー』の参加者である。安曇野市のかおすの会から発行されている「かおす」の同人である。

最近になって共通の知人を介して繋がりが強くなった。彼は臼井吉見文学館の館長をされている。私も青春時代には臼井吉見の評論を愛読した。機会があれば一度訪ねてみたいと思っている。

内川美徳さんから送って頂いた臼井吉見著「自分をつくる」「続自分をつくる」（臼井吉見文学館発行）を読ませて頂いた。

土田英雄さんとは中村光行主宰の「人間」で長年ご

一緒して来た。
詩誌「鳥」は土田さんの洛西書院から発行されている。69号（二〇一五年十月三十一日発行）は土田英雄さんの追悼号となっている。経歴には一九三四年　岐阜県に出生。青年時代に京都市に移住。とある。
二〇一四年八月十二日　八十歳で逝去。
「人間」誌の所属については何も書かれていない。「人間」誌での足跡を辿ってみよう。土田さんは「中村光行さんに誘われて『人間』に入った」と言っておられた。
一三四号（平成十二年六月一日発行）から土田さんは登場している。（年二回発行）
エッセイ「善久さんが死んだ―悼　平光善久」
一三五号　詩「青江三奈幻想」
エッセイ「御室仁和寺界隈」
一三六号　詩「村道」
エッセイ「『京都人』考」
この号には「外村文象著『癒やしの文学』（平成十二年十一月・待望社刊）を読んで、読まれて。」が掲載されている。拙著エッセイ集への同人の言葉が寄せられている。土田英雄さんの文章を紹介しておこう。
この著者は筆まめな人であろう。日々の体験を記憶が薄れないうちに書き留めて置こうという性格らしい。いつか肉付けするつもりで取り敢えずメモしておいたが、一向に時間的余裕がなく、そのままで取り敢えず活字にしておこうということはないだろうか。例えば〈黒田三郎の世界〉という大仰な題にしては四行の本文は短かすぎる「病気と闘いながら、詩人として生きた黒田三郎の魂の告白に感動した。」同じ頁の〈足摺岬への旅〉「皿鉢料理を賞味しながら地酒を飲んだ。」「お遍路さんの一行に出会えるのは、如何にも四国の春らしい。宇和島では闘牛を見学した。」この記述を含む七行である。読者が知りたいのは著者の感動した〝魂の告白〟の内容であり、〝賞味した皿鉢料理、地酒の味〟そのものである。読者にいかにしたら作者と同じ感動を呼び込めるかが、文学における芸である。この種の本には彫琢した作品ばかり載せられた方が得策ではなかろうか。
一三七号　詩「杞憂」
エッセイ「『嵐電』駅周辺」
一三八号　詩「ケ・セラ・セラ」

エッセイ「法然院雑記」
一四〇号　詩「田中さん」
エッセイ「嵐電『三条口』あたり」
（1）島津製作所
一四一号　詩「平成ウソップ物語抄ヨリ」
エッセイ「嵐電『三条口』あたり」
（2）史跡「御土居跡」
一四二号　詩「帰国」
エッセイ「探索『嵐電　山ノ内』付近」
一四四号　詩「復古調—平成ウソッポ物語抄ヨリ」
エッセイ「嵐電『蚕の社』駅周辺」
一四五号　エッセイ「回想遠藤恒吉さん」
一四六号　詩「平成ウソッポ物語抄より（十八年如月異聞）早い話が……」
一四八号　エッセイ「嵐電『太秦広隆寺』周辺雑記」
一四九号　エッセイ「続・嵐電『太秦広隆寺』周辺雑記」
一五一号　エッセイ「嵐電『帷子辻《かたびらのつじ》駅』周辺」
一五二号　エッセイ「嵐電駅名めぐり『有栖川』」
一五四号　エッセイ「嵐電駅名めぐり『車折』」

「人間」誌は一五五号（平成二十二年十二月一日）で終刊となった。

中村光行は平成二十三年十一月四日に逝去した。十一月六日の葬儀には「人間」から河野英通、土田英雄、橋本嘉子と私の四名が参列した。

『燦詩の会アンソロジー』の「まえがき」は西岡光秋さんが書いている。「燦詩の同志たちよ、百歳まで詩を書こう」と題して力強い言葉が述べられている。この中で「いま高齢化の境に佇んでいる昭和九年前後の人たちのことを、私は学童疎開派世代と称してきている。単純な表現に置き換えると、腹ペコ世代といった言葉が同時に思いだされる。」と書いているのが印象的である。

「詩と思想」11月号に中原道夫さんが「さようなら、西岡光秋」の追悼文を寄せておられる。西岡光秋さんは長い間（社）日本詩人クラブの理事長、会長を歴任し、クラブの牽引車でもあった。又「日本未来派」編集発行人としても長年尽力された。

西岡光秋さんとは日本詩人クラブの地方大会などでよくご一緒させて頂いた。日本詩人クラブはサロン的な雰囲気があって、なごやかで親しみやすい会だった。西岡さんは大きな身体で頑健に見えた。誰にも心を開いて語りかけるおおらかさがあった。二次会などで歌われるカラオケの美声は見事だった。

私の手許に西岡光秋著『鑑賞　愛の詩』慶友社二〇〇一年四月二十八日・第一刷がある。

著者略歴には（本名・西岡光明）

一九三四年、大阪に生まれ、広島に育つ。

一九五七年、國学院大学文学部卒業。

とある。

二〇一六年八月二十八日に西岡光秋さんは八十二歳で逝去された。もう少し生きて欲しかったと残念な思いでいっぱいだが、これも寿命という他ないのだろうか。

土田英雄さんの「鳥」はその後も継続して発刊されている。「鳥」には教員やそのOBの方達が多く所属されている。

最近になって堺市在住の佐倉義信さんを知ることになった。佐倉さんは一九三五年の早生まれなので、学年は私達と同じである。洛西書院から二〇〇三年八月三十日に『佐倉義信詩集』三百九十六ページの立派な詩集を発刊されている。

佐倉さんは大阪市に生まれ、大阪学芸大学（現大阪教育大学）卒業後、小学校教員として定年退職まで勤務された。

詩は大学に入った十八歳から書き始めたとのこと。この詩集はこれまでの佐倉さんを知る上で貴重である。巻末には未刊詩集「日々の実感」一九九三～二〇〇二が掲載されている。

定年を迎える日のこと、定年後の日々のことなどが飾らない言葉で率直に書かれている。佐倉さんは真面目な教育者だったのだろう。これからは自分の時間を大切にしたいという願いが切実に感じられる。

佐倉さんも近年最愛の奥様を亡くされたとのこと。今後は詩の道を究めて頂きたいと願うばかりである。

八十二年の歳月

九月二十六日に八十二歳となった
十年前に悪性リンパ腫を克服して

国民学校一年生の十二月八日に
太平洋戦争が勃発した
昭和十九年に学童集団疎開生が
都会から田舎への移住をした
ひもじさと淋しさに耐えた

国民学校五年生の八月十五日に
ようやく終戦を迎えた
新制中学校一回生となり
新制高校　新制大学が設置されたが
国民の生活は貧しくて

戦争による未亡人が多く
生活のためホステスになる人も
キャバレーやアルサロが繁昌した
鉄鋼産業や繊維産業は
戦後の日本の復興に貢献した

昭和六十三年　銀婚式で沖縄旅行
平成元年　娘二人と家族四人で
シンガポール　マレーシアへ旅行
平成二年十一月五日
妻由喜子は脳腫瘍で逝去　享年五十歳

定年後は絵画を再開した
高校時代美術部で基礎は学んだ
ヨーロッパへのスケッチ旅行に参加し
たくさんの国々を旅した
日本人と違って余裕のある生活
明かるい笑顔を目にして
未知なる世界とのふれあい

伝統の文化を秀れた美術を
大切にするヨーロッパを歩いた

外村　文象（とのむら　ぶんしょう）

一九三四年（昭和九年）九月二十六日。東近江市五個荘川並町に生まれる。父　外村祖治郎　母　さよの長男　本名　元三
一九五三年（昭和二十八年）三月　滋賀県立愛知高等学校卒業。在学中は美術部に所属
一九五六年（昭和三十一年）三月　滋賀大学経済短期大学部卒業。在学中は文芸部に所属。「ともしび」発行
一九五六年（昭和三十一年）四月　綾羽紡績株式会社（現　綾羽株式会社）に入社
一九五三年頃より詩作を始め「文章倶楽部」「若い広場」「詩学」などに投稿する
一九五八年（昭和三十三年）四月　文芸同人誌「アシアト」創刊　一九六四年十月　二十号で終刊
一九六一年（昭和三十六年）近江詩人会に入会　この頃「小説新潮」詩欄に投稿
一九六三年（昭和三十八年）十二月　八神由喜子と結婚　大阪府茨木市の文化住宅に住む
一九六四年（昭和三十九年）十二月　長男圭司誕生
一九六六年（昭和四十一年）十二月　長女緑誕生
一九七二年（昭和四十七年）十二月　二女恵理子誕生
一九七九年十月　日本詩人クラブ会員となる
一九九〇年（平成二年）十一月五日　妻由喜子　脳腫瘍で死去　享年五十歳
二〇〇六年六月から三ヶ月　悪性リンパ腫のため大阪医科大学血液内科に入院、完治
二〇一三年（平成二十五年）川島完氏の誘いで「東国」一四五号より参加

宮崎 直樹（みやざき なおき）

異名、ペソア、村松書館のこと

時間に押し流されて生きている。何をするにも時間がついてまわる。止まって欲しいわけじゃない。ただ時間に押し流される有無の言わせなさがちょっと悔しくて、もっと違ったふうでもよかったんじゃないかと思ったりした。小学六年生の頃、ぼくはそんなヘンな気分に捕らわれることがあった。数秒前の自分は輝いていたはずなのに、今はくすんでいる。もっと別のありようがあったんじゃないかと。少なくとも今ぼんやり椅子に腰かけているより、ずっとましな過ごし方がありえたはずだと。それを台無しにしてさえない自分がいる……。学校からの帰り道、カバン（ランドセルから替えた）を持って坂を下る。なにげに電信柱の横を通過する。そのとき思った。電信柱と壁のすき間を通る手もあったよな。そうしたらいつもの帰り道が違った何かになりはしないか？　みすみすそのチャンスを逃すのは惜しい。唯一の障害は人目だ。遂にその時が訪れた。前後に人がいないのを見計らって、電信柱の横を通過すると見せかけ（自分の意識に対して）、くるっと半回転、電信柱の向うを通り抜けた。瞬間、こっちとあっちに世界は分裂したりはしなかった。ひとりの自分が電信柱の横を通り過ぎる一瞬前に進路変更して、電信柱の向うを通ったに過ぎない。それをせずに直進した場合のもう一人の残影を追ったりもしない。実験は見事失敗。でもとりあえずわだかまりは解けた。もし人が見ていたらヘンな子だと思ったか、それとも己《おのれ》の過去のデジャブにのけぞったか？

結局、時間と密着したわれわれの意識を世界から引き剝がすわけにはいかない。時間はあくまで平滑で、間違ってもねじれたり折れ曲がったりはしない。ぼくは自分のままで生きていくしかない。ここに名前を偽って他人のふりをする手がある。創作や芸能関係ではごく平凡なことだ。普段の自分をカッコに入れ、別の自分をハジケさせようという意図があるのかどうか。

戸籍上の名前は世間の塵芥にまみれ、数々のヘマをやらかし、下手するとどこかのブラックリストに載っていないとも限らない。そんな名前で一世一代の作品を汚すわけにはいかない。中には三つも四つもペンネームを持つ人がいる。複数のジャンルに渡る物書き、有名なのは長谷川海太郎（１９００～１９３５）。林不忘（丹下左膳シリーズ）、牧逸馬（犯罪実録物）、谷讓次（旅行記）と使い分けた。同じ作者が異なるジャンルで健筆を揮う際、名前が違っていた方が気分もノリノリということかもしれない。しかし特定ジャンルの読者にとっては他ジャンルの名前などどうでもいいことだし、全部好きだという読者にはノリの点でどんな効果があるのかは不明。作者の趣味としか言えない。

全く違うタイプの作家がいる。フェルナンド・ペソア（１８８８～１９３５）だ。『世界文学大系・名詩集』（筑摩書房）にはホイットマン、ハーディ、ペソア、アポリネールという順に載っている。その紹介文、「カモインシュ以来、最大のポルトガル詩人と目される。本名の他、カエイロ、レイシュ、カンポシュの三つの仮名の下にそれぞれ異なった詩風、内容の詩を書き、内心に潜む異なる自己を表現しようとした。」実は三つどころか、七十以上の署名を使い、こういう異名《ヘテロニム》の最初は六歳のときだと伝わる。中でも力の入った異名の持ち主は、個性、思想、職業がそれぞれ異なるなど、別人格として作者から独立する存在だったという。（もしや多重人格障害？　がそういうわけでもないらしい。）ペソアの『メンサージェン』から引く。「あるものであるということは牢獄だ／わたしであるということは、なにものかでないということだ／わたしは逃亡者として、けれども／活きいきと生きることだろう」（『白い街へ』杉田敦著、彩流社）。わたしがわたしであることを牢獄と感じる（自同律の不快の一種？）。ひとところに留まらない、ひとつの成功に安住しない、終わりなき逃亡者としてこていきいきと生きられる。そんな独り永久革命者、ないしスキゾキッズ（古！）だろうか？

ぼくは最近詩人として書かせてもらっているが、実にヒョンなきっかけからだった。前段として――ぼくは一昨年の春から俳句の実作を始めたが、それ以前は勝手気ままな俳句鑑賞ブログ「俳句バイキング」を二〇一二年七月から始め、その半年分を『名句と遊ぶ』（コールサック社）として上梓した。ぼくは最初、本名を使いたくなかった。以前、『賢治風五目ご飯』（文芸社）というトンデモエッセイを「干呂閏《ほしろうるう》」というペンネームで出していて、そっちを使う気でいた。が鈴木比佐雄さんが難色を示した。ぼくは鈴木さんの編集者としてのプロのカンを尊重しないわけにいかなかった。詩作を始めたきっかけは、千葉県旭市が震災詩を募集している記事をネットニュースで見た瞬間、応募しよう！とスイッチがＯＮ。意外にあっさり詩は書けたが、津波を含むという応募条件とイマイチ合わない。我ながらよく書けたと思い、このまま捨てておくのは惜しく、鈴木さんにメールしたところ、『非戦を貫く三〇〇人詩集』への掲載を説得された。思えば俳句ブログを始めたのもたまたま（ブログネタのため）。いつも思いつきのアドリブ人生さ、とグラス片手に苦笑してしまう。そんなわけでいま一番書きたいのは小説だといったら、また思いつきかと一蹴されるに決まってる。実をいうと物語詩。小説のような辛抱のいる作業は思いつき人間には耐えられない。よって小説的描写は極力パスし、スピード感をもってストーリーを進めるべく、散文詩で物語ろうと思っている（見た目小説のようだし、時代錯誤な物語詩の素性はここだけの話に）。時代も場所も異なる三つのストーリーを一本に束ねて、ぎゅっとねじった作り。連ごとに三つのストーリーが交替で出てくる（一粒で三回美味しいかはともかく）。時代は古い順に戦国末期、一九三〇年代、現代・近未来という具合だが、歴史的事象は外見だけ。分類すれば並行世界ファンタジーと言うんだろうか。この内容で本名はあり得ないだろう。こんな現世的な米穀通帳？にでも載っていそうな名前で、ファンタジー作家はオカシ過ぎる。ここは断然、「干呂閏」にもどそうと思う。（詩にも不向きなんじゃ……そんな気がしてならない）
実は小説は初めてじゃない。一九八七年暮れに『第九綺想曲』（劉星仁著、村松書館）というのを出した（発売日、なぜか紀伊國屋書店・新宿本店のレジ脇に平積みになった）。これもこてこてファンタジーな代物。出版社の見当がつかなかったので、当時「幻想文学」の編集長だった東雅夫さんにアドバイスしてもらった。沖積舎と村松書館を推薦されたが、迷わず後者に。村松俊彦さんは、金町の実家の裏庭に建てたアパートの一階に事務所を営んでいた。堂々たる体躯にハッタリの利く胴間声、とは真逆のタイプで、笑みに消えそうな目とどもり気味の小さな体を隅の机に押し込んで、黙々と原稿整理や割付をやっていた。社業として取り組んでいたのが『シュトルム全集』。他にオスカー・ヴァイニンガーやレオパルディ研究、シュタイナーなど、稀覯本を多く手がけていた。千駄木にも仕事場を持ち、近所の画家・棚谷勲さんのアトリエで月一回行われる諏訪優さんを囲む会にぼくを誘ってくれた。その会が何かの記念に二つ折りの合同詩集を出したとき、飯田善國、小池昌代、夏石番矢（諏訪さんのご贔屓）の諸氏にまじって、なぜかぼくのヘボ詩（わが人生の初詩）が最後のページに載った（諏訪さんに詩は説明するもんじゃないよ、とか言われたが）。村松さんとは以後、江戸川の花火大会を数回、アパート二階から見た程度でたまの電話と年賀状だけの付き合いとなった。それが去年（二〇一五年）の正月、なぜか年賀状が来なかった。あの律儀な人が何かあったかなと思いつつ、そのままにして数カ月後、たまたま地方・小出版流通センターのサイトで、前年秋に村松書館から廃業届が出ているというニュースを見た。すぐ村松さんに電話したら、この電話は現在使われていません。（エ～、どうしちゃったんだろう？）ネットの地図では今でも金町浄水場の近くに村松書館が存在する。でもそこにはもういないんじゃないか、という気がした。パッと見貧相（短い結婚歴。新婚の奥さんは散歩中に公園で急死したとか聞いた）、中折れ帽をかぶって校正のバイトに出かけていた。一時期登山に凝ったが、根っからのオーディオ・マニアで真空管アンプ制作の計画（球は購入済とか）を語っていた。クラシックの古レコードと古銭のコレクターで中国語のコインの文献を調べていた（読めたのか？）。村松書館の本はいまでも公共図書館で借りられるし、Ａｍａｚｏｎで古書を購入できる。（諏訪優さんと棚谷勲さんは亡くなって久しい。）

七秒前・七秒後

七秒前の自分にもどる。
椅子に座ってしょざいなく七秒を過ごす前。
ぼくは可能性でぱんぱんに膨らみ今にも弾けんばかり。

突然、立ち上がって社長のチンクソと叫ぶ。
客席を一にらみ、安来節のステップを踏み出す。
ナスダックの株価指数を訊ね、三本指を舞わせて一局まいる。

それら全てをキャンセルしてぼんやり座っているのは、
誰だ？ （ほんとにおまえはドジだねえ。）
七秒あれば、世界との関係性を全然違ったものにできたはずだ。

彼女に告白する決心ぐらいは屁の河童。
凄い一篇の詩をティラノサウルスの足裏に隠して、
永久に姿をくらますプランを練ることもできただろう。

七秒後、――――
実は、七秒も七〇時間も七〇〇年も寒天状に煮こごっている。
曲りくねったフォークを突っ込み、任意の部分を田楽刺しにする。
出てきた風景田楽をいとおしむ――祀る。

ついさっきチンクソ社長から解雇通知がとどいた。
安来節のはじめの一歩で河馬の糞踏み、ズルッと開脚。
株価暴落に仰天してぎっくり腰、碁盤はまっ二つ。

料理教室では寒天を使って盆景が日々贋造されている。
ボケーっと椅子に浅座りや人魚座りの諸兄姉が、
気がついたら三白眼怒らし、口から火を吹いていたりもする。

ココロシヨウ。未来計画はトンデモナイ目に遭わす。
現在《いま》を担保の空手形、キル、キル、、、
寒天を使った先祖印の商品開発計画がスピード感をもって進むだろう。

宮崎　直樹（みやざき　なおき）

一九五四年二月、福岡県筑紫野市の母の実家で生まれ、同年四月から五六年三月まで宮崎県延岡市で過ごす。その頃の記憶はまばらだが、一歳半の夏延岡の海岸での体験が、今でもくめどもつきぬ詩想の泉になっている（ちょっと言いすぎかも）。五六年四月からは、高校三年間の新潟市を除いて東京生活（よって九州弁は話せず。黒田官兵衛の傍系子孫だが無信者）。

大学中退者がもぐり込め文章で食べていける仕事みたいなつもりで、コピーライターを名乗ってきた（物理学科卒業でも、結局同じ道に行ったような気がする）。といっても、誰かがどこかで見たような有名コピーにはとんと縁がなく、中小企業の地味めな仕事に特化し貯金して出した最初の本のことは本文参照。

以後ずっと本を書くようなことはしてこなかった（一時期、リトグラフ制作にハマる。油絵は二〇〇五年から）。二〇〇六年父の死で追悼集（『闘わなかった兵士、闘った法律家』）を共著の形でまとめたのをきっかけに、本書きに目覚める。二〇一二年に始めた俳句鑑賞ブログ「俳句バイキング」は二〇一五年三月に俳句疲れ（飽き）して中止。詩の鑑賞に転向した（タイトルはそのまま）。扱った詩人は順に、日夏耿之介（加藤郁乎の俳句並みにハマったかと）、安西冬衛（『軍艦茉莉』全篇鑑賞は本邦初か）、北原白秋（反体制的『邪宗門』）、稲垣足穂、北園克衛……、よって現代詩人・現役詩人についてはヒジョーにうとい。（最近、パウル・ツェランにハマりつつある。）

ぶっちゃけ初心者なので、詩の書き方が皆目分からない。自由詩は表現を制御できなくなる心配があるので、とりあえず各連三行の縛りをかけてメタボチェックしている（四行、五行でもいいんだけど、俳句的！には三行が頃合いか）。

中原 かな（なかはら かな）

演奏会より

千住真理子のコンサートに行って来た。

コンサートの魅力に取りつかれたのは中村紘子氏のコンサートを聞きに行ってから。彼女のピアノを聴くと、生命が躍動するような気がする。彼女のピアノにはバッシバッシと苦境を切り倒して行くような力が湧き出ている。人生で自分自身が弱っている時に聴くのだ。その彼女も今は天空で演奏会を開いている。

さて、二時間かけて遠い音楽堂を県をまたいでヴァイオリンを聴きに行った。強風も雨の降るのも構わずに。

臨場感、見知らぬ人々と感動の時を持つ。場の共感。感情の共感。思考の波と情感の波を、その場の多くの人々と作り出す。

演奏は聴衆も奏でるのだ。人間の奥深い所に潜んでいるものを引き出す作業が演奏なのだ。

聴衆は音楽によってそれが徐々に引き出される。心の底の水脈が流れる所までに至る。獣性から霊性への道を辿る。大自然の摂理に触れる所まで至る。それがコンサートの力だ。

さて演奏会が終了し、本にサインして貰い、欧風の笑顔を貰い、このうえなく満足して会場を出た。

帰りにレストランに寄った。無垢材の卓や椅子が置かれる瀟洒な店であった。シチューを食べ薔薇紅茶を飲んで店を出ると雨が上がっていた。

帰りの車中彼女の本を読んだ。

「それは人間の虚しさや哀しさの根源であり、人として魂の叫びの音のはずである。

はかない人間の無力な訴えを、イザイはこの世に残し、みな同じ思いに悩んでいることをおしえてくれるのだ。」――『聞いて、ヴァイオリンの詩』より
ソウルフルな芸術家の言葉だ。

彼女自身の存在そのものが芸術と化学変化し水素と酸素の結合からうるおう水ができるように人間と音か

ら普遍的で本質そのものの芸術が仕上がった。


三十過ぎて独身で子どもなしは負け犬という本が売れたとか云う。

しかしこの本は人間を卑小に捉えている。犬や猫と同じ扱いだ。

獣的人間を礼賛しているようなものだ。

猫など外へ遊び行けばすぐ子猫を宿すが、猫は勝ち組なのか。

人間が獣のように生きるのを善しとしている。だいたい頭が良くて真面目な学問好きな人は、独身が結構多い。

学問一筋真面目一筋に職業はエリート級で生きて来た人がある日突然負け犬になっていたら衝撃であるだろう。特に女性に結婚子育ての一つの生き方だけが最上とするこの本は打撃だ。

普遍的価値を指し示すのが芸術の役割だと思うから、この本は芸術度が低い。

結婚の物差し一本で、人生の勝ちとか負けとか判別するのが短絡。

偏見と因習に捉われた作品は芸術ではない。


隠れて生きよ、とはセネカのことばであるが、とりわけ芸術家はそうである。

リルケはひとり鄙に篭もって芸術を高めた。

しかし千住真理子氏は音楽を不便な鄙里のどこまでも届けて貰いたいと思う。

芸術を届けに、因習と固定観念と偏見を打破する芸術を届けに。

流れの宿

上毛高原駅でタクシーに乗り込む。二千七百円の料金になって宿に着く。

宿のフロントで手続きを済ませ、部屋に入る。

眼下を利根川が流れている。大きな岩がそこここに点在して流れを堰き止め、流れを変えている。夏でも川の中は寒い。唇が紫色になりながらも子どものころ、この川で遊んだものだ。

部屋は十畳、トイレ、洗面台、押し入れ、備え付け箪笥。豪華ではないし、しみなど襖についていたりするが、埃はなく、掃除は行き届いている。

すぐに風呂に入る。風呂は露天風呂ではない。露天ではないと入った気がしない。風呂には備え付けの泥炭石鹸がある。炭は、金魚鉢に入れると水が濁らない、部屋の湿気をとる、靴が臭くならないなどの効用がある。風呂はかけ流しではなかったが、じゃぶじゃぶと湯音を楽しんだ。

風呂から上がると夕食の御膳が部屋に用意されていた。昔ながらの風習の宿だ。一人旅には有難い。くつろげて、ざわざわしないのが良い。旅の宿の醍醐味は露天風呂と部屋食。

宿代が安いので、食事には文句は言えない。天麩羅、赤貝とハマチと鮪の刺身、枝豆、茄子の鴫焼きなど、家庭料理より少し良い程度。デザートはメロン。せめてデザートだけでも普段と違いたい。

床につくと隣の話し声が聞こえる。紙をちぎって耳栓にする。

翌朝は食堂で他の客たちと一緒だった。

バイキング料理。卵焼き、香の物、納豆、海苔、煮物、鯵の焼き物、味噌汁、これといって特別なものはない。これは本当に家庭料理だ。味も主婦の手料理並み。

安宿とはこのようなものと諦める。

今日は自転車で里巡り。自転車を借りるつもりで、駅前に向かう。

途中、観光馬車にすれ違う。馬はかなり重そうに、首を振り振り、耐えるように歩いている。馬は、だが頑丈そうな体躯だ。だから人を数人以上も乗せられる。だいたい荷馬車と合わせて、二、三百キロは引くのだろう。老夫婦の観光客と土地の人らしい女が乗っていた。安閑と景色などを見ている。

山と渓流、そして侘しさの漂う温泉街を馬車が大儀そうに行く。十五年前に泊まったホテルは潰れてしまって壁に蔦が伸び放題にへばりついて。線路際にはコスモスが咲き乱れて、初秋の風に揺れていた。

駅の近くに自転車があった。

「自転車、貸してください。月夜野に行くので」

「そこにあるのどれでもいいから乗って」

「じゃあ、これにします。おいくらですか」

「お金はいいよ」

心ばかりの金を渡そうとするが、頑として受け取らない。

「じゃあ、すみません。借りていきます」

店主は欲のない顔している。群馬県の人は鷹揚である。

幼年時代をここで過ごした事が、今になって良かったと思われる。陽の光の中を走り回ったこと、盆踊り、幻燈会、焼き饅頭、芝居小屋、それらの体験が今頃になって、鮮やかに思い出される。

私は月夜野へ向かったが、途中の道路標識を見ると、あと十キロとあり、やめて引き返した。

土産屋あり、そこでブルーベリージュースとハンカチを買い求める。ブルーベリーは眼に効くそうだ。これで眼はバッチリだ。

温泉街に戻るとすぐにスマートボール店があり、そこで遊ぶ。店主がよく出るように調整してくれる。出ないようにするのが普通なのに。温情の上州人。

上州は真田一族が統治した所。最後まで豊臣を裏切らなかった。そこを出て自転車屋に引き返し、土産を置いて宿に帰る。銅像にでもしたいぐらいのおじさんたち。勝ち組とはこの人々の事。共感を持ち情感が伝わる人の事。

翌朝、宿を出て、新幹線ではなく、水上駅で鈍行に。ゆっくりと思い出の辻を辿る為に。

後閑駅を通った時、立ち上がった。よく泊まりに来た母の実家が見えるかと探した。この家は大きく改築したが、最近二束三文で人手に渡ったそうだ。宿の人が話していた。

しかし、土蔵や屋根も昔のままの家があり、焼き饅頭屋も見えて、懐かしい気持ちになった。

人は時折、幼年時代を過ごした町を訪ねる必要がある。あのころの情感と無垢なために気のようなものが息づいている、その心を思い起こすために。

窓から利根の流れが垣間見えた。きらきらと朝陽に輝いていた。

扉

黄色い屋根の二階屋があり
煙突から煙が出て
蒼い空に浮かれて上って行く
真昼の陽射しが照らし
鶏たちが　庭草の鍵盤を叩く
風が桶を転がして休み
また転がしては休んでいる
空には　入道雲が覆っている
幼子たちが花びらを拾っていく
何かおしゃべりしながら
聞き耳をたてているのは
樫の木　時々さやさやと相槌も打つ
厨の窓から焼き菓子の香りがして来る
おやつの仕度をしているのだろう
一羽の鶏が幼子の背中に乗ってきたので
払いのけて　追いやってしまった
鶏は井戸の淵に飛び乗り
中を覗き込んでいる
バランスが崩れて　そのまま
井戸に落ちてしまった
けたたましい　鳴き声
三人の幼子たちは　井戸の周りにやって来て
騒ぎ立てながら　井戸桶を下ろし
鶏を助けあげた
びしょ濡れの鶏を　庭に放してやると
幼子たちは　思わず笑った
しかし　急に空が真っ暗になり
どしゃぶりの雨が降ってきた
幼子たちは　家の扉を開けようとしたが
開かなかった
どんどん叩いても　誰も出て来ない
どの窓も閉まっている
どの窓も　どの窓も
煙突の煙だけが　濛々と立ち上っていく
幼子たちは扉を叩き　窓を叩き続けている
夜が来て　夜明けが来て　また　夜が来ても
いつまでも

中原　かな（なかはら　かな）

中高生の時小説を書いたり詩を書いたりした。

学生のとき文藝首都に入る。中上健次がいた。大衆小説家の勝目梓氏、太宰賞受賞の不二今日子氏がいた。皆無名時代であった。

まもなく潰れたので文芸生活という同人雑誌に入る。辻井喬氏や伊藤桂一氏に誌上批評して貰った。会長の中川氏がなくなったので終刊。

新日本文学の雑誌の合評会に毎月一回出席する。関根弘氏が主として合評を行っていた。

会の模様をタイプ印刷にして毎月送ってくれた。行かないときも送付してくれた。

文学学校で長谷川龍生氏に詩を宮仕えしてから初めて教えてもらいに行った。

文学の舟着場は未だ見えない。

田島 廣子（たじま ひろこ）

私が尊敬した永遠の医師

縁あって日本で一番長い天神橋商店街が賑わっている　その近くの医院で働くことになった　介護度四　三が多く五もいて吸引五人　胃瘻《いろう》や鼻からの注入も七人いた　精神科に入院していた　シンナー歴の人　統合失調症の　ヘルパーもいて　命を預かる仕事には無理もあった「吸引もこうするんよ」として見せたり　させて誉めたりして一緒に働いた　誤嚥させないようにヘルパーを集めて何回も食事介助の指導をした　注入の前に十分に吸引すること　胃部に入っていることを確認すること　でないと流動物は気管に流れて患者はむせて苦しがるし　誤嚥性肺炎になる　仕事は手を抜くと命が危うくなる　先生も朝礼に参加されていた　当直者からの申し送りがあって私からのお願い事　気をつけて欲しい事　等を言っていた　先生は九時から診察があるので一階に下りて行った　患者が来ると「田島下りろ」と社長が言った　先生の妻のことである　診察介助についたり　点滴　採血　レントゲン介助　主に施設の転倒　転落による頭のＣＴが多かった　先生は某病院でボクサーを手術したとか聞いていた　開設当初は診察に来る人で座るところがないくらい満員で賑わっていた「社長が患者と喧嘩するんですよ　僕の人気　名声を下げていると思いますよ」某病院の病院長でまだまだ立派に名声をあげられたはずだった　先生の意思ではなく先生は籠の鳥　妻とは仮面の夫婦であったのかも　愛情のかけらがあったか　社長は　石があって痛みだすと先生は社長に注射をした　白衣姿は毅然として眩しく輝いていた　スタッフも患者も先生を信頼していて笑い声が夕日に美しく染まっていた　社長の許せない言葉や　罵倒する声にも先生のお姿に頭が下がった　個人を把握して大切にされていた「先生が居られるから働く　辞めないでいる」と私たちは仕事の後夕食を食べながら良く口に出していた　時には百均で先生とばったり会うこ

とがあった「焼いたら焦げてるし 煮たら塩辛いし揚げたら硬いし」と話された「先生は手術室の長い黒い髪の看護婦さんと仲良かったのよ」と社長が話した「先生子ども三人いて社長の性格分からなかったのですか?」「猫をかぶっていたんですよ 子どもはみんな僕に似て頭いいし医師でいい子ですよ」と話した先生は もっと素敵な出会いがあって もっと素晴らしい人生を送って欲しかった 社長は冷静さを欠き娘にマジックを投げ顔に書かれて水道水で何回も洗っていた 懐中電灯が飛んできた 大工のヘルパーが摑んで皆ほっとした「社長は病気なんですよ」と先生は私に話した 朝礼で社長の話が二時間と長引くと「まだか腹が減った」と胃瘻の患者は叫んだりした 先生が上がってきて「仕事につくように」と言うと「田島が先生に告げ口したんか」と怒った 心臓の悪い事務の人は気分が悪くなり倒れたりした 木曜日は先生が外来休診日 脳外科病院に行く日は「濃を出す日」として延々と社長のワンマンショウがあった 尿や便でおむつのなかはふやけて褥瘡を悪化させた バイトの正看護師と私はスーとトイレに行く真似をしたり「患者が呼んでいる はーい」と言ってぶら下げていた注入をして回った「私たちは利用してくださっている利用者さまにお給料を頂いているのだ 利用者さま第一で 粗末に接したり無視したり 見下してはいけない人格をもった個人として私たちと対等である」と思って白衣を着て働いた この精神は一生引き継いでいこうと決めた スパイが二人いた 昼食でそばたべにいき直ぐ三十分で帰ったのに社長は「田島 先生と一緒やったんか」「一人です」「携帯を持ってこい」 先生も携帯を取り上げられていた 先生は昼の三時までの時間患者の扇風機や空気清浄器を毎日梅田まで自転車で買いにでかけていたのだ 苦労も社長は知る由もなかった 社長の幻聴 幻覚 でもあるのか
私が当直で泊まっていると「先生に電話するけど出ない 田島夜這いをしてるのか」と血走った眼で言った 先生は「社長から電話は入ってないよ」と怒りもしないで言った 先生は夜も当直をした 辞めて行きた当直者がいないので五日連続当直をした 昼間は外来があって気の毒 体力も限界ふらついた「社長も当直をしたらいいのですよ どうせしないと思いますけ

ど」「夜巡回して　便漏らしをした磯貝さんをシャワーした　僕は医師だからおむつ交換はできないのですよ」先生は私に話した　天気の良い日は医院の周りをはいたり　草を抜いたり花を植えたり先生とした　社長のいない日は幸せだった　夕礼の後は先生と入居患者を診て回った　夜勤で電話をすると起きてきて患者を診た　夫は肝臓癌余命一〜二か月となり私は退職した　患者が次々に七人亡くなり閉鎖になった　虐待で新聞にも載っていた　先生を四年後見た姿は　肝臓癌で骨とわずかな肉を背広に包んだ信じられない哀れな姿　私は泣いた「先生の教え　生き方　学んだこと忘れないよ」と言った　死が近づいていた

テレビ放映された病院

大正の街は沖縄の人も沢山住んでいて昼ご飯になると　医院長　事務部長　事務長　看護部長の四人で沖縄そばやごうやちゃんぷる、豚足などを食べ家族のようによく喋った　お金は医院長がだしていた　医院長は眉毛タトウ「刺青」をしていた　ミス神戸だったという人が女房だった　俳優か　歌手のような　あかぬけした筋肉質ではなくすこしなよなよしたいろっぽさがあった　人あたりはやわらかく親切だったので患者は多く椅子はかけるところがないくらいでトイレで車椅子移動するのに人にふれないか心配するほどであった　外来受付は看護部長の私好みではなく　容姿もばつぐんによく　ごっつい美人揃いで　世の男どもはさぞ嬉しかろと思った　医院長は履歴書を私にみせながら「かわいい　目が輝いていて　清楚に見える　高学歴である」と自満した　医院長の目に狂いはなく　礼儀正しくて顔に表情があって私も惹かれていった　受付は　急に華やいだ雰囲気になっていった　患者さんたちも庭に咲いた花だと言って持って来て「ここに飾って欲しい」とうれしそうに言った　私は草を抜き玄関にも花を植えた
　乳癌の患者などに免疫療法を始めたり　美容点滴をしたり　顔のマッサージ　アロマ　下瞼にヒヤルロンサンなどを注射して　しわをとり若返る　私が一番に試された　目の大きい私は十歳若く見えた　看護婦や仕事帰り　二日酔いの点滴と　若返りのために　強

い支持を受けて病院の経営は伸びてきた　皆の意見を上手く引き出して走っていた　朝は三十分前より院長事務部長　事務長　入退院の係長　看護部長の私で毎日ミーティングをした　医院長はその前に患者を診て回った　事務長はそのまえに意見を私から聞いていて事務部長に報告するのでと話していた　私にしてはなんでといつも不愉快であった　なんだか早い者勝ちの感がした　ときには「あのことは俺が言うのと　違ったんか」と事務部長が事務長をこっぴどく大声で怒っていた　神輿に乗るのは一人だよ　あとは神輿を担がないと　私は男の本当の姿を見たような気がした　シナリオを間違ったらしい　顔を真っ赤にして怒るので私は血圧が上がらなければいいがと心配をした　あんのじょう脈拍はマラソンのときのように早く百四十血圧は二百二十　下が百二十と上がっていた　頭の血管でも切れたら　さあ大変　一大事である　「事務部長　お疲れのようだから少し横になってくださいね煙草を吸いたいかもわかりませんが　いまは血圧があがってあの世に連れて行かれたら帰って来れなくなりますのでふふふー　がまんして下さいね」あえぐような顔を見ながら寝かせようと思った　興奮をおさめなくてはと私はあせっていた「金庫番だから　突然いなくなられては困る　助けなくては　どうでもいい人間ではないのだ」医師の指示で点滴にソセゴン十五ミリを入れた。安静にすることで血圧は下がってぐっすり休めて「看護部長　体が楽になって　肩こりも取れて　元気になったよ　有難う」と挨拶に歩いて来られた　このことは　他に広まることはなかった　台風のあとの静けさよ　のように　次の日もずうっと今までのように続いていったのである　胸を私は撫で下ろした　私は　一緒に国立病院で働いたことのある神経内科の医師にはっぱをかけ　何回も足を運んで取組んでいき医師を働かせて　特殊疾患の患者を増やして増収になるように頑張った　事務長と施設を見に行き入居して頂いたり意欲的に働いた　福祉の大学を出たので顔が出来て好きなように動かしてもらい自分としても最高に輝いていた　幸せな時でもあった　スタッフの給料もボーナスもアップして家庭　生活を潤すようにした「寸志を初めて貰った」と袋ごと私に　見せにきたりした　人格を認め一人ひとりを大切に接した経営のいい病院としてテレビ放映されたのだった

カラス

東京は　カラスは住みよいか
零時の空は
明るく　賑やか
電線に　落ちそうに並ぶカラス

ビルの屋上は
バーゲンセールのよう
カア　カア　カア　カア
カラスの寿司づめ

冬は　カラスの親子が揃う時期
大きな群れ

カラスは　抜群に頭がよく
七カ所ぐらいに餌を隠す
食べるものが無い日に
覚えていて　嬉しそうに食べる

ゴルフ場　打った真っ白い球を
素早くくちばしでくわえ盗んで逃げ
高い　山の巣で抱いている

大和川の餌のある盛り土で
カラスたちは　ギャロップして
求愛のダンス？

空を　泳ぐ凧を追っかけ
アッ　アッ　ハー　ハッ　アホホホッホ
カラスは笑っている

田島　廣子（たじま　ひろこ）

１９４６年11月3日生まれ　前の日田んぼで稲を束ねて積んでいた母　甘酒　こんにゃくも作っていた翌朝はまきで赤飯を蒸し　煮えるころ四女の私が誕生した「明るい子に」と廣子とつけた　広島の思いもあったのだろう　父が友達から山羊を貰ってきたので　鍋で沸かして山羊の乳をよく飲んだ　せりを摘んでとーふであえて食べたり　田んぼの中のタニシもゆでてからたちの棘でみを出して食べた　フナ　ナマズ　ウナギ　ドジョウもいっぱいいて美味しかった　青田が広がり稲刈りのころは黄金色に色づいた　菜種畑の中に雲雀の巣もあった　天高くさえずる雲雀の姿は点になり美しい声だけが聞こえた　男尊女卑の強い中で雑草のように　畦道のハコベのように踏まれても起き上がり生きて行った　看護師になり　もうすぐ七十歳白衣を着て働いている　生涯看護師である

詩集
一九九〇年『白衣の歩み』詩歌集
二〇〇七年『愛　生きるということ』
二〇一三年『くらしと命』
二〇一六年『時間と私』

所属
詩人会議　大阪詩人会議　軸　関西詩人協会
風　ＰＯ　現代京都詩話会　呼吸

岸本 嘉名男（きしもと かなお）

今の私に「大切なもの」

検査入院後の診断結果は、何本かの検査針に、三〜三・五ラインの反応が出ており、これをもって「前立腺ガン」と判定された。そして「おとなしく、やさしいガン」の様でこれからゆっくりと正確に、最良の治療方針を立てるために、次に造影剤の注射をして、X線CT検査とアイソトープ検査をやりたい、と私に希望日を聞かれた。アイソトープとは、主治医から受領したプリント説明によると、「アイソトープ＝放射性医薬品」ということである。この微量のアイソトープを静脈注射して骨のシンチ（撮影）をするらしい。目的はどうやらガン細胞が骨にまで浸食しているか否かを判定するためだ。約十日後の結果を見て、どう進むべきかを考え合わせればよい、とのことであった。

いずれにせよ、母は結腸ガンで高齢の故に手術せずに八年間長生きし、長姉は胃ガンで手術したものの、某外科病院の院長が執刀したが、彼は「胃のうしろ、見えない部分に転移していたのを見逃した」と釈明、再度手術するかどうか尋ねられたが、当方の諸事情もあり、断念せざるを得なかった。結果として意外にもろく、あの世へ行ってしまった。不治の病と言われるように、私とて決して楽観しているつもりはないが、ガンという診断が出た以上、①治療最優先②他人には迷惑をかけない、この二つの旗印を掲げ、（イ）趣味として、三十五年ほど続いた詩吟をやめることを決意、今までお世話になった吟会に退会届を提出した。（ロ）先ごろ関西詩人協会の運営委員に再選されていたものの、総会の承認までに未だ十分な日時が有ることを由として、選挙管理委員長さんや代表（会長に相当）等に了解を得た上で、辞退届を事務局へ提出、あと残る自治会長の後任が見つかれば、あれやこれやの重荷が軽くなり、随分と気が楽になって、治療に専念できるのだが……。

先日のCTとアイソトープの、検査結果を問う日が来た。患者さんが多く、一時間強の待ち時間を経て、医師も患者も少し疲れ気味の折に、画像説明を耳にしながら、嬉しいことに何もなく、その主治医先生が、「根治療法としての手術と放射線治療のどちらにするか、次の診察日十一月十日までに考えておいて下さい。」

私には幸いにして、今回お世話になる府立成人病センターには、数年前に大腸のポリープをとって頂いた、現在副院長のI先生が居られ、この先生にも厚かましく、電話だけのやりとりでしたが、自分が今度放射線治療を受けたいと思っているが、大腸のポリープへの影響は皆無かどうか尋ねてみたところ、「大腸のポリープは前立腺よりずっと奥にあるので、全く関係ない」と言って下さり、その事を主治医先生にもしゃべっておいた。又自宅から近隣のホーム・ドクターと称してもよい、掛かり付けのKクリニックの院長先生にも、流感予防注射をして頂いた際に、この病気を初めて打ち明け、私の主治医宛何か信書をお願いしたところ、きわめて快く「最近は良い薬も出ていて、そう心配していませんが、私の立場からも手紙を書きますから、連休明けに取りに来て下さい」と気軽に話しかけて下さり、然も無料の御文書を数日先の診察日に手渡すことが出来ました。

「光陰矢の如し」とか、自らの選択を主治医に告げる日が来た。半信半疑の気持を先ず聞いて貰うため、くすり多用の「内分泌療法」も自分には向いていると思うのですが、又放射線治療による一種のヤケドや血尿、出血等の対策手段を尋ねたが、K先生いわく、「自分は抗ガン剤は一切使わない、中途半端になるから」と明言されると同時に、「万一おかしな場合は、その時々に対処するしかない」等と煮詰め合う中で、彼の信念や方針なりの吐露を正確に窺い得たと思った。私は放射線治療を選択、この治療者も数多く、やっと年明けの二月後半から始められそう、との結論を得た。

以下は放治科の初診で指示された日時です。平成二十七年二月二十五日から連続して三十七回分、およそ二ヶ月間の月曜から金曜まで、午前中に数分程度放射されることになった。天の加護とでも言うべきか、幸運なことに、我が独白を見聞きした幾人かの友人、知人達から一般的に軽い方の癌だから、と宥《なだ》めて下さって貴重な資料を送って戴いたり、又私自身も身内の症例をつぶさに観察してきた体験上、根治療法としての正式には「前立腺強度変調放射線治療」が自分に合う気がして、早朝より通勤列車にもまれながら、四月十六日までの全三十七回を真面目に受診した。

検査退院時に私が所望した排尿用の「タムスロシン塩酸塩ＯＤ錠」と「ヨーデルＳ糖衣錠」が基調となり、この痛くも痒《かゆ》くもない治療をスムーズに受けることが出来たが、後半になって先が見え出した頃、気を抜いたわけでもないのに、晩に一回飲み忘れて、その挙句に便の出が悪くなり、翌日順番が来て検査台へ上がり、準備点検時に、「ガスが溜まっている。出して来て下さい」と技師に言われ、放屁後すぐに戻って仕切り直しをしても、「まだガスが残っています。再度やり直しです」と言われ、トイレに直行したら、幸運にも「おなら」と共に便が出て、同時に尿も出てしまい、売店で牛乳と水を買って、小一時間待ち、三回目にやっと検査を終えることが出来た。

そんな失敗も一回だけで、無事完了までこぎつけ、極めて嬉しいことに、治療開始直前値八・九が、終了直後の四月二十日には六・八と下がり、順次三・一から二・〇へとＰＳＡ値が下降、にこにこ顔のＫ主治医先生が喜びを隠し切れずに、「良い正月を迎えられそうですね。」

２０１５・４・20　６・８０６
２０１５・７・27　３・１８５
２０１５・10・26　２・００６
２０１６・２・１　１・０７１
２０１６・５・10　０・８１８
２０１６・８・23　０・５６６

私も「そりゃあ嬉しい、お陰様で」と思わず高笑い、早速十二月中旬の雪が降らない内にと、福井県越前三国への温泉旅を企画、以前宿泊した国民休暇村で、上品なフグ料理に舌鼓を打つ格別の好日を過ごした。

年明けて、家内ともども上機嫌で大張り切り、元旦は蟹、二日と三日は連続で我が好物の猪肉《ししにく》、四日目は家内の好物である魚介類、をメインとした鍋料理の夕食をつつきながら、アルコールもほどほどに、温泉代わりに薬用入浴剤入り家庭風呂へわざと夕食前からゆっくりつかり、空腹状態で食事に時間をかけた。五日以降も麺類や餅入りの鍋料理を続けて寒い日々を乗り切った。

こんな大名風情の気ままな日が長く持続できる筈もない。現に天罰が下ったかのように、散歩も大切だからと近くの大正川堤下道《つつみしたみち》を歩き出して愕然とした。左足が痛んで歩きにくく、たまたま近くにあった川岸の椅子にへたり込んで痛い箇処をさすりながら、ひょっとして便意を催しては一大事だと、早々に家路を辿りながら、「妙だなあー」と思案しつつ、正月休みが明けた掛かり付けKクリニックへ自転車で駆け込み、数年前からかかっているリハビリ医に、歩行困難の窮状を打ち明けると、「腰からきているのかも、とにかく冷やさないで、暖める方が良いでしょう。」

すぐに帰路で「桐灰カイロ」を購入、家内からも毛糸で編んだ長いソックスを貰って両足に履き、月・水・金曜と週三回通院に専念したが、残念ながら一ヶ月以上経っても痛みは消えず、「ひょっとして、癌と関係が有りはしないか」との思いがよぎり、丁度二月中旬の放射線主担医H先生の診察日に尋ねてみたら、
一、ＰＳＡ値の下降が順調なだけに、転移や後遺症等の危惧は考えられない。
二、本院の外科や整形外科の予約を待つより、掛かり付け医の処置の方がずっと近道です。
三、五年前に切除したポリープの大腸の現状検査は、丁度二日後に空きが出来、利用されますか。
私は三番目の歯切れよさに飛び付いた。すぐさま予約を済ませ、同時に掛かり付け院長先生宛の情報通知状も素早く書いて下さり、それを持って、私には最後の切り札とも言うべきK院長先生診察を仰いだ。実に有り難いことに、即座にX線とＭＲＩを担当技師に指示され、とっくに昼食時オーバーなのに的確に、「お腹辺りの血管が左右の肉壁に圧迫されて、細くなっている箇所が見られ、恐らく血の巡りが悪く、足の方に神経の痛みが生じていると思われる。漢方薬を出しておきますから飲んでみて下さい。」

感謝感激、ツムラの「疎経活血湯《そけいかっけつとう》エキス顆粒」を二、三日飲んで、痛みが消えた。実に嬉しかった。先述の大小便対策薬二種と、この漢方薬、それに三十年来飲み続けている血圧降下剤のエースコール錠2mg及びコレステロールを下げる薬メバロチン錠10、の計五種類の薬が、今の私にとって貴重な宝物であり、同時にそれらを引き継ぐために、近くの掛かり付け医院と大きな病院との好連携を、何よりも大切なものと考えて、残り少ない余生を、「一病息災」をモットーに、元気で楽しく、我が生きざまを表わす「詩を生きる」大道にはずれることなく、着実に歩んで行きたいと願っている。

詩を生きる

詩を想いながら
詩で生きるのではなく
「詩を生きる」と表現したい
そのため　心は詩的に
専ら詩的空間に自己を埋没させ
自然への瞠目・賛美や驚嘆・畏怖など
素直な反応と、寝枕もたまには旅でとばかり
日常とは異質のふくらみや柔軟性を
我が人生に培いつつ　さらには
詩を生き切ることを覚悟して
その術や力量を余生に開拓せしめんと

岸本　嘉名男（きしもと　かなお）
一九三七（昭和十二年）十二月四日　大阪府池田市に生まれる
関西学院大学大学院修士課程卒業
摂津地区保護司（平成二十七年一月二十四日　定年退任）
関西詩人協会会員
桜町自治会会長
元関西外国語大学短期大学部教授
大阪府立学校退職校長会（春秋会）会員

市川 つた（いちかわ つた）

ぶなの木

昔生家の近くに小さな小川があり、細い畦道の兄貴分みたいな道が田圃の中に通っていた。子供でも易々飛び越えられるほどの小川とそれより一寸広いかなと思われる道のセットで長く続いていた。その土手にブナの木が一列に植えられていて、秋の収穫時にはハンデと言って束ねられた稲束を天日干し用の竹が何本かブナに結び付けられ、ハザを作った。そのブナと呼んでいた木の灰色の幹や手触りを覚えているが、果たして本当のブナの木であったか定かではない。

ブナの自然林とか、美しいブナ林と聞くこのごろ一度見たいものだと、常々思っているのだがまだその機会に恵まれない。（ブナでなく榛の木らしい）

リリアンのような垂れた花穂が有ったような又小型の松ぼっくりのような実が付いていた様な気もし、どうしても本当のブナを見たいと思っている。そのブナの木を揺すると、かなブンや、いたブン、毛っ切り（この虫に髪の毛を挟ませると細い毛をぴちっと切る）いろんな虫が落ちて来たり、せわしく鳴く蝉を、すばやく取り押さえたり、子供たちの虫かごはにぎやかだ。

小川では水草や蓼や芹などの間を泳ぐメダカや鮒、水澄ましゲンゴロウ、時には大きな挟みをもつ、たがめやヤゴや川えびなどが三角形のブッタイといった金網で出来たものを沈めて足で追い込んで取ったりした。

子供の頃兄達と遊んだ懐かしい思い出がブナの木の下にどっさりある。

今は小川もブナの木もなく畦道もすっかり様変わって広い農道が縦横に造られていて、日干し用のはんで（ハザ）も見ることはなく、田植え機やコンバインが働いている。肉体労働は昔に戻りたくは無いが、あの田園風景の中で跳びはね歓声を上げ遊んだ子供時代はたまらなく懐かしい宝物だ。

蛍を追ったりれんげ畑に寝転んで青空を眺めたり、麦の黒穂を引き抜いて麦笛を作ったり、ぴいぴい草を吹いたり、笹舟を追っかけたり、蜆を松葉で釣ったり、そんな子供時代を懐かしむのは、老いたせいだろうか、忘れられない風景の中にいると、ブナやハンデやメダカ、いなぎきり「刈り取られた稲株」を馬蹄形の鍬で切る。その地方だけで使われている言葉もあるのではないか、ブナも本当は違った木を言っているのではないか。など考えながらブナであり、ハンデであり、イナギでありピーピー草であり、たがめであり、ぶったいであり、私の中ではそれで充分なのである。

隋虫取りと言って苗床の十センチぐらいの苗をそっと撫でながら虫の卵を見つけて取って学校にもっていく、何十本も取ると何百という虫を退治した事になる。秋にはイナゴ取り、それも学校で集めて、きっと食料になったのだと、子供たちは食べる事は考えず取る事が楽しかったのだ。

七十三歳の所見

糖尿とはいえ急激にやせていく兄を見詰め、入退院を繰り返し最終的には、手術も不可能とのガン宣告、家族はどこへ怒りをぶっつければいいのか、医師のどのような診断が最初あったのか、糖尿の方にばかり行っていた眼が見逃した癌。命は医師次第で延びるか縮むかだと世間の人のいう通りに成った。

兄は見舞う妹たちに「運命だから仕方ないよ」と受け入れる。心の奥ではどうか――兄の心中を透かし見る。辛かろう。死は恐怖であろう。笑う兄の潜んだ哀しみが、見せない悲しみがいかに深いものか……と。

兄と夫とは碁仲間、ゴルフ仲間の同い年、それも半年兄の方が若い。喜寿を迎えようとする兄のこの受容。死も自然の一部であるとはいえ私は出口の無い迷路に入り込んでしまった。

励ましも慰めも届かぬ場所に兄は静かに佇んでいる。視線を変えれば、私自身がそこに立っているのだ。逆光に立つ兄のシルエットが濃く浮かび上がって見える、笑っているのか泣いているのか表情は分からない。真っ直ぐを見詰めて妻子や孫、兄弟を越えて遠くを見ているのだろうか、足音高くやってくるものを少しでも遅らせ肉親といる時間を長引かせたいと抗がん剤を受け逞しかった筋肉を削ぎけなげに精一杯戦うも、すでに無駄な戦いと医師も進めず、やがて従っていく以外どうすることもできない。

　四歳違いの私、気持ちばかり若くても気力体力衰えて、兄の背に隠れているあの方が背を超えてちらちら見えてきたのだ。親しげに笑みさえ浮かべて、まだ来ないで兄の手も放して下さい。自然であり運命であっても、くどくどと恨めしげに打ち殴る以外に成す術も無く、兄の顔を見るたびに兄の心の奥を探る。私の心底を探るのだ。逃げる体力のあるうちは足早に逃げ続ける。

　兄が捕らえられてから妙に気になる、兄を思い気遣い、私だけはまだまだ捕まりはしないまだまだ……と思いながら小心なこころを病んで病院に安心を貰いにいくこのごろ。強がりを言った言葉の裏打ちがなんと不安と疑念の部厚いもの、耐用年数切れの部品交換不可能。病院にいく機会が多くなり、しぼんだ胸を張ろうと背を伸ばしたり、七十三歳は思うのだが、二月末茨木のり子さんの孤独死を新聞の片隅に見つけ、人とはやはり哀しいものなのかと、つくづく考えさせられた。癌宣告があって二ヶ月､兄は「のうさんお先にね」といっていた通り、早々と運命に従って逝った。

　人の死というものはこんなにもあっけないものなのか、日々が過ぎると、もう会えないと言うことに、こんなにも素早い諦めがかかるものか。

　順番頭、しっかり踏ん張ってまだまだ行かないよ、見守っていてよね。偶《たま》には夢にでも出てきてよと呟く。

本を読む

『わたしの樋口一葉』瀬戸内寂聴を読んだ。「芸術の美神は嫉妬深く、必ずその祭壇に血のしたたる犠牲を要求する。この世の幸福という犠牲と引きかえにしか、芸術の栄光をさずけようとはしない。恋か、健康か、富か、家庭の団欒か、そのいずれかを犠牲に捧げなければ、芸術家としてのキップを手渡してくれない。

　一葉は恋も健康も、富も、ある意味では家庭の炉辺の団欒も犠牲に捧げた。その上に、骨身をけずる精進という行が要求される。そういう芸術観は、今や時代錯誤と嘲笑を買うだろうか。私は（瀬戸内寂聴）実作者として、今もまだ、この古風な芸術観を捨てきれない旧弊で頑固な作家の一人である。」と書かれている。この部分に何故か引き止められた。詩も幸せの人は書けないと、よく耳にする、悲しみのおおい人ほど人を惹き付けるいい詩が書けるとしたら、自分の中にどれほど深い悲しみの淵を穿てばいいのだろう。

また「かの子抄（一）」（『愛よ、愛』岡本かの子）では、「真実の為に傷ついた傷はじきになおる。とジイドはいった。しかもその傷口から新しい思想感情の芽が発生する――と私は考えた。樹皮を切って樹木の芽をだす方法もある、とある植物学者が教えてくれた。混沌とした宇宙から何か発見して、それを自力に依って採出する楽しさ――それを知ってから私は自分の書斎、身の回りの雑然と散らかっているのが気にならなくなった。否むしろ、きちんと取片づけられて仕舞っている時は寂しくてつまらなくなり、何か心辺の貧困をさえ感じるようになった。」と書かれている。我が部屋を見回してみて雑然とした有様に、そこだけの共通点を見出して、頷いたり 遠く遥を感じたりしている。抜書きしてみるのもいいものだと勝手に想像して、心を飛ばして楽しんだりしている。

さてわが人生もそろそろ整理整頓にかかわる時期に来た。どのように、どんな風に最後の十年、締めくくっていけたら満足だろうか、迷い迷ってぐうたら過ごしてしまうのかもしれないが、何でも早くから心積もりだけするのが私で、実行はだいぶ後になることを知っているから、計画倒れにならないよう今から心がけるつもりである。

何といっても老いるということは私には、初めてのことだから想像以外の出来事が押し付けられてくる。

これは誰にもあること…これは仕方ない事…予想できたり、過去父や母を、見たりして来て思うのだが。自分のこととなると、良い方に良い方にと選択してしまい、我が痛みになるまで気づかない。

百五歳で逝った姑、百三歳元気な絵友だちと深く関わっていると、自分もそれくらいの年月が残されているような気がして、長寿者の生き方をお手本にしている。

無風

静かさの中に耳の奥から
しぃーん　となにか制する音がする
車の音も生活音もふっと消えて
深い穴の底に居るようだ
陽は明るいが風もそよともせず
犬も走らない

青い空とマンションの窓と
小さな公園が手持無沙汰に
辺りを取り仕切っている
足の爪先から忍び出る
無音の怠惰がバリアを張って
透明な繭を創っている

老いが熟して
白に還って行く
夕べ見た夢にも　たどり着けない

不明の住所　忘れ果てた電話番号
跳べそうで跳べない畔川を挟んで
迷いながら目覚める
遠い遼い過去とやら　未来とやら
足元注意の現在やら
軽やかに忘却へと流れていく

静かさが深々と降り積もる
時々深い穴の底で生きている

市川　つた（いちかわ　つた）

詩を書き始めたのは高校生の時から、そして静岡の同人誌「日時計」に入り、同時期静岡新聞の詩の欄にも投稿、何回か掲載されて、詩の好きな青春であった。そして子育て時代の作詩はあまりにも言葉に溺れ、忙しさ幸せにまみれて、詩作から離れ子育てに専念、子供がそろそろ手離れるころ、わたしはこのままで、後は何にもせず老いて行くのかと、ふと考えたら、この世からさよならする時、何をして生きてきたか?と、閻魔さまに聞かれたら答えられない、何にもないのに気付いた。長野に住んでいた時「新詩人」に参加、子育てと一緒に詩を育てはじめた。

このエッセーは主人の定年と同時に故郷静岡にかえった後「岩礁」へ誘われて何年かお世話になった。エッセーとは名のみで作文、コラムで書かせて頂いた。平凡な三篇だ。その後「回游」「光芒」に籍を置き今に至っている。十年以上前のエッセーだが、当時のまま昨日のことのように思え、懐かしんで、残しておきたいと思った。私のささやかな足跡だ。

十余年の年月は変化もあった。老いも進んだ。自分の行く道に掲げて八十三歳元気に生きている。

曽我 貢誠（そが こうせい）

七夕に思う

七夕というと、生まれて間もなく死んだ子猫のことを思う。ちょうど今頃になると、よく茅葺き屋根の天井付近から子猫の鳴き声が聞こえてきた。暗闇の中を進んでいくと、生れたばかりの赤ん坊が六、七匹可愛い声で鳴いていた。猫のチャッペが今年もまた赤ちゃんを産んだのだ。しかし、そのこのことが子どもの私にとってはうれしいことではなかった。それは産まれたばかりの子猫たちにとって決して幸せが約束されていたとはいえなかったからである。そのうちの何匹かは梁から落ちて死んだ。残った子猫はすべて育てられるかというとそうではない。祖母が「育てるのは二匹。他は川に流しなさい。」という。「死んでしまうよ。」「死なねえよ。わらの舟で流せば、その川は天の川に続いている。だから、星っコになるんだ。」まだ七、八歳だった私はその言葉を信じ切っていた。家の近くの小川にわらで作った小舟に子猫を何匹か乗せ流した。まだ目も開いていない。その舟が気になり、川の流れにそってずっと下っていった。しかし、一匹が舟から落ち、二匹、三匹とやがて全部が川の流れに消えた。祖母のいった事は本当に正しいのだろうかと疑うには自分はあまりに幼かった。たぶん、当時農家にはどのうちにも猫は何匹か飼っていたから、そうすることが生活の知恵だったのだろう。その証拠に祖母は残った子猫を大切に育てていた。

映画で「楢山節考」というのがあった。確かカンヌ映画祭でグランプリを取ったように思う。これは人間を捨てにいく物語である。日本が貧しかった頃、人間はある年令に達すると、姥捨て山に自ら身をゆだねる。一人生きるだけでも食べ物が足りなくなるからだ。その山に老婆を運ぶのは最愛の息子である。そこにあるのは悲劇ではない。親子の固い愛情である。

七夕、わし座のアルタイルの牽牛星とこと座のベガの淑女星が一年に一度会う日である。この星に白鳥座のデネブを結ぶと夏の二等辺三角形ができる。その間を無数の星々天の川が流れている。後になって銀河系の中心方向だということを知った。今、夜空を見上げると全天に大きく夏の二等辺三角形が出ている。その間を淡い乳白色の川が見える。

七夕が来て、天を仰ぐと妙にあの子猫たちのことを思う。無事、あの天の川に着いたのかと思って……。

目もあかぬ
子猫は五匹　わらの舟
天に届くか　七夕の夜

私の幼年時代

I

私は秋田県の中央、太平山の麓に生まれた。東北では一般的な曲がり屋という茅葺き屋根の家であった。牛一頭、鶏五十羽、ブタが三匹、羊が二匹。他に大きな秋田犬、それに猫が二匹。他にうさぎも伝書鳩もいた。家の周りはいつも動物で溢れ、賑やかで活気に満ちていた。

玄関から入るとすぐ隣に牛小屋があった。昔から牛は大切な生き物なので、人間と同じ屋根の下で飼っていた。幼いころ私の仕事は、近くの小川に牛を連れて行き、水を飲ませて帰ることである。牛は外に出ると、道の両側に生えた草をうれしそうに食べた。私がいくら引っ張っても動かない。仕方がないので後ろに回り、尻の部分を手綱のロープでぴしゃりと叩く。そのときは前に少し進むのだが、また立ち止まり草をむにゃむにゃ食む。私は六時半から始まる「巨人の星」や「8マン」の時間に間に合わないのではないかと気が気ではない。それでも牛は小川に着くと、ゆっくりと気持ちよさそうに水を飲み込んだ。こちらも何となくうれしくなる。しかし、テレビが始まる時間が迫っている。子牛が生まれるとさらに大変だった。子牛には手綱がない。子牛は畑や野を自由に走り回る。他の兄弟に応援を求めみんなで追いかける。最後は母牛のいる牛舎に戻るのだが、番組はすでに終わっていた。がっかり。あのときの悔しさが今でも忘れられない。

Ⅱ

鶏小屋の餌をやるのも私の仕事だ。学校に行く前に餌をやる。楽しみは卵を探すことである。籾殻《もみがら》の奥に手を伸ばすとまだ生温かい卵がある。産んで間もない卵だ。その朝の卵かけご飯が実にうまい。しかし、小学校の二年の時だ。今日はカレーライスということで、夕方叔父が鶏小屋に入った。最近卵を産まないような、羽根が抜けてきたような、弱っている鶏を探す。一羽を見つけ連れ出すと裏山に行き、首に縄をかけ木から吊した。その縄で鶏の首を思いっきり締め上げた。鶏はばたばたあえぎ、やがて静かになった。叔父は鉈《なた》で首を一気に切り落とす。首から上に血がドバッと噴き出す。それを見た瞬間、私は卒倒しそうになった。それから叔父は得意げに解体作業を始めた。「これが心臓、これが肝臓、腸、ハツにレバーにモツだな。」私は血だらけの内臓を凝視していたが、完全に全身固まっていた。内臓の先の方を見ると卵らしいものが見えた。「これが明日産む予定の卵、これがその次ぎ、これがまたその次ぎ」見るとだんだん小さくなっている。ピンポン球がパチンコ玉に変わり最後は米粒のような大きさだった。子ども心に命の不思議を思った。しかしその日から、あれだけ好きだった肉が全く食べられなくなった。肉を見るだけで気持ち悪くなった。首から吹き出した血がトラウマのようになっていたからだ。中学二年になったころようやく肉を食べられるようになった。それは市内で有名な木内《きのうち》デパートで食べた中華そばが妙に美味しかったからだ。チャーシューが特に美味であった。これはブタの肉だという。「肉食べられるじゃない。」という周りの声で、それなら他の肉も食べられるはずだ。こうして肉を少しずつ食べられるようになった。もっとも小学校からしっかり肉を食べていたら、もう少し背が伸びていたなと今でも思う。

Ⅲ

私は男だけ四人の三番目。兄弟が多いので近所の仲間がみんな我が家に遊びにきた。座敷で相撲にボール遊びにプロレスごっこ。十人も暴れ回ると畳は擦れるし、壁には傷がつく。母や祖母にいつも怒られた。がすぐに忘れる。外でもよく遊んだ。広場でよくやったのが缶蹴りやかくれんぼ。日が暮れるまでよく遊んだ。女の子とゴム飛びなんかもやったな。山に入ってやったのが自分たちだけの秘密基地を作ること、そして「忍者部隊月光」。忍者ごっこだ。始めに刀を作る。適当な木を探しだし、家から持ってきたノコギリで枝を切った。握りの部分は皮をそのまま使い、刃の部分はナイフで細く削っていく。子どもは誰でも折りたたみのナイフを持っていた。忍者は刀だけでは足りない。そこでブリキで手裏剣を作った。捨てられたトタン屋根やバケツのブリキを探す。金バサミで切る。なるべく遠くにそして木に突き刺さるように紙ヤスリも使った。こうしてようやく手裏剣ができあがる。完成したらいよいよ「忍者部隊月光」の戦いが始まる。二手に分かれてはじめ楽しくやっている。が時と共に険悪な雰囲気になる。子どもは未来を見通す能力が足りない。子どもはすぐに飽きる。「お前、刀で思いっきり頭を叩くことないだろ。」「オレが切ったんだからお前倒れなきゃ。」「まだ切られてないよ。」そんなところから雲行きがあやしくなる。

ある日のこと、春夫と喧嘩になった。やがて春夫は石を投げてきた。「なにを」と思い手裏剣を投げた。はずれた。というよりはずした。また石を投げてきた。また手裏剣を投げた。お互いだんだん離れた。そして二人はだんだん血が上ってきた。三十メートルほど離れていたろうか。私は渾身の力を込めて大空に手裏剣を放った。手裏剣はなだらかな放物線を描いて春夫に向かっていった。一瞬時間が止まったと思った。春夫が動かないのだ。私に対する罵声も聞こえない。周りにいた仲間も一瞬静止した。やがてみんな春夫の所に駆け寄った。見ると春夫の右顔面、眉毛の上に見事に手裏剣が突き刺さっていた。春夫は顔面蒼白。先輩が手裏剣をゆっくり抜くと血がタラリタラリと流れてきた。その血を見た瞬間、春夫はこの世のものとは思えない声で泣いた。春夫の傷はたいしたことはなかった。春夫の親は当然我が家に怒鳴り込んできた。当然私も親父にぶっ飛ばされたことはいうまでもない。

秋田を離れもう四十年以上になる。年に二度、盆と正月だけは帰るようにしている。仙岩トンネルを抜け、山の風景が広がるとなぜだか故郷に帰ってきたなと思う。夏は緑が一層濃くなり、冬は雪が一層白くなる。今は茅葺き屋根の家は解体され、賑やかだった動物もいない。父も母ももうこの世を去った。誰も住んでいない小さな屋根の下に、あの頃の豊かな思い出だけはいっぱい詰まっている。

ベランダにて

ベランダに出ると
蟬が仰向けに死んでいた
そういえば今年は
何人かの知人と別れた

なぜ誰にも死が用意されているのか
そして思うのだ
死が待っているからこそ
人は頑張れるし、喜びもあるのだと

死とは
風が吹いたり
川が流れたり
人が咳をするようなものだ

死は
怖いわけでも
汚いわけでも
神聖なわけでもない

そして、人は
誰も気付いていない
死があるからこそ
しあわせも用意されていたことに

ベランダの隅に黄色い薔薇が咲いた
夕焼け空を雲がゆっくり流れていく
あれだけ騒がしかった蟬の鳴き声はない
もうすっかり秋だ

曽我　貢誠（そが　こうせい）
１９５３年　秋田県生まれ
詩集
『都会の時代』『学校は飯を喰うところ』
所属
「トンボ」「詩樹」同人
日本現代詩人会　日本詩人クラブ　日本ペンクラブ

貝塚 津音魚（かいづか つねお）

里山に奏でる命の響き合い[*1]

食の民俗　狩猟と肉の食文化

　昔家の中の馬小屋には鉄砲と弾帯（玉が入ったベルト）が無造作にぶら下がっていた。これは里山に住む一般農家の姿だった。今なら即警察に鉄砲も玉も取り上げられてしまう。少なくとも今は鉄砲と玉を管理する別々のカギ付きロッカー保管が必須である。鉄砲の管理の姿とともに、昭和四十年代五十数万人とも云われた猟師が、年齢の高齢化及び鉄砲の保管管理の変遷により、現在二十万と約三分の一に減少してしまった。

　小さい頃、私達の周りには沢山の猟師がいた。鉄砲ぶち達（猟師）は近くの森や林に猟に出た。猟があると必ず犬の代わりとなって後をついて行った。そして、森や林で猟師の指図に従い兎や狐、狸、山鳥、雉、小綬鶏そして、雪原では鳩や雪の森では梟などを追った。我々の時代では肉といえば、クジラが唯一の肉であった。鉄砲ぶちに付いて行くのは、捕った獲物の御裾分けや時には、みんなで鍋を囲むのが何よりの楽しみであった。そうした食文化、高度成長期以前の人達は野生の恵みを受容してきた。

山の神

　何故女性を山の神と呼ぶのか。マタギたちは猟のため山に入るときは、神様として祀ってある山の神に対して、どうか猟において獲物《しし》が捕れますようにと念じてお願いする。その時必ず、オコゼを見せるのが習わしであった。本来の山の神はぶすの女の神であるが、更に醜い顔をしたオコゼを見せると大変喜ぶといった具合である。これはおそらく、猟のつつがない安泰を祈願すると同時に、山には怖い神が存在していると思わせることによってマタギが勝手に、乱獲をしないようにするためであったのではないかと推定される。マタギたちは食べていける分、或いは来年も獲れるように考えて猟をしていた。つまり、再生物以外は捕らないという考え方が彼らの根底にはある。それが山の幸を得るための最良の方法と知っていたのだろう。家の山の神もこうして、男たちをコントロールして家庭を守っているのだろう。しかし、近年は美人の山の神が増えてオコゼを見せる必要はないのではないか。文化としてこのように山と海は繋がっている。現代に於いても旅行にいった時、山の宿では必ずと言っていいほど刺身が出る。山と海は食を通して昔から繋がっている証明である。海の豊漁を願って山に木を植える漁師たちがいる。山が肥えれば海が豊かになる事を知っているからである。「山は海を育てる」という。しかし、今まさに、里山は疲弊し真綿で首を絞めるように消えてゆく。はたして今後も経済優先の社会であって良いのだろうか？　本当に生きるとは、どういうことなのか考える時期に来ている。自然と向き合い山を里山を豊かにせねば、海もろとも消滅する運命を辿るのではないか。改めて山の神がマタギばかりではない、人々にしっかりしろと叫んでいるような気がする。

自然を食べる、自然の恵みを戴く

　食糧難災害に備えて自然の恵みを食することに、常日頃慣れ親しんでおく必要がある。これはまさに災害避難訓練と同じなのである。これだけ爆発的に人口が増え、食糧難に喘いでいる国々、人々がいる。世界の人口は一年に七千万人が増え続けている。国連の最新の人口予測では、現在の世界人口が約七二億人なのに対し二〇五〇年までに九七億人に増えると予測、更に二一〇〇年には一一二億人が地上に犇《ひし》めくことになる。自給率三九％の日本にあって、いつ食糧難にあってもおかしくない状況である。

　世界の自給率先進国と食料（カロリーベース二〇一一年）を比べると、カナダ二五八％・オーストラリア二〇五％・アメリカ一二七％・フランス一二九％・ドイツ九二％・イギリス七二％となっており、我が国の三九％は自給率先進国の中で最低の水準となっている。日本の食糧は人間に限らず、畜産の動物の飼料も輸入（日本の輸入先はトウモロコシの七五・五％・小麦五二・九％・大豆六一・六％〈いずれも二〇一二年〉とアメリカに大きく依存しているのが現状）で賄っている。いったん食糧難が発生したら、豚・牛・鶏と連鎖反応で広がる。気候変動や人間の引き起こす紛争でいついかなる状態になるのかわからない。

　ジビエ（狩猟によって食材として捕獲された野生鳥獣のその肉）の状況と活用、食糧難対応について。通称イノシシは「ボタン」や「ヤマクジラ」、シカは「モミジ」と呼ばれ称される。国内のシカ・イノシシの捕獲数が増加する一方で解体処理や流通の整備が追いついてないのが実態である。全国には約一七二ヶ所(一五年六月時点)の解体処理施設があるが、老朽化も進み広域的な流通に繋がっていない。ジビエとしての利用はフランスと日本は、ほぼ同数の年間九〇万頭(シカ・イノシシ)の捕獲であるが、ジビエとしてフランスは一万〜二万tを流通、日本はわずかに一千t未満である。シカ肉最大の消費国ドイツにおいては四万トン〜四.五万トンで半数近くを輸入している。一〇tトラックに換算すると、日本一〇〇台・フランス二〇〇〇台・ドイツ四五〇〇台といかに日本が少ないかが分かる。

何故野生は嫌われるのだろう。野生というだけで女性にとっては、汚い・不衛生・臭いといった拒否反応がある。スーパーマーケットで売られている豚・牛・鶏などと同じイメージで女性たちが気軽にスーパーマーケットでしし肉(イノシシやシカ)を買えるようにすることが重要である。母親が買って食べなければ家庭内に広がることは無い。イノシシ肉が豚のように美味しい、ヘルシー(低脂肪・低カロリー・ビタミンB群、ミネラルが豊富に含まれる)であることを理解させることが必要である。とにかく食べて美味しいということを実感させること。テレビ等の料理番組などでも紹介し認知度を高める機運を広げなければならない。そうでない限りイノシシというイメージだけで判断してしまう。古代よりイノシシ・シカは食糧として人間の命を繋いできた。せっかく捕獲した自然の恵みをやたら埋めたり焼却したり、捕獲する代償を考えれば余りにも勿体無いのではないか。食べて供養《くよう》してやるのが自然本来の姿ではないか。今後獣《しし》も一つの大きな資源として食糧難に備え備蓄も含め、大いに活用すべきである。そして、いざという食糧危機に対して、避難訓練と同じように、野生の肉を抵抗なく食し利用できるように慣らしておく必要がある。それも言い換えれば自然をいなし大切にするということではないか。

イノシシ達の現在の行動と昔の事実

最近のイノシシは、蕎麦を食べダイエットに励み、泥浴びをして美容に勤しむ、人家の近くで子どもを産み、間近で人の声やテレビの声を聞き子育てをしている。そればかりか子連れでアスファルトの道を堂々と歩いている。これには猟師達も罠を仕掛けられず舌を巻いて困り果ててしまう。昔は山の中で奥ゆかしく暮らしていたイノシシ達は時代の流れと近代化に伴い、どんどん人間に近づいて来ているのである。

また、江戸時代の寛延二年（一七四九年）青森県八戸市周辺では、冷害による凶作に追い打ちをかけてイノシシの大群が押し寄せ一万五千石（約二千七百キロリットル）の被害が発生し、約三千人もの貧しい人々が餓死したという。イノシシの異常繁殖の背景には大豆生産の拡大がある。大豆作りの畑は数年で痩せ放棄される。その跡地に地下茎の澱粉を大量に蓄えるクズやワラビが侵入、大群落を形成しイノシシはこれを食べて大繁殖した。これには冷害と言う気候要因もあるが、時代背景と共に生きなければという人間の業、イノシシだけの所為にして済ましてよいのだろうか。この事実後、青森県からイノシシが姿を消している。一説には豪雪や豚コレラによる絶滅説がある。しかしまた青森県にもイノシシは登場するだろう。

人間は獣被害を及ぼすイノシシに対して、悪さばかりを指摘し悪者呼ばわりするが、本当にそうなのであろうか。生物多様性の中で彼らがこの世に存在し増え続けていることに、何らかの存在意味があるのであろう。存在意義がなければ自然の摂理の中で病気や感染といったもので、既に抹殺されていただろうと考える。このように田畑を荒らし暴れ、ノルウェーの生きたイワシ[＊2]のように、人間に（特に老人に）危機感を与え、生きる勇気を与えている。山々に穴を掘って堆肥を作り、土を掘り起こして山を豊かにしている。彼らは遠慮がちでめったに昼間は人前に現れず、夜せっせと人間のために仕事をしているのである。こんな働き者のイノシシ達とどう共生してゆくのが、本来望ましい姿なのであろうか。更にイノシシ達の良いところを発見研究し、山や森にすむ彼らの生活空間を理解することが獣害対策にも結び付く。それが、今後の獣達との本当の意味での共生付き合い、里山に奏でる命の響き合いに繋がると信じる。

＊1　題名「里山に奏でる命の響き合い」は「那須・八溝に奏でる命の響き合い」を一部参考に、大田原市歴史民俗資料館長・木村康夫氏より借用
＊2　生け簀のナマズが恐怖心を与えイワシを生かす

【参考資料】
・『マタギに学ぶ登山技術』工藤隆雄 著 ㈱山と渓谷社 刊
・「葛の話シリーズ　第四五話葛と猪（一）」ブログ
・農林水産省「食料需給表」
・ナショナルジオグラフィック日本版サイト・人口と食を考えるシリーズ企画「九〇億人の食」

山の神と里山

太古の昔から
鄙人《ひなびと》を慈しむ
先祖の精霊たちは
何時も古里の頂から
人々の幸せを見守っている

モザイク模様の眩しい風景
神の手で拵えた様な
こころのふるさと里山
豊かな森が豊かな海を育て
数多《あまた》の自然の恵みが人々を癒す
人間の手に委ねられた
血と汗と涙が染み付いた田や畑
川はゆったりとうねり流れる

ふるさとの山神様は女の神
時々男どもを誑《たぶら》かし
様々なものを生み育てては
雲を呼び　嵐を呼ぶ　大猟不猟を操って
人々の気を引いては　怒ったり宥《なだ》めたり
山を生業とするマタギたちの神様は
やきもち焼きの醜女神
さらに　醜いオコゼを見せて
生きるために女神のご機嫌をとり
山神様と房事し生命《いのち》を繋いできた
今　山の神は家を守り
自然の理を守れと警鐘する

果てない宇宙の山裾を
自然の至理ひたすらに生きる
マタギたちの魂
里山回帰の声が木霊する

貝塚　津音魚（かいづか　つねお）

本名：貝塚恒夫
一九四八年大田原市生まれ
詩　集：『若き日の残照』『魂の緒』
所属会員：日本詩人クラブ・日本現代詩人会・栃木県現代詩人会理事・文芸たかだ・詩誌『衣』『那須の緒』同人
主な表彰：栃木県現代詩人会新人賞・栃木県芸術祭準大賞・奨励賞など、松本市芸術文化祭「市民タイムス賞」
文芸誌『コールサック』に投稿、エッセイ『里山再生を夢見て』を連載。アンソロジー多数参加。詩誌『堅香子』招待席など。
平成二八年一二月　栃木県県北に初めて詩誌「那須の緒」創刊（栃木県内同人募集中）
職業資格：大田原市鳥獣被害対策実施隊（非常勤務）
※八溝地区でイノシシ被害対策啓蒙活動。市内の街中や農村でタヌキやハクビシンの捕獲指導。
（鳥獣被害対策に取り組みながら、詩やエッセイを書き、如何にして野生鳥獣と共生し、里山を活性化させるかに取り組んでいる。）
※農水省農作物野生鳥獣被害対策アドバイザー講師
※とちぎ鳥獣管理士協会副会長
※栃木県むらおこしプランナー
※栃木県生物多様性アドバイザー
※グリーンツーリズムコーディネーター
※ＪＡなすの管内イノシシ対策特別委員
むかし＝趣味　書道・油絵（約十年独学）・剣道（二段）・スキー・野球（四二歳まで現役）・登山（三二歳頃まで南・北アルプスなどを踏破）今はカメラだけが残っている

佐相 憲一（さそう けんいち）

水神さまのお通りじゃ

気をつけてね。

急斜面の途中にある家の主婦は心配そうにぼくたちを見守るのであった。

奥多摩地方の神社はどうしてこうも急な、数の多い階段が多いのだろう。愛宕《あたご》神社と名づけられた、この古里《こり》集落の小山もそうだし、同じ名前でもっと風格のある氷川の愛宕神社などは階段中央の手すりを握ってのぼらないとまっさかさま間違いなしの九十度近いすさまじさ。それに対抗するかのような対岸の羽黒三田《はぐろみた》神社の階段もへとへとになる。奥多摩湖の悲劇の聖地にはやはり斜面をのぼる小河内《おごうち》神社が待っているし、伝説の革命武士を祀った平将門《たいらのまさかど》神社などはうっそうとした森の中の苔むす階段をのぼったところにひっそりとある。

古代、中世、近世と戦が絶えず、敵から集落を守るためだったのだろうか。それとも、火の神、山の神、水の神、など畏れ多い地球自然界の神が、そのような高い位置の境内を促すからであろうか。あるいは祭りの儀式の名物に、苦難の要素をわざわざ入れる修行の見地からであろうか。若いうちはいいが、お年寄りが多くなった集落には肉体的に酷なつくりだろう。それでもそれがあたりまえのように神社は古いままに佇んでいる。

あっ、スズメバチ。やっぱり今日はやめとこう。

妻とぼくは古里の斜面でうなずき合う。それがいいよとほっとしたような、地元おばさんの笑顔。親切で気さくな人が、ここは危険だよ、やめときな、と暗に止めているのだから確かだ。きっといまここをのぼるのは縁起が悪いのだ。雑草ぼうぼう、階段もところどころ見えないし、上まで行けても、近ごろ誰も通っていないような道にはスズメバチが命を刺す針で踊っていることだろう。聞けば、集落のお祭りの時はロープを張って慎重に皆でのぼるのだそうだ。おばさんの父親は一度滑落してえらい目にあったらしい。笑い話のように気軽に語る奥多摩の主婦であった。そこまでして祀る執念はどこから来るのか。だが、行かないと決めると、想像の境内がいっそう神秘的な魅力を増してくる。

いつか行ってみようね。その「いつか」がいつ来るのか、妻もぼくも見当がつかない。それでいい。それが人生だ、なんて言うのも映画みたいでいいだろう。

「古里」と書いて「こり」。「ふるさと」と読めばいいのに、とぼくが言うと、奥多摩を愛好してきた妻が真相をおしえてくれる。ここはね、もともと「水垢《みずご》離《り》」と言って滝に打たれる修行場があった土地なんだって。へえ、そりゃすごいや、じゃあきっと修験道じゃん。それは知らないけど、水で穢れを落とす「みずごり」から「こり」になったらしいよ。そんならそのまま「水垢離」とか「垢離」とか表記すればよかったのに。それじゃなんかあんまりだから、「古里」って漢字を当てたんだよ。なんかこの文字を見るとタヌキなんか想像するな。タヌキでも出てくれないかな。かわいいよね。こないだカモシカに会ったんだから、可能性あるよ。

そう言えば、ＪＲ青梅線「古里」の隣の「鳩ノ巣」も伝説の水神さまの領域だ。その伝説をぼくは詩集『森の波音』収録の詩「水神」に書いた。すると、ＦＭ放送に呼ばれて朗読することになった。どうやら現代人もこうした自然の祈りの声に関心が高いらしい。ここではその中身は割愛するが、多摩川に暮らしを彩られた奥多摩地方一帯が、神秘的で実益的な水の信仰に包まれているのだろう。合わせて、渓谷や森が多くの地面を占める土地柄、農業がかなり困難と想像され、過酷な冬の暮らしに餓死しないように、火の神、山の神、森の神、動植物の神などへの信仰も濃厚に営まれてきたようだ。そんな奥多摩にはあちらこちらに古い神社が残っており、打ち捨てられたような外観さえ、人の心をほっとさせてくれる。

誰かがいつか祈った痕跡。

それも無数の命が、その時々の切実な人生の願いを託した気配。そればかりではない。ホモサピエンス以外のさまざまな生き物たちの無言の祈りもまたざわめいてくる。奥多摩の森を歩いていると、そんな息吹が何十年も何百年もの時空を超えて、水神さまの化身・竜にでもなって、この胸にしみとおってくるようだ。

海外から日本に来る観光客が過去最多の年間二千万人を超えたという。世界と日本の政治経済はますます厳しくなって、ともすると国家同士の上層部の対立ばかりが報道されて、変なナショナリズムが巷にも不気味に漂っている。きっとほかの国でもそうだろう。

だが、たとえば日本の人が奥多摩の森を歩く時、絶妙な木漏れ日の美学に佇む時、お隣の朝鮮半島の国々や中国などの森でも人が地球自然の風におののいているかもしれない。動植物体系には共通のものがあって、水のありがたさ、山野のありがたさには、古来アジア共通の暮らしの願いが甦るだろう。争うよりは、森の境内で乾杯でもしたいものだ。森のくにという主題は、古来ヨーロッパ文化などにもよく出てくる。国土の多くを森に囲まれたフィンランドで生まれた物語「ムーミン」がいま、日本でも再ブームになっている。個性豊かな生き物たちが森の中で共存・共生し、そこに流れる川や湖の水を共有して生きるのだ。いま、少なくない人びとがそういう世界を願っている。

奥多摩駅に降り立つさまざまな国籍の人びと。日数の限られた日本旅行で、わざわざ奥多摩を選んだ彼らに親しみがわく。がっかりしなければいいなあ。変な「おすすめスポット」なんかに引っかからないでほしいなあ。彼らの服装や雰囲気は、ぼくたちと共通だ。いま彼らの内面には、異国の土着の風土にふれる神秘的な期待感がわきおこっているだろう。見開いた目から彼らの好奇心が伝わってくると、ぼくはかつてひとり歩きしたヨーロッパやアジアの土着の風景を思い出す。てくてくと夢中で歩くぼくの姿は、あちらの人びとの目に、きっといまぼくが彼らを見て感じているのと似たような、微笑ましさで映っていたのだろう。

日本を旅する諸国人の多くが新鮮な感動を覚えるという神社の世界。それも怪しい政治的排他主義に汚された近代のニセモノではなく、戦争推進機関ではなく、古来日本の人びとの暮らしと宇宙観が色濃く残る、本物の自然崇拝神社である。境内の神気を感じながら、世界のどの民族のルーツにもある大昔の自然信仰の共通の根源など無意識のうちに甦り、慣れない手つきで手水に触れる彼ら。水はどこまでも無国籍で、偶然にも同じ時代を違う土地で暮らす人びと同士、体内には地球の水が流れている。

水神さまはそんな心豊かな旅人たちを、風に鳴る絵馬の音楽で祝福する。

そんな願いの調べに耳を澄ませながら、ぼくは妻の手を握る。ずっとひとりぼっちだったぼくといま、こうして同じ風景を見てくれる彼女の幸せを、水神さまに祈りながら。

世界について水神は何も語らず淡々と光の波を流し続けるが、それ自体が世界の本質かもしれない。惨たらしいこと、理不尽なこと、悲しいこと、残念なことに満ちている世の中で、垢を落として清める「水垢《みずご》離《り》」のように、いま一度、命の森を見つめる。心の中の青と赤を包む緑を感じる時、〈詩の心〉が満ちてくる。本当は誰にでもあるそれぞれの、その波音を大切にしたい。

森の言葉

木洩れ日のマンダラ
　さら　さら
二月の風
空中のみならず
足の下
　さく　さく
〈枯葉〉　ではなく
〈散った〉　ではなく
〈腐葉土〉　ではなく
深まって
根源的なものは

夢につながっているのだろう
ヒトの脳もまた
この星が生んだ飛躍だから
鳥たちに学ぶ時
言葉の歳時記は
大地の詩集の中にあるだろう
紅いろの梅の花
けがそうとする力にあらがって
愛するひとが生まれた雪の日も
何かが潤い
洗われながら
土と葉が
予感に満ちていただろう
共にふむ
今日のこの森のように

佐相　憲一（さそう　けんいち）

一九六八年横浜生まれ。横浜各地、中野、代々木、京都、大阪、新宿などを経て、現在、多摩地域（東京都立川市内・西武拝島線沿線）に在住。
さまざまな詩の場に関わっている。
北海道、三重、福井、大阪、愛知、京都、滋賀、長野、神奈川、東京で講演。山口、石川、岩手、静岡、滋賀、大阪、東京で詩の講師経験。大阪、和歌山、愛知、長野、東京などで詩朗読。神奈川、千葉でFM放送出演。詩が英語、韓国語、フランス語、中国語に翻訳される。詩のイベント進行・司会多数。詩団体運営、詩誌編集、選者、選考委員、審査委員などを歴任。
詩集『共感』『対話』（東洋出版）、『愛、ゴマフアザラ詩』（第三六回小熊秀雄賞）『永遠の渡来人』『心臓の星』（土曜美術社出版販売）、『港』（詩人会議出版）、『時代の波止場』『森の波音』（コールサック社）
詩論集『21世紀の詩想の港』（コールサック社）
エッセイ集『バラードの時間―この世界には詩がある』（コールサック社）
共著『こころのたねとして』（ココルーム文庫）。
共編著『港湾の詩学』（日本国際詩人協会）、『関西詩人協会自選詩集第5集』同『第6集』（詩画工房）、『命が危ない　311人詩集』『現代の風刺25人詩集』『SNSの詩の風41』『エッセイ集　それぞれの道～33のドラマ～』『水・空気・食物300人詩集』『海の詩集』『少年少女に希望を届ける詩集』『非戦を貫く三〇〇人詩集』（コールサック社）ほか。
参加詩華集『資料・現代の詩2010』（日本現代詩人会）、『日本現代詩選第37集』（日本詩人クラブ）、『2016戦争を拒む』（詩人会議）、『言葉の花火2015』（竹林館）、『日韓環境詩選集・地球は美しい』『詩と思想詩人集2010』（土曜美術社出版販売）、『関西詩人協会自選詩集第8集』（コールサック社）ほか。

石炭袋

『詩人のエッセイ集 〜大切なもの〜』
2017年2月19日　初版発行
編　集　佐相憲一
発行者　鈴木比佐雄
発行所　株式会社 コールサック社
〒173-0004　東京都板橋区板橋2-63-4-209
電話 03-5944-3258　FAX 03-5944-3238
suzuki@coal-sack.com　http://www.coal-sack.com
郵便振替　00180-4-741802
印刷管理　（株）コールサック社　製作部
カバー写真　すずきじゅん／装丁　奥川はるみ
落丁本・乱丁本はお取り替えいたします。
ISBN978-4-86435-285-7　C1095　¥1500E

エッセイ集

それぞれの道
〜33のドラマ〜

秋田宗好・佐相憲一／編
おののいも／カバーデザイン
A5判　240頁　並製本
本体価格 1,500円（税抜）
ISBN978-4-86435-195-9　C1095
コールサック社

女子プロレスラー、
看護婦、アイドル、
俳優、声優、詩人…

これらはすべて実話です。
こんな人生があったんだ。世の中にはこんな人がいる。さまざまな境遇や職業、出会いと別れ。悩んだり、つらかったり、それでも人は生きている。どん底や絶望を味わった人はひと味違うし、ささやかな中にもドラマがある。貴重な体験満載。人の生き方がのぞける切実なエッセイ集。（帯文より）

★執筆者
〈Ⅰ はいあがる命の力〉旧姓・広田さくら、神月ROI、麻田あおい、青柳宇井郎、羽角彩、足立進、井上摩耶、すずきじゅん、遥川ひまり、星野博、浅見洋子
〈Ⅱ ひとのつながりを思うこと〉みゅう、原詩夏至、秋野かよ子、こまつかん、渡部真希、洲史、國分まゆほ、中村咲乃、井上由香、花咲夢子、memu、佐相憲一
〈Ⅲ 生き生きと前へ〉大竹彩路、香取あやな、山本善久、竹内容子、登り山泰至、田島廣子、井上優、岸本嘉名男、外村文象、秋田宗好

石炭袋

コールサック社のエッセイ集

（価格は全て税抜き・本体価格です。）

〈詩人のエッセイ〉シリーズ

①山本衞 エッセイ集『人が人らしく─人権一〇八話』 1,428円
②淺山泰美 エッセイ集『京都 銀月アパートの桜』 1,428円
③下村和子 エッセイ集『遊びへんろ』1,428円
④山口賀代子 エッセイ集『離湖《はなれこ》』1,428円
⑤名古きよえ エッセイ集『京都・お婆さんのいる風景』1,428円
⑥淺山泰美 エッセイ集『京都 桜の縁《えに》し』1,428円
⑦中桐美和子 エッセイ集『そして、愛』1,428円
⑧門田照子 エッセイ集『ローランサンの橋』1,500円
⑨中村純 エッセイ集『いのちの源流～愛し続ける者たちへ～』1,500円
⑩奥主榮 エッセイ集『在り続けるものへ向けて』1,500円
⑪佐相憲一 エッセイ集『バラードの時間─この世界には詩がある』1,500円
⑫矢城道子 エッセイ集
『春に生まれたような　大分・北九州・京都などから』1,500円
⑫堀田京子 エッセイ集
『旅は心のかけ橋─群馬・東京・台湾・独逸・米国の温もり』1,500円

その他の好評エッセイ集

①石田邦夫『戦場に散った兄に守られて』2,000円
②鳥巣郁美 詩論・エッセイ集『思索の小径』2,000円
③鈴木比左右 エッセイ集『越辺川《おっぺがわ》のいろどり』1,500円
④五十嵐幸雄 備忘録集Ⅲ『ビジネスマンの余白』2,000円
⑤中津攸子 俳句・エッセイ集『戦跡巡礼　改訂増補版』1,428円
⑥中原秀雪 エッセイ集『光を旅する言葉』1,428円
⑦伊藤幸子 エッセイ集『口ずさむとき』2,000円
⑧間渕誠 エッセイ集『昭和の玉村っ子　子どもたちは遊びの天才だった』1,000円
⑨壺阪輝代 エッセイ集『詩神《ミューズ》につつまれる時』2,000円
⑩金光林 エッセイ集『自由の涙』2,000円
⑪吉田博子 エッセイ集『夕暮れの分娩室で─岡山・東京・フランス』1,500円
⑫辻直美 遺句集・評論・エッセイ集『祝祭』2,000円
⑬五十嵐幸雄 備忘録集Ⅳ『春風に凭れて』2,000円